অবান্তর কথা

পূর্ণেন্দু ঘোষ

AF756600

editionNEXT, Kolkata, India
www.editionnext.com

“**Abantar Katha**” :: A Collection of Bengali Belles-lettres
by Purnendu Ghosh

International(USA) Edition

Cover: Uday Bhattacharyya

First Edition: February 2026

Publisher: Mousumi Bhattacharyya
CB 1/1, Baguiati, Kolkata- 59
Website: editionNEXT.com
Facebook: facebook.com/editionnext
Twitter: twitter.com/editionnext
eMail: Link “Contact Us” in editionNEXT.com

সূচিপত্র

“অবান্তর কথা” নিয়ে কিছু অবান্তর কথা

বই লিখলেই তার একটা ভূমিকা লিখতে হবে, এরকম বাধ্যবাধকতা আছে বলে আমার মনে হয় না। তবু, প্রায় সকলেই লেখেন। আমিও লিখছি। একেই বলে গড্ডলিকা প্রবাহে গা-ভাসানো। এর যে কী আরাম, উল্টোস্রোতের যাত্রীরা বুঝবে না কোনোদিন। চেষ্টা করেও স্রোতের উল্টো ভাসতে শিখলাম না বা পারলাম না এ জীবনে। মাঝে মাঝে আমার ইচ্ছা হয়, এমন একটা বই লিখবো যার পৃষ্ঠা সংখ্যা হবে বড় জোর দশ, আর ভূমিকা হবে তার দশ গুণ, অর্থাৎ একশো পাতার। এবং পাঠক-পাঠিকা সেই বইটার ভূমিকা পড়েই বইটা বন্ধ করে রেখে দেবেন। মূল বইয়ের দশ পাতা পড়বার প্রয়োজনই বোধ করবেন না। সেটা হবে উল্টোস্রোতে মোক্ষম সাঁতার। সেই দিনটার অপেক্ষায় আছি।

অবান্তর কথা লিখতে শুরু করেছিলাম দুটো কারণে। প্রথমত, কবিতা লেখার চেষ্টা থেকে একটু দূরে সরে আসতে। আমি কবিতা ভালোবাসি, কিন্তু ভালো কবিতা লিখতে পারি না। সেটা আমি নিজে তো বুঝতে পারছিলামই, তার উপরে দু-একজন নিরপেক্ষ পাঠক-পাঠিকাও তাদের এই একই অভিমত জানিয়ে পরামর্শ দিয়েছিলো অন্য কিছু চেষ্টা করতে। বলেছিলো খুব ভদ্র ভাষায়। -"তোর কবিতাগুলোর চেয়ে গদ্য গুলোই পড়তে বেশি ভালো লাগে"। অর্থাৎ কবিতা আর লিখিস না। ঠিকমত হচ্ছে না।

আমার প্রিয় সংগীতশিল্পী মানবেন্দ্র মুখোপাধ্যায় কলেজ জীবনে কলেজের বার্ষিক অনুষ্ঠানে রবীন্দ্রসংগীত গাওয়ার প্রতিযোগিতায় নাম লিখিয়েছিলেন। বিচারকের আসনে অন্যান্যদের সাথে ছিলেন দেবব্রত বিশ্বাসও। মানবেন্দ্র সেদিন প্রতিযোগিতায় প্রথম হয়েছিলেন ঠিকই, তবে দেবব্রত বিশ্বাস নাকি পরে তাকে পরামর্শ দিয়েছিলেন, "তোমার গলা ভালো, অন্য সব গান গাও। রবীন্দ্রসংগীত গেও না; ওটা তোমার জন্যে নয়।" আমার বন্ধুদের পরামর্শও খানিকটা সেরকমই।

রবীন্দ্রনাথ কোথায় যেন লিখেছিলেন, জীবনে গানের প্রয়োজন আছে সব মানুষেরই। কারুর ক্ষেত্রে সে প্রয়োজন মেটে নিজে গান গেয়ে, আর কারুর ক্ষেত্রে সে প্রয়োজন মেটে অন্যের গান শুনে। আমার শুভাকাঙ্খীদের পরামর্শের মূল বার্তা এটাই ছিল যে, জীবনে কবিতার প্রয়োজন আছে তো অন্যের লেখা ভালো ভালো কবিতা পড়ে নাও; নিজেকে কেন ওইসব আজেবাজে, নিম্নমানের কবিতা লিখতে হবে?

এই যুক্তিতে তো তাহলে শান্তিদেব ঘোষ, পঙ্কজ মল্লিক, দেবব্রত বিশ্বাস, সুচিত্রা মিত্র, কণিকা বন্দ্যোপাধ্যায় বা এই লেভেলের আরো জনাকয়েক শিল্পী ছাড়া আর কারুরই রবীন্দ্রসংগীত গাওয়া উচিত নয়। পেলে, মারাডোনা, রোনাল্ডো, মেসি, এমব্যাপী বা ওই লেভেলের জনাকয়েক প্লেয়ার ছাড়া আর কারুরই ফুটবল খেলা উচিত নয়। রবিশঙ্কর বা নিখিল ব্যানার্জী বা আর জনাকয়েক ছাড়া আর কারুরই সেতার বাজানো উচিত নয়, পিকাসো বা ডালি বা যামিনী রায় ছাড়া আর কারুরই ছবি আঁকা উচিত নয়, ইত্যাদি ইত্যাদি ....। তাই আত্মপক্ষ সমর্থনে আমি তাদেরকে বলেছিলাম, ফুটবল খেলার ইচ্ছা হলে সবাইকেই মারাদোনা-মেসির মতো ভালো খেলতে হবে, তা না হলে ফুটবল খেলাই চলবে না - এই ধারণা পোষণ করা অসঙ্গত। যার যেমন ইচ্ছে বা ক্ষমতা সে সেরকম খেলুক না। দর্শক না হয় না-ই পাওয়া গেলো। তাতে কী এসে যায়? ফুটবলে পা লাগিয়ে দৌড়-ঝাঁপের আনন্দেই খেলুক না।

আর দ্বিতীয় কারণ, একটু গদ্য লেখার চেষ্টা - হাস্যরসের সংমিশ্রণে। একটু আধটু মজা করার জন্যে। জীবনে যতই গান বা কবিতার বা সেতারের প্রয়োজন থাকুক না কেন, "ক্ষুধার রাজ্যে পৃথিবী গদ্যময়"। আমরা সবাই ক্ষুধার রাজ্যের বাসিন্দা। বাস্তবে তো বটেই, রূপকেও। তাই জীবনে একটু গদ্যও চাই। বর্তমান সময়ের ঘটনাবলী, নিজের জীবনের অজস্র হাস্যকর ঘটনাবলী, একটু আধটু পলিটিক্যাল কমেন্ট্রি, দৈনন্দিন চিন্তা ভাবনাকে হাস্যরসের মধ্যে দিয়ে দেখা - এই সব বিক্ষিপ্ত চিন্তাধারা থেকে তাই একটু গদ্য লেখার চেষ্টা। সেই চেষ্টায় কতটা সার্থক, বোঝা যাবে পাঠক সংখ্যা থেকে।

প্রথমটা লেখার সময় ভাবিনি এতগুলো লিখে ফেলবো। কয়েকটা লেখা পড়ে অনেকেরই ভালো লেগেছে। তার জন্যে ভদ্রতা করে কৃতজ্ঞতা জানানো উচিত কিনা জানিনা। তবে আমার ওসব ঠিকঠাক আসেনা। আমি

আসলে সর্বদাই সকলের কাছে কৃতজ্ঞ। তাই আলাদা করে আর কাউকে কৃতজ্ঞতা জানাতে পারিনা। আমি যে এখনও বেঁচে আছি এটাই আমার কাছে একটা বিস্ময়। রহস্যময়। আমি তার জন্যে সর্বদাই সকলের কাছে কৃতজ্ঞ থাকতে চাই। জীবনে এমন অনেক ঘটনাই ঘটেছে যে, সেখান থেকে আমি বেঁচে বেরিয়ে এসেছি, এটা ভাবলে আমার নিজের কাছেই বিস্ময়কর লাগে। আমার এতদিন পর্যন্ত বেঁচে থাকার কথা ছিল না।

গ্রামের বাড়ির পাশেই ছোট্ট নদী শিলাবতী, যার কোলে আমার বড় হয়ে ওঠা। বর্ষার তিনমাস বাদ দিলে বাকি নয় মাস স্ফটিকের মতো স্বচ্ছ জল, কোমর ডোবা, গ্রীষ্মে কেবল হাঁটু ডোবা। গরমের দিনে দুপুরের স্নানে গুনে গুনে এক হাজার ডুব দেওয়া আর সন্ধ্যায় পাঁচশো ডুব দেওয়া ছিল আমাদের দৈনন্দিন রেওয়াজ। বর্ষায় সেই মোহময়ী নদীরই কী ভয়ঙ্কর রূপ। তারই ঘূর্ণাবর্তে ডুবে মারা গেলো আমার ছোটবেলার এক বন্ধু। আমি নিজেও তার ঘূর্ণাবর্তে পড়ে মরতে মরতে ফিরে এসেছি দু'বার। কীভাবে যে বেঁচে গেছি, বলতে পারবো না। এখন সেই ঘটনাগুলো মনে এলেই শিউরে উঠি। সেই শিলাবতী এখন ভয়ঙ্কর তিন মাস ছাড়া বছরের ন'মাস শুকনো। দেখলেই কান্না পেয়ে যায়।

মুম্বাইয়ে কর্মজীবনে একবার দুর্ঘটনায় মৃত্যুর মুখোমুখি হয়ে বেঁচে গেলাম অবিশ্বাস্য ভাবে। তারপর এক ভয়ঙ্কর অসুখ থেকেও বেঁচে গেলাম। এসবই দুর্ঘটনা। দুর্ঘটনা যেমন মৃত্যু নিয়ে আসে, সেরকম জীবন ফিরিয়েও দেয়।

বিশ্বাসী মানুষেরা জীবনের এইসব ঘটনাকে কীভাবে দেখেন জানিনা। আমি ক্রমশ ভীষণভাবে অবিশ্বাসী হয়ে যাচ্ছি। আমার কাছে এইসব ঘটনাগুলো পিওর চান্স। এর মধ্যে কোনো প্যাটার্ন নেই। কোন উচ্চ বা বৃহৎ শক্তির ইচ্ছার প্রকাশ নেই। আনএডাল্টারেটেড পিওর চান্স। আর এখনকার রাজনৈতিক বাতাবরণের কথা ধরলে তো কথাই নেই। বেঁচে থাকাটাই যেন একটা চান্স বা বোনাস; অন্যের দয়ায়। যে কোনো সময়, যে কেউ এসে, যে কোনো কারণে, আপনার আমার জীবন নিয়ে নিতে পারে। তার কোনো তদন্ত হবে না, তদন্ত হলেও দোষী খুঁজে পাওয়া যাবেনা, দোষী খুঁজে পাওয়া গেলেও তার কোনো শাস্তি হবে না। উল্টে, ঘাতকদেরকে মালা পরিয়ে স্বাগত জানানো হবে।

এরকম পরিস্থিতির মধ্যে মানসিক ভারসাম্য বজায় রেখে সুস্থ জীবন কাটানোর একমাত্র উপায় হাস্যরসের আশ্রয় নেওয়া। নিজেকে নিয়েই হাসতে থাকা। আবার সুকুমারে ফিরে যাওয়া - "হাসছি মোরা হাসছি দেখ, হাসছি মোরা আহ্লাদী / তিনজনেতে জটলা করে ফোকলা হাসির পাল্লা দি। ....ভাবছি মনে, হাসছি কেন? থাকবো হাসি ত্যাগ করে / ভাবতে গিয়ে ফিকফিকিয়ে ফেলছি হেসে ফ্যাক করে।" আমারও একইরকম অবস্থা। শুধুই হাসি পায়। সবকিছুই হাস্যকর লাগে। এইভাবে বেঁচে থাকাটাও।

এ এক অদ্ভুত সময়। মানবসভ্যতার ইতিহাসে যুগে যুগে এরকমই হয়েছে (পৌরাণিক গল্পে ছাড়া) যে, সুপিরিয়র ইন্টেলেক্ট-এর মানুষ, হয় সমাজ ব্যবস্থা ঠিকঠাক নীতিগত ভাবে চালানোর ব্যাপারে কোনো মাথা ঘামাননি, বা দায়িত্ব নেননি, নয় তো সমাজ ব্যবস্থার একটা কাঠামো তৈরী করে দিয়ে, সেটা চালানোর দায়িত্ব ছেড়ে দিয়েছেন ইনফেরিওর ইন্টেলেক্ট-এর মানুষদের হাতে। আর নিজেরা ব্যস্ত থেকেছেন এই ব্রহ্মান্ডকে আরো ভালো করে চিনতে, জানতে। ইনফেরিওর ইন্টেলেক্টের মানুষরা যে সেই কাঠামোটাকে নিজেদের স্বার্থে দুমড়ে মুচড়ে এমন একটা ভয়ঙ্কর অবস্থায় নিয়ে আসবে সেটা কেউ কল্পনাও করতে পারেননি। অথচ পারা উচিত ছিল। ভবিষ্যৎকে দেখতে পারাই তো সুপিরিয়র ইন্টেলেক্টের কাজ। সেই অর্থে তারা অতটা সুপিরিয়র ইন্টেলেক্টের নন। হলে এই ভবিতব্য আগেই দেখতে পেতেন এবং সমাধানের রাস্তা খুঁজতেন। অথবা বলা যেতে পারে, তারা নিতান্তই ভুল করেছেন। To err is human, to forgive divine. আমরা, অর্থাৎ সাধারণ ইন্টেলেক্টের ভুক্তভোগীরা, ক্ষমা করায় খুব পারদর্শী। তাদেরকে তাই ক্ষমা করে দিলাম। আসলে দুর্বলের একমাত্র শক্তি হলো মরাল বা স্পিরিচুয়াল হাই গ্রাউন্ড নেওয়া; আর ক্ষমা করে দেওয়া। আমরা সেটাই করে চলেছি। আর সর্বনাশের পথে এগিয়ে চলেছি। সাথে সাথে উদাত্ত কণ্ঠে গেয়ে চলেছি, - "কদম কদম বঢ়ায়ে যা / খুশি কে গীত গায়ে যা / ইয়ে জিন্দেগী হ্যায় কৌম কী / তু কৌম পে লুটায়ে যা।" গাইতে গাইতে লিরিকটাকে একটু বদলে, করে নিয়েছি – "তু কৌম কো লুটকে যা।" খুব বেশি বদলাইনি; ওই একটুখানি।

"অবান্তর কথা" পুরোপুরি অবান্তর কথা হয়ে উঠতে পারেনি। মাঝে সাঝে একটু আধটু বান্তর হয়ে গেছে। অবান্তর কথা দু'রকমের হতে পারে।

এক, কথাটা বলাই অপ্রয়োজনীয় বা অপ্রাসঙ্গিক; আর দুই, কথাটার বিষয়বস্তু অযৌক্তিক বা অসঙ্গত। ইতিহাস আশ্রিত লেখাগুলোয় ইতিহাস আর কল্পনার মেশামেশিতে বান্তর-অবান্তরেরও মেশামেশি। ব্যক্তিগত জীবনের অভিজ্ঞতার মজাদার কাহিনীগুলো প্রায় নিরানব্বই শতাংশ ঘটনা ভিত্তিক। কিন্তু তাদের মধ্যে কোনো সার্বজনীনতা না থাকায় কিছুটা অবান্তর-ই বলা যেতে পারে। কারণ, কারুর ব্যক্তিগত জীবনের বিশদ বর্ণনা কোনো বান্তর কথাবার্তা নয়। শুধু হাস্যরসের নির্যাসটুকু নিতে পারলে কিছুটা বান্তর হয়ে ওঠে সেগুলো। আর বাকি কয়েকটাকে নির্ভেজাল অবান্তর বলা যেতে পারে।

আমেরিকার প্রেসিডেন্ট ফ্র্যাংকলিন রুজভেল্টের স্ত্রী এলিয়ানর রুজভেল্ট বলেছিলেন, "Small minds discuss people; average minds discuss events; great minds discuss ideas" অর্থাৎ ক্ষুদ্রমনের মানুষ আলোচনা করেন অন্য মানুষদের নিয়ে (যাকে পি এন পি সি বলা যায়); গড় মনের মানুষ আলোচনা করেন ঘটনা নিয়ে (যাকে বলা যায় পোস্ট মর্টেম); আর উচ্চমনের বা বৃহৎ মনের মানুষ আলোচনা করেন ভাবনা নিয়ে (যাকে বলা যেতে পারে অনুসন্ধান)। আমার অবান্তর কথায় এই তৃতীয় স্তরের লেখা কিছু নেই। কারণ, সেটা আমার সামর্থ্যের বাইরে। সবটাই প্রথম দুই স্তরের। তবে সেগুলোকে হাস্যরস দিয়ে সাজানোর চেষ্টা করেছি যথাসাধ্য। কারুর কারুর হয়তো ভালো লেগে যেতেও পারে। যদি তা হয়, তাহলে আমি তাদের কাছে কৃতজ্ঞ। আর না ভালো লাগলে আমার সময় তো নষ্ট হয়েইছে, তাদেরও নষ্ট।

বন্ধুদের উদ্যোগে আমার এই বই প্রকাশ পাচ্ছে, তাদেরকে জানাই অসংখ্য ধন্যবাদ।

পূর্ণেন্দু ঘোষ
কলকাতা
জানুয়ারি ২০২৬

ঐতিহ্য

ঐতিহ্য এমন একটি শব্দ যার সাথে উৎকর্ষ ব্যাপারটা ওতপ্রোত ভাবে জড়িয়ে আছে। মানব সভ্যতার ইতিহাসে ভালো-মন্দ অনেক কিছুই সময়ের অমোঘ বিধানে যখন পরবর্তী কালে লুপ্ত হতে থাকে, তখন সমাজ বা সরকার এগিয়ে আসে মূলত উৎকৃষ্ট জিনিসগুলোকে বাঁচিয়ে রাখার চেষ্টায়, যাকে বলে হেরিটেজ কনজারভেশন। বিজ্ঞানের, শিল্পের, স্থাপত্যের এবং সমাজের অন্যান্য বিষয়ের প্রগতির সাথে সাথে সেই সব পুরোনো জিনিস বা বিষয়গুলোর প্রভাব ক্রমশ ক্ষীণ হতে হতে এমন একটা সময় আসে যখন সেগুলো আর কোনো ব্যবহারে আসেনা। সেই প্রায়-বিলুপ্তির মুহূর্তে যারা অত্যন্ত বরিষ্ঠ মানুষ, যারা জীবনের শেষ ধাপে এসে, ওপারে যাবার নৌকোর জন্যে অপেক্ষারত, তাদের নিজেদের জীবনে, ছোটবেলায় দেখা অনেক সুন্দর অথচ হারিয়ে যাওয়া জিনিস, বার বার তাদের মনের মধ্যে, চোখের সামনে ভেসে উঠতে থাকে। ইচ্ছে করে সেই সময়টাকে মুহূর্তের জন্যে হলেও ফিরিয়ে আনার।

জীবনের শেষ ধাপে এসে, নৌকোর অপেক্ষায় বসে থাকতে থাকতে হঠাৎ করে মনে এলো সেরকমই একটা বিলুপ্ত-প্রায় শিল্প, ছোটবেলায় বহুবার শোনা পটচিত্র গানের কথা। পুরোনো দিনের গ্রাম বাংলায় শিক্ষার, মনোরঞ্জনের আর জীবিকা অর্জনের একটি শিল্প মাধ্যম।

আমি আজ সেই পটকথার ইতিহাস লিখতে বসিনি। কারণ, ইতিহাস লেখার এলেম আমার নেই। আমি শুধু সেই পটকথার গানের মধ্যে যে একটা অদ্ভুত মজাদার ব্যাপার ছিল, সেই নিয়ে দুচার লাইন লিখতে চাই। আর খুঁজে দেখতে চাই আজকের দিনের কাহিনীর সাথে কোথাও মিল আছে কিনা।

সেই পটকথা শিল্পের কত বিভিন্ন রূপ ছোটবেলায় দেখেছি। আজকাল আর তার কোনো হদিস দেখিনা। সেই শিল্পটি বাঙালির কোনো অঞ্চলে আদৌ এখনো বেঁচে আছে কিনা জানিনা। শিল্পটি প্রায় মৃত বা লুপ্তই বলা যায়। বেহুলা লখিন্দরের কাহিনী, রামায়ণের কাহিনী, মহাভারতের কাহিনী - এরকম অনেক কাহিনীই আমি বইতে পড়ার আগে শুনেছি বা জেনেছি ওই সব পটকথার মাধ্যমে।

এক থেকে দেড় ফুট চওড়া আর প্রায় মাইল খানেক লম্বা একটা মোটা কাপড়ের উপরে কখনো দক্ষ হাতে কখনো বা কাঁচা হাতে আঁকা থাকতো কোনো না কোনো পৌরাণিক কাহিনীর ঘটনাবলীর সম্পূর্ণ ইতিহাস। সেই লম্বা কাপড়ের দুই প্রান্তে দুটি সরু বাঁশের লাঠিতে সেলাই করা থাকতো সেই লম্বা কাপড়। আর ঘুড়ি ওড়ানোর লাটাইয়ের মতো ঘুরিয়ে ঘুরিয়ে গোটানো থাকতো সেই লম্বা কাপড়টি।

পটকথা শোনানোর লোক আসতো দল বেঁধে। তিন থেকে চার জনের দল। দলের মুখ্য গায়ক বা গায়িকা একজন। আর বাকিরা তার দোহার। দোহারের কাজ দোহরানা অর্থাৎ পুনরায় বলা। পটকথার গানের এক বা দু'লাইন ছিল পুনরাবৃত্তির রসদ। সেটা চলতো কাহিনীর শুরু থেকে শেষ পর্যন্ত একই। আর এইখানেই ছিল পটকথার মজা। পটকথার গান চলতো খানিকটা এরকম -

মুখ্য গায়ক বা গায়িকা এক অদ্ভুত গ্রাম্য সুরে -

"অযোধ্যা নগরে ছিল রাজা দশরথ

রূপে গুণে অদ্বিতীয় নাই ভিন্নমত...........".

দোহারের দল সঙ্গে সঙ্গে সমস্বরে - রাম কি বনে যাবি রে, রাম কি বনে যাবি রে..........

রামায়ণ কাহিনীর সবে শুরু, তখনও রাজা দশরথ নিঃসন্তান, রামের জন্ম হওয়ার কথা পর্যন্ত কারুর কল্পনায় আসেনি, কিন্তু দোহারের দল জেনে গেছে, রাম জন্ম নেবে এবং একদিন বনবাসে যাবে।

মুখ্য গায়ক বা গায়িকা আবার -

"তিন রানী, তবু রাজা সদাই থাকে দুঃখে

পুত্র বিনা এ জগতে কী আছে রাজসুখে?.........."

দোহারের দল সঙ্গে সঙ্গে -রাম কি বনে যাবি রে, রাম কি বনে যাবিরে............

মুখ্য গায়ক বা গায়িকা আবার -

"রাজার ছিল ভয়ানক শিকারের টান

একদিন তাই সঙ্গে নিল শব্দভেদী বাণ..............."

দোহারের দল সঙ্গে সঙ্গে -রাম কি বনে যাবি রে, রাম কি বনে যাবিরে.................."

এইভাবে কাহিনীর প্রতিটি ঘটনা দু'লাইন করে গানের মধ্যে দিয়ে বর্ণিত হতে হতে এগিয়ে চলে। কিন্তু দোহারের লাইনের কোনো বদল হয় না। কাহিনী এগোতে থাকে। রামের জন্ম হয়েছে। ভাই বোনের সাথে রাজপ্রাসাদে বড় হয়েছে। তারপর প্রাসাদের রাজনীতিতে পিতৃবাক্য পালনের জন্যে সীতা আর লক্ষণকে সাথে নিয়ে বনবাসে দিন কাটাচ্ছে।

মুখ্য গায়ক বা গায়িকা -

"সৌম্যকান্তি লক্ষ্মণের প্রেমে পড়ে হায়

ছদ্মবেশী শূর্পণখার নাক কাটা যায়.........................."

দোহারের দল সঙ্গে সঙ্গে -রাম কি বনে যাবি রে, রাম কি বনে যাবিরে.............."

"সোনার হরিণ দেখে সীতা চেয়ে বসিল

পত্নী প্রেমে রাম তাকে ধরতে ছুটিল................"

দোহারের দল -রাম কি বনে যাবি রে, রাম কি বনে যাবিরে............."

রাম বনবাসে চলে গেছে। সেখানে একটার পর একটা ঝঞ্ঝাটও সামলাচ্ছে। কিন্তু দোহারের দল সেই একই জায়গায় -রাম কি বানে যাবি রে?

"ছদ্মবেশে রাবণ রাজা সীতা হরিল

জ্ঞানী হয়েও অহংকারে ডুবে মরিল..........................".

দোহারের দল -রাম কি বনে যাবি রে, রাম কি বনে যাবিরে..........

এইভাবে আরো কিছুক্ষণ চলার পর কাহিনীগীতির গতি বাড়তে থাকে ক্রমশ। ঠিক ধ্রুপদী সংগীতের আলাপ আর জোড় পেরিয়ে ঝালায় পৌঁছনোর মতো। এখন আর মুখ্য গায়ক গায়িকার গলায় দু'লাইন গাওয়ার অপেক্ষা করেনা দোহারের দল। এক এক লাইনের পরই আসতে থাকে -"রাম কি বানে যাবি রে........."

তখন পটকথা শোনায় এরকম ....

"হনূমান সাগর বাঁধিলো...."

—রাম কি বনে যাবি রে, রাম কি বনে যাবি রে?

"রাম লঙ্কা পৌঁছিল...."

—রাম কি বনে যাবি রে, রাম কি বনে যাবি রে...?

"ভীষণ যুদ্ধ বাধিলো......"

—রাম কি বনে যাবি রে, রাম কি বনে যাবি রে .....?

"রাম রাবণ বধিল......"

—রাম কি বনে যাবি রে, রাম কি বনে যাবি রে......?

বনবাসে প্রায় চৌদ্দ বছর কেটে এসেছে। রাম লঙ্কা পৌঁছে গেছে, যুদ্ধ শুরু হয়ে গেছে, রাবণ বধও হয়ে গেছে; কিন্তু দোহার তখনও চালিয়ে যাচ্ছে -রাম কি বনে যাবি রে, রাম কি বনে যাবি রে....?

কাহিনীর সমাপ্তিতে, পটগানের ক্লাইম্যাক্সে এসে যখন মুখ্য গায়ক বা গায়িকা আবার একটু ধীর গতিতে গানকে দু'লাইনে ফিরিয়ে এনে পটগান শেষ করছে -"যুদ্ধ শেষে রাম সীতা দেশে ফিরিল / অযোধ্যাবাসীর মুখে হাসি ফুটিল-", তখনও কিন্তু দোহারের দল চালিয়ে যাচ্ছে -রাম কি বনে যাবি রে, রাম কি বনে যাবি রে.....?

এতো বছর পর চলতি নির্বাচনের প্রচারে নেতা-নেত্রীর মুখে আমি আবার হারিয়ে যাওয়া ঐতিহ্যবাহী পট কথার গান, বিশেষ করে দোহারের লাইন ফিরে পেলাম। যুদ্ধশেষে অর্থাৎ নির্বাচন শেষে অযোধ্যাবাসীর মতো আমাদের সবার মুখেও যেন হাসি ফুটে ওঠে।

বিদায়ের বাঁশি

মধুবনে যমুনার ঘাটে বসে স্বচ্ছ জলে পা দুটি ডুবিয়ে যেন হৃদয়ের গভীর কম্পনকে শান্ত করার চেষ্টা করছেন শ্রীরাধা। হৃদয়ের এই কম্পন যেন কোন সাধারণ কম্পন নয়, একেবারে হৃদয়ের ভূমিকম্প - হৃদয় চৌচির, দ্বিখণ্ডিত। সীতাদেবীর পাতাল প্রবেশকালে ধরিত্রী যেভাবে দ্বিখণ্ডিত হয়ে গেছিলো, শ্রীরাধার হৃদয়ের অবস্থাও আজ প্রায় সেরকমই। রিখটার স্কেলের ক্ষমতা নেই এই কম্পনের মাপ নেয়। দশ, বিশ, তিরিশ নয়। এ একেবারে শ'। অথচ শ্রীরাধার বাইরটা দেখে তা বোঝার উপায় নেই। শান্ত সংযত।

সেই চরম অশান্ত মনকে সংযত রাখতে ঘাটে বসে পা দু'টি ডুবিয়ে দিয়ে যমুনার স্বচ্ছ স্রোতে হালকা জলকেলি। আর অপেক্ষা...... অপেক্ষা..... আর অপেক্ষা........ এখনও আসছে না কেন? আর কতক্ষণ তাকে এইভাবে চরম কষ্টের সময় গুনতে হবে? আসতে দেরি হওয়া মানেই তো মিলনের সময় কমে যাওয়া। আর স্থির থাকতে পারছেন না শ্রীরাধা।

আপাতত আজই শেষ বারের মতো দেখা হবে তাদের। যাওয়ার আগে সবার আড়ালে এই যমুনার ঘাটে তাদের একটু মিলন। বৃন্দাবন ছেড়ে কৃষ্ণ চলে যাচ্ছেন মথুরায়। শৈশব - কৈশোর কাটিয়ে কর্মজীবনের তো এই সবে শুরু। অনেক কাজ হাতে নিয়ে তিনি এসেছেন এই মর্ত্যলোকে। পরিত্রাণায় সাধূনাম / বিনাশায় চ দুষ্কৃতাম / ধর্মস্থাপনার্থায় .... ইত্যাদি ইত্যাদি আরো কতো সব কাজ। সব কিছু আবার বলার মতোও নয়। এইসব কাজ সেরে কতদিনে ফিরবেন তার কোনো ঠিক নেই। আদৌ আর বৃন্দাবন ফিরবেন কিনা তাই বা কে জানে?

দূর থেকে কৃষ্ণকে আসতে দেখে রাধা উঠে এগিয়ে এলেন ঠিকই, মুখ কিন্তু হাসিতে উদ্ভাসিত হয়ে উঠলো না তার। বরং উল্টে জলদগম্ভীর মেঘের মতন ভারী হয়ে এলো। কারণ, এই তো শুরু হয়ে গেলো কাউন্ট ডাউন। আর কতক্ষণ ই বা বাকি!

...... মুষলধারে বৃষ্টি এবার নামলো বুঝি গাঙে / জলোচ্ছাসে হৃদয় বাঁধন এবার বুঝি ভাঙে ....

রাধার চোখ ছলছল। মুখ ভারী, নত। যেন আজ আর কিছুই বলার নেই। সবকিছু অর্থহীন। যেন - "যা কিছু বলার ছিল বলা হয়ে গেছে / অথচ হয়নি বলা, সবই বাকি আছে....."। কী হবে আর সেই সব অর্থহীন কথা বলে? আজকের এই বিদায়ের ক্ষণে? তবু এক চৌম্বকীয় টানে এগিয়ে গেলেন কৃষ্ণের আগমন পথে।

রাধার চোখের দিকে তাকিয়ে কৃষ্ণ বললেন, " এ আমি কী দেখছি তোমার চোখের কোণায়? চোখে মুখে এতো বিষাদের ছাপ কেন? আমাদের বিরহ তো বিরহ নয়, আমাদের মিলন তো অনন্তকালীন। আজকের এই বিদায় তো কেবল বাহ্যিক সময়ের ক্ষণিক বিরতি। আর এই ক্ষণিক বিরতিতে থাক শুধু কিছু অঙ্গীকার। আজকের এই বিদায় বেলায় আমি তোমার কাছে একটি অঙ্গীকার চাই।"

...." শুধু অঙ্গীকার? আর কিছু চাও না আমার কাছে? এই বিদায়ের ক্ষণে? কেন শুধু অঙ্গীকার? আমার সমস্ত সত্তা সে তো তোমাতেই লীন। তবু তুমি চাও অঙ্গীকার? বলো তবে, কী সেই অঙ্গীকার?"

কৃষ্ণ বললেন, " তার আগে মুখ তোলো, চোখে চোখ রেখে একবার দেখো তো আমাকে। দেখো তো অন্য কোন রূপ আজ খুঁজে পাও কিনা। চলো একবার হাতে হাত রেখে ওই ঘাটে বসি। আমাদের দু'জনকে একসাথে সাক্ষী রেখে যমুনাকে বয়ে যেতে দেখি।"

অকস্মাৎ রাধার হৃদয়ের জমে ওঠা মেঘ যেন উড়ে গেলো বহুদূরে। নীলাকাশে টুকরো টুকরো শ্বেত মেঘের আনাগোনা। পাশাপাশি এসে ঘাটে বসে বললেন, "বলো, তুমি কী অঙ্গীকার চাও?"

কৃষ্ণ বললেন, " আজ তুমি এই অঙ্গীকার দাও, আমার বিরহে তুমি কাঁদবে না একটুও। এক ফোঁটা অশ্রুও ফেলবে না আমার বিরহে।"

রাধা বললেন, "একটু চোখের জল ফেলে নিজেকে যদি একটু হালকা করে নিতে পারি, এই দুরূহ বিরহ কষ্ট যদি একটু কম করে নিতে পারি, সেটুকু বিলাসও তুমি দেবে না আমাকে? কেন এই অন্যায় দাবী? আমার সমস্ত মন-প্রাণ তোমাতেই নিমজ্জিত, সে তো তুমি জানো। তোমার চিন্তায় আমি ঘুমোতে যাই। আর স্বপ্নেও আমি দেখি তোমার ওই মুখ, বাঁশি, শুনি

ওই সুর, তোমার চিন্তা নিয়ে আমি জেগে উঠি। নিদ্রায় -জাগরণে তুমি ছাড়া আর কেই-বা আছে আমার চিন্তায়?"

কৃষ্ণ বললেন, "আমি চাইনা তুমি মুহূর্তের জন্যেও আমাকে একটুও ভুলে যাও। যদি তুমি কাঁদো, চোখের জল ফেলো, তাহলে তোমার মন হালকা হয়ে যাবে, তোমার বিরহ কষ্ট কম হয়ে যাবে, আর তাহলেই তুমি আস্তে আস্তে আমাকে ভুলে যেতে থাকবে।"

....." আচ্ছা, তোমার এটুকুই ভয় যে আমি তোমাকে ভুলে যাবো? আমার কষ্ট নিয়ে তুমি একটুও চিন্তিত নও? আমার কষ্ট কম হোক সেটা তুমি চাও না মোটেও?"

...." না, চাই না?"

....."কেন চাও না? প্রেম কি শুধু কষ্ট দেওয়ার জন্যেই? কষ্ট লাঘব করার জন্যে কখনও নয়? " (সখি, ভালোবাসা কারে কয়, সে কি কেবলই যাতনাময়.............?)

......." এ প্রেম তো তোমার একার নয়, রাধা। এ প্রেম তো আমারও। আমাদের দু'জনের প্রেম দু'টো আলাদা প্রেম নয়, আমাদের দু'জনের আত্মা দু'টো আলাদা আত্মা নয়, তারা এক। আমার বিরহে তোমার যা কষ্ট, তোমার বিরহে আমার কষ্ট তার শতগুণ বেশি। কিন্তু, কর্তব্যের ডাক, মর্ত্যলোকে আগমনের উদ্দেশ্য - সে তো পূরণ করতেই হবে। এ তো তুমি জানো।"

......." আমি নারী, তোমার প্রেমে আমি পূর্ণতা বোধ করি যখন বুঝি এই তো রয়েছো পাশে, দেখা হবে কদমতলায়, যমুনার ঘাটে, গোধূলির মাঠে, মধুবনে। তোমার অবর্তমানে একটু কাঁদবার অধিকারও তুমি দেবে না আমায়? কেন এই স্বার্থপরতা? কেন এই পুরুষালী স্বৈরাচারিতা?"

......" এ তুমি কী বললে রাধা? স্বৈরাচারিতা? নারীর উপর পুরুষের স্বৈরাচারিতা আমায় মানায় না, রাধা। আমার কাজই তো স্বৈরাচারী পুরুষের থেকে তাদের রক্ষা করা, তাদের সম্মান রক্ষা করা। আমি শুধু ভিক্ষা চাই, ভিক্ষা। তোমার কাছে আজ আমার এটা শুধু ছোট্ট একটি ভিক্ষা। এই ছোট্ট ভিক্ষাটুকু কেন চাই জানো?”

......"কেন?"

......" শুধু তোমার সাথে এক হয়ে থাকার জন্যে। আমাদের দু'জনের কর্ম হোক আলাদা আলাদা, মর্ম হোক এক। "

....."তাহলে তুমিও একটি অঙ্গীকার দাও।"

....."কী অঙ্গীকার চাও, বলো।"

..... "যে বাঁশির সুরে আমি মোহিত হয়েছি, মনে মনে নেচেছি সারাক্ষণ, সেই মোহন বাঁশির সুর তুমি আর কোনো নারীকে শোনাবে না কোনোদিন। তোমার বাঁশিটি আজ আমাকে উপহার দিয়ে যাও। ওই বাঁশিটিকেই "তুমি" ভেবে পাশে নিয়ে, বুকে নিয়ে শোবো। আর অপেক্ষায় থাকবো তোমার ফিরে আসার দিন গুনে গুনে।"

......" রাধা, তুমি তো জানো, বাঁশিই আমার প্রাণ। ওই বাঁশি ছাড়া আমি অস্তিত্বহীন, আমি কৃষ্ণ নই। তবু কেন এই অন্যায় দাবী?"

....." কেন জানো? ওই বাঁশি তুমি অন্য কোনো নারীকে শোনালে, নারীর সাধ্য নেই নিজেকে বাঁধার। মোহিত না হয়ে থাকার। পুরুষের মন, তাই ভয় করে অন্তরে অন্তরে। "

..... "তথাস্তু"।

..... " এবার আর দাবী নয়, একটি ছোট্ট আবদার"।

..... "শুনি, কী আবদার।"

.........”শেষ বারের মতন একবার শোনাও তোমার ওই মোহন বাঁশির সুর। আর প্রার্থনা করো, সেই সুর যেন কোনোদিন শান্ত না নয় আমার কানে। আমি যেন সর্বদাই শুনতে পাই সেই সুর, আর ভাবতে থাকি, এই তো রয়েছো তুমি পাশেই।“

বৃন্দাবনে শেষবারের মতন কৃষ্ণ তার মোহন বাঁশি বাজালেন,মধুবনে যমুনার ঘাটে বসে, শুনলেন দু'জন - রাধা আর যমুনা। রাধা আবেগে চোখ বুজলেন। আসন্ন বিরহের চিন্তায় আবার তার চোখ দুটি ছল ছল করে উঠলো। কিন্তু না, তিনি অঙ্গীকার দিয়েছেন অশ্রু না ঝরানোর। নিজেকে সংযত করলেন বহু চেষ্টায়। বাঁশির বাদন শেষ হলে চোখ খুলে দেখলেন, কৃষ্ণ ততক্ষণে তার মোহন বাঁশিটি দুহাতে নিয়ে উপহার দেওয়ার জন্যে

প্রস্তুত। রাধাকে বললেন, "এই আমার শেষ বাঁশি বাজানো।" বলে, বাঁশিটি দিলেন রাধার হাতে। রাধা বাঁশিটি নিয়ে নিজের বুকে চেপে ধরলেন। আর বললেন, " ওভাবে বোলো না। মৃত্যুর আগে আমি অন্তত আরো একবার শুনে যেতে চাই তোমার এই মোহন বাঁশির সুর।"

এরপর কেটে গেলো বহু বছর। কর্মযোগী কৃষ্ণ আর ফিরতে পারলেন না বৃন্দাবনে। কৃষ্ণ যখন দ্বারকার অধিপতি, শ্রীরাধা বৃদ্ধা, বয়সের ভারে কিছুটা ন্যুব্জা, নিজেই গেলেন তার কাছে, সেই বাঁশিটি বুকের কাপড়ে লুকিয়ে। রাধাকে কাছে পেয়ে কৃষ্ণ যেমন আনন্দে আপ্লুত হয়ে গেলেন, ততখানিই উচ্ছ্বসিত হলেন রাধাও। কিন্তু গরীব বাপ মায়ের কন্যা রাধা নিজেই যেন মানিয়ে নিতে পারলেন না রাজপ্রাসাদের এই জৌলুসের সাথে। কৃষ্ণকে কাছে পেয়েও যেন ঠিক আর আগের মতন করে পাচ্ছেন না। কিছুদিন কৃষ্ণর সাথে রাজপ্রাসাদে কাটানোর পর সন্ন্যাসিনী হয়ে চলে গেলেন আশ্রমে।

কেটে গেলো আরও কিছুদিন। হঠাৎ করেই রাজপ্রাসাদে খবর এলো, রাধা মৃত্যু শয্যায়। শেষ বারের মতো দেখতে চেয়েছেন কৃষ্ণকে। খবর পাওয়া মাত্রই কৃষ্ণ পৌঁছলেন রাধার আশ্রমে। রাধার মৃত্যু আসন্ন। ইশারায় জানালেন বিছানায় পাশে রাখা তার মোহন বাঁশিটি শেষবারের মতন তাকে বাজিয়ে শোনাতে। কৃষ্ণ বাজালেন সেই সুর - মধুবনে যমুনার ঘাটে বসে বিদায়ের দিন যে সুর তিনি বাজিয়ে ছিলেন। সেই সুর শুনতে শুনতে শ্রীরাধা চোখ বুজলেন শেষ বারের মতন। চোখের কোণে চিকচিক করে উঠলো দু'ফোঁটা অশ্রু।

(একটি স্বীকারোক্তি: যমুনার ঘাটে বসে কৃষ্ণ আর শ্রীরাধার প্রেমালাপটি আমি নিজের কানে শুনিনি। বা তাদের এই দীর্ঘ প্রেম কাহিনী কোনো প্রামাণিক গ্রন্থেও পড়িনি। কাজেই এর সত্যতা নিয়ে আমি কোনো গ্যারান্টি দিতে পারছি না। পি এন পি সি' র মাধ্যমে শোনা কথা। সেভাবেই নেবেন সবাই)

সুকুমার বাঙালি

ধরুন, বঙ্গবাসী বাঙালি হয়েও আপনি কোনোদিন বাংলা বই' হযবরল' বা 'আবোল তাবোল' পড়েন নি। পঞ্চাশ ষাট বছর আগে এরকম ঘটনা ঘটতে পারা বা এমন কি ভাবতে পারাও প্রায় অসম্ভব ছিল। কারণ, পাপ-পুণ্যে অটুট বিশ্বাসী, পূজাপ্রাণা বাঙালির কাছে সেটা সিধে সাপ্টা পাপ কার্যের পর্যায়ে পড়ত। এমন কি প্রবাসী বাঙালিও তার বাড়িতে পরের প্রজন্মের জন্যে বাংলা শিশু-সাহিত্যের অতুলনীয় সম্ভার ভরে রাখতেন, যার মধ্যে এই দুটো বই ছিল অবধারিত। এখন কিন্তু দিন বদলেছে। প্রবাসী বাঙালি তো দূরের কথা, বঙ্গবাসী বাঙালির ঘরেও আজকাল বাংলা শিশু-সাহিত্য কতটা স্থান পায়, সেটা তর্কসাপেক্ষ। পন্ডিত মহলে তর্ক চলছেও। কারণ, আপনি বাঙালি হয়েও তর্ক করবেন না, তা-ই কি হয়? সেটাও তো আবার অন্য ধরণের একটা পাপ কাজ হয়ে যাবে। আর তর্ক ছাড়া করবেনই বা কি? কাজকর্ম আজকাল আর পাওয়াই যায় না বিশেষ। তবে চপ শিল্প আর চা শিল্পের দৌলতে পাড়ায় পাড়ায়, মোড়ে মোড়ে, অলিতে গলিতে এই দুই শিল্পের কারখানা গজিয়ে উঠেছে অজস্র। আর সরকারি নিয়মে যেকোনো শিল্পেরই একটা সামাজিক দায়িত্ব পালন করতে হয়, যেটাকে বলা হয় কর্পোরেট সোশ্যাল রেস্পন্সিবিলিটি বা সি এস আর। সরকারি নিয়মের প্রতি সমর্পিত এই সব শিল্পপতিরা সরকারি জায়গায় জবর দখল করে নিজের নিজের শিল্প স্থাপন করেছেন। তাই সি এস আর পালনে উদগ্রীব এইসব শিল্পপতিরা একটি বা দুটি আধভাঙা লম্বা বেঞ্চ তাদের কারখানার পাশে ফেলে রাখেন, জনগণের বসস্থান অর্থাৎ বসবার স্থান হিসেবে ব্যবহারের জন্যে। যাতে করে, জনগণ এইসব শিল্পপতিদের প্রতি বদান্যতা প্রদর্শনের সময়ে নিজেদের মধ্যেও নিজেদের শিল্পকলা অর্থাৎ তর্ককলা চালিয়ে যেতে পারেন দীর্ঘ সময় ব্যাপী নিজ নিজ নিতম্বভার বহনের কোনো অসুবিধা ছাড়াই।

প্রসঙ্গ একটু অন্য দিকে চলে যাচ্ছে। এ হলো বঙ্গবাসী বাঙালির আরেক বৈশিষ্ট্য। কোথায় বা কী দিয়ে শুরু, আর কোথায় বা কী দিয়ে শেষ এই দুটোর মধ্যে কোনো সামঞ্জস্য থাকে না। তার কারণ, তর্ক তো আর

কোনো সিদ্ধান্তে পৌঁছনোর জন্যে বা সমাধানের জন্যে করা হয় না, তর্ক করা হয় জীবন বাহনের উদ্দেশ্য হিসেবে। আমিও তাই প্রসঙ্গ থেকে একটু সরে যাচ্ছিলাম অজান্তেই। যদিও আমি বঙ্গবাসী বাঙালি নই, দীর্ঘকালের প্রবাসী বাঙালি, তবু, স্বভাব কি যায় ম'লে? ফিরে আসি মূলে। আবোল তাবোল বা হযবরল পড়া নিয়ে।

আবোল তাবোল বা হযবরল কখন কখন পড়তে হয়? কৈশোরে পড়তে হয় প্রতি বছরে একবার করে। নিছক নির্মল আনন্দ উপভোগের জন্যে। স্কুলের বার্ষিক পরীক্ষা হয়ে যাওয়া এবং নতুন ক্লাশের পড়া শুরু হওয়ার মাঝখানে যে অনাবিল আনন্দের সময়টা পাওয়া যায়, সেই সময়টাকে আরো অনেক অনেক বেশি করে উপভোগ করার জন্যে। যৌবনে পড়তে হয় দু'বছরে একবার; - এই বয়সে সবচেয়ে জরুরি যেটা, সেই সেন্স অফ হিউমার উপভোগ করা এবং ডেভেলপ করার জন্যে। এবং প্রেমে পড়লে আরেকবার। প্রেম ভেঙে গেলে আরো অন্তত দু'বার। তারপর, দ্বিতীয় বা তৃতীয় বা চতুর্থ ....যতবার জীবনে প্রেম আসবে ততবার একবার করে ঝালিয়ে নেওয়া। কেউ যদি ভাবেন, হঠাৎ করে আবার প্রেমের সাথে আবোল তাবোল এর কী সম্পর্ক, তাহলে বলতে হয়, সেই তিনি একটু ঢিলে প্রকৃতির আবেগহীন মানুষ। তিনি যদি আবোল তাবোল পড়েও থাকেন, সেটাও নিশ্চয়ই তিনি পড়েছেন কৈশোরে। তারপর আর খুলেও দেখেন নি। নিজের নিজের কেরিয়ার তৈরির কাজে ব্যস্ত হয়ে এবং অধিকাংশ ক্ষেত্রেই ব্যর্থ হয়ে শেষমেশ চপ শিল্প বা চা শিল্পের কোনো এক কারখানার পাশে সাজিয়ে রাখা পায়া-ভাঙা বেঞ্চে নিজের নিতম্বভারকে নামিয়ে রেখে, তর্ককলায় ব্যাপৃত আছেন। তিনি যৌবনে বই দুটো আর পড়েন নি। তাই তিনি খেয়াল করেন নি যৌবনের প্রেমে হৃদয়াবেগে উদ্বেলিত হয়ে প্রেমিকার মন জয় করার জন্যে যে সর্বোচ্চ মানের ভাষার প্রয়োজন সেটা শিখতে হয় এই আবোল তাবোল এর পাতা থেকে। "তোর গানে পেঁচিরে, সব ভুলে গেছি রে / চাঁদমুখে মিঠে গান, শুনে ঝরে দু'নয়ান" - প্রেমোৎসর্গের ক্ষেত্রে এর চেয়ে উৎকৃষ্ট ভাষা আর কোথাও কেউ বলতে পেরেছে? প্রেম ছাড়াও আবোল তাবোল পড়তে হয় সেন্স অফ হিউমার, কমন সেন্স, সমাজ জ্ঞান, এমন কী রাজনীতির জ্ঞানের জন্যেও।

একটা একটা করে বলি। সেন্স অফ হিউমার ব্যাপারটা পুরো আবোল তাবোল এর পাতায় পাতায়। শুধু শিশু-কিশোর মনে সেটা যে অর্থে হাসি-মজার, যৌবনে বা মধ্যবয়সে এসে তাতে একটু অন্য মাত্রা যোগ হয়ে সেটা হয়ে যায় এক অতি উচ্চ মানের হিউমার, ব্যঙ্গ, সমালোচনা কিংবা প্লেইন কমেন্ট্রি – একদম আকাশ বাণী কলকাতার সরাসরি ইডেন গার্ডেন থেকে ক্রিকেট এর ধারাবিবরণীর মতো।

প্রথম ধরুন, সমাজ দর্পণের ছবি। সমাজকে জানতে হলে আপনি মন দিয়ে পড়ুন আবোল তাবোল। পুরোনো দিনের সমাজে কারুর খুব ভালো কোনো বিয়ের সম্বন্ধ এলে চেনা-জানা, পাড়া-প্রতিবেশী, আত্মীয়-স্বজনদের মধ্যে যে ঈর্ষার উদ্রেক হতো, তাই থেকে তারা চেষ্টা চালাতো নানারকম মিথ্যে রটনা রটিয়ে বিয়েটা ভেঙে দেওয়ার। গ্রাম্যভাষায় যার নাম 'ভাংচি দেওয়া'। আবোল তাবোল এর সৎপাত্র ছড়াটি এই ভাংচি দেওয়ার একটি অতি উৎকৃষ্ট উদাহরণ। এ নিয়ে আলাদা করে আমি কিছুদিন আগে একটি লেখা লিখেছিলাম। ছড়াটিতে পাত্রের ব্যাপারে কন্যার পিতাকে অযাচিত হয়ে, পাত্রটিকে যতরকমের সম্ভব সমস্ত বদগুণের অধিকারী হিসেবে সাব্যস্ত করার চেষ্টা করা হয়েছে। অথচ বলাটা এমন ভাবে যে কোথাও সাবধান বাণীর মতো শোনায় নি। পুরোটাই বদগুণের গুণগান। এবং গুণগান এর সাথে আশ্বাস বাণী দিয়ে শেষ - "যা হোক এবার পাত্র পেলে / এমন কী আর মন্দ ছেলে?"

কমন সেন্স বা সাধারণ জ্ঞানের দর্পণ হিসেবে এরকমই একটি অসম্ভব সুন্দর ছড়া "সাবধান"। যাতে বলা হয়েছে, "আরে আরে, ওকি কর প্যালারাম বিশ্বাস?/ ফোঁস ফোঁস অত জোরে ফেলো নাকো নিশ্বাস/ জানোনা কি সে-বছর ওপাড়ার ভূতোনাথ / নিশ্বাস নিতে গিয়ে হয়েছিল কুপোকাত ..."। আজকের দিনে লোকজন বাসে, ট্রামে, ট্রেনে, বাজারে, পার্কে, এয়ারপোর্টে, সিনেমা হলে এমন কি টয়লেটে বসেও যে হারে ভুল ভাল পদ্ধতিতে ফোঁসফোঁস করে কপালভাতি, অনুলোম বিলোম আর উজ্জয়ি প্রাণায়াম করে চলেছে, তাতে করে প্যালারাম বিশ্বাসকে দেওয়া সাবধান বাণী এদের সকলকে দেওয়া উচিত। বাসস্টপে, রেলওয়ে স্টেশনে, এয়ারপোর্টে বড় বড় হোর্ডিং লাগিয়ে সাবধান করে দেওয়া উচিত। আর তাতেও যদি কাজ না হয়, তার জন্যে রয়েছে নীচের ছড়াটি।

."ও শ্যামাদাস! আয় তো দেখি, বোস তো দেখি এখেনে / সেই কথাটা বুঝিয়ে দেব, পাঁচ মিনিটে দেখেনে / ....কোন কথাটা? তাও ভুলেছিস? ছেড়ে দিচ্ছিস হাওয়াতে? / কি বলছিলেম পরশু রাতে বিষ্টু বোসের দাওয়াতে?....................

রাস্তা ঘাটে, পাড়ায়, গলির মোড়ে অনেকেরই এরকম অভিজ্ঞতা একবার না একবার হয়েছে যে, একজন আপনার চেয়ে বয়স্ক মানুষ আপনাকে রাস্তায় থামিয়ে তার নিজের জ্ঞান ভান্ডারটি খুলে ধরেছেন। অযাচিতভাবে আপনাকে অজস্র পরামর্শ বা উপদেশ দিয়ে যাবেন। তার হাত থেকে ছাড়া পাওয়ার জন্যে আপনি তার ভুল-ঠিক সব কথাতেই সায় দিয়ে হ্যাঁ, হ্যাঁ, বলে রাস্তা কাটাতে চাইলেও সে আপনাকে কিছুতেই ছাড়বেনা। আপনার অবস্থাটাও ঠিক শ্যামদাসের মতোই হয়ে গিয়ে ঘুম পাবে, হাই উঠবে, এমনকি টয়লেট যাবার অজুহাত নিতে হবে। এই অভিজ্ঞতা যদি কারুর একবারও না হয়ে থাকে, তাহলে তিনি সম্ভবত বাঙালি নন।

রাজনীতির জ্ঞান চাই তো পড়ুন 'একুশে আইন' বা 'নেড়া বেলতলায় যায় ক'বার?' বাঙালি চরিত্রের সাথে বা সামুহিকভাবে রাজনীতির সাথে নেড়ার বেলতলায় যাওয়ার সামঞ্জস্য অবিশ্বাস্য রকমের। আপনি ভাবতে পারেন, আপনার মাথা নেড়া হওয়া সত্ত্বেও আপনি বারবার বেলতলা দিয়ে হাঁটছেন, পাকা বেল আপনার মাথার উপরে পড়ে বারবার আপনার মাথা ফাটছে, তবু আপনি কারুর না কারুর হাত ধরে বেলতলা দিয়েই হাঁটছেন? সাধারণ বুদ্ধিতে এটা অসম্ভব। কিন্তু বাঙালির বুদ্ধিতে এটা একদম স্বাভাবিক। যেমন ধরুন, বাহাত্তরে। আপনি, আমি, আপামর বাঙালি- তখনও আবোল তাবোল পড়ি। আপনাকে এক হঠাৎ নবাব আপস্টার্ট এসে ভুলিয়ে ভালিয়ে বেলতলা দিয়ে নিয়ে গেলো। মাথাটা ফাটলো। আপনি পরের বার আর তার সাথে তার হাত ধরে হাঁটলেন না। বাঙালির সাধারণ বুদ্ধি, যেটা আবোল তাবোল বারবার পড়লে হয়তো বাড়তো বা অন্তত বেঁচে থাকতো। ততদিনে সাম্যবাদী দেশ গঠনের এক মিথ্যে হুল্লোড়ে মেতে বাঙালি আবোল তাবোল পড়া প্রায় ছেড়েই দিয়েছে। আবোল তাবোল না পড়ার ফলে বাঙালির সেই সাধারণ বুদ্ধিটা শেষ হয়ে গেলো সাতাত্তরে। অন্য একজনের হাত ধরে আপনি বেলতলা পেরোতে গেলেন। প্রথম বার সেই বন্ধু বেলতলাকে পাশ কাটিয়ে আপনাকে নিয়ে পেরিয়ে গেলেন। পাশ কাটিয়ে

যেতে হলে রাস্তাটা বেশি হয় একটু। তাই পরের বার থেকে আবার সেই বেলতলা দিয়ে যাওয়া আসা। আবার মাথা ফাটলো। সঙ্গী ভদ্রলোক আপনাকে বোঝালেন, আরে, ওরকম ছোটোখাটো দুর্ঘটনা একটু আধটু হয়, ভয় পেতে নেই। বলে, আবার আপনাকে নিয়ে গেলো বেলতলায়। আবারও আপনার মাথা ফাটলো। কিন্তু আপনি বুঝলেন না। ভুলিয়ে ভালিয়ে আপনাকে বেলতলায় আবার নিয়ে গেলো পরপর সাতবার। অবশেষে রক্তাক্ত হয়ে মৃতপ্রায় অবস্থায় দাঁড়িয়ে আপনি বুঝলেন – এই বন্ধুর সাথে আর যাওয়া চলবে না। এবার এগিয়ে এলেন এক বান্ধবী। স্বাভাবিক ভাবেই আকর্ষণ একটু বেশিই হলো। ভাবলেন, মেয়ে বন্ধুরা অতো খারাপ হয়না। কিন্তু কোনো কোনো ক্ষেত্রে মেয়ে বন্ধু যে কী ভয়ঙ্করও হতে পারে সেটা বাঙালি খুব একটা ভালো বুঝতো না। পরে বুঝেছে। একেবারে হাড়ে হাড়ে। মেয়ে বন্ধু এলেন আপনার হাত ধরে নিয়ে যেতে। কিন্তু রাস্তা সেই বেলতলা দিয়ে। মাথা ফাটানো আপনার ভবিতব্য। বুঝুন ঠ্যালা। আর কতবার আপনার মাথা ফাটে, সেটা আপনি নিজেই গুনতে থাকুন।

আজকাল অবশ্য এই বেলতলা দিয়ে হাঁটানো পুরো দেশ জুড়েই চলছে, শুধু বাঙালিদেরকে দিয়েই নয়। তার ফলে হয়েছে কী, হযবরল-এর গেছো দাদার মতো দেশে অসংখ্য গেছো দাদা–দিদির আবির্ভাব ঘটেছে। তারা যে কখন কোথায় থাকেন, কিছুতেই টের পাওয়া যায় না। আজ নবদ্বীপ তো কাল তিব্বত। কিন্তু হিসেব কষে আপনি যদি কাল তিব্বতে গিয়ে দেখা করার জন্যে অপেক্ষা করতে থাকেন, তো জানতে পারবেন তিনি আজ উলানবাটোরে। এখন প্রশ্ন, উলানবাটোরটা আবার কোথায়?.................খুঁজে দেখুন, আর প্ল্যান করুন সেখানে গিয়ে তাকে ধরার। আমি আর ওসব গেছো দাদা-দিদিদের পেছনে বা ধারে পাশে নেই। নিজেই কিছুটা গেছো গেছো হয়ে যাচ্ছি ক্রমশ.............

কৃষ্ণ বিহারি

উর্দু এবং হিন্দি ভাষার বিখ্যাত কবি কৃষ্ণ বিহারি নূর এর লেখা,....গজল বা সঙ্গীত বা কবিতা বা শায়েরি, যা খুশি তা নাম দিতে পারেন.... - "জিন্দেগী সে বড়ি সাজা হি নাহি/ অউর জুর্ম ক্যায়া হ্যায় পতা হী নাহি। ইতনে হিস্সোমে বাঁট গয়া হুঁ ম্যায়/ মেরে হিস্সেমে কুছ বাঁচা হি নাহি ......'র সাথে যারা পরিচিত নন, অন্তত এর কোনো একটা রূপের সাথে –কোনো একটা রূপ বলতে, আমি বলতে চাইছি, হয় নিতান্তই কবিতা হিসেবে, নিভৃতে নির্জনে আত্মমগ্ন হয়ে কবিতাটির অন্তর্নিহিত জীবন দর্শনকে হৃদয়ঙ্গম করা, অথবা একদম প্রাণের দোসর বা দোসরী –কারুর সাথে এক মনোরম সন্ধ্যায় একটুখানি সাজুগুজু করে, হালকা একটু আতরের ছোঁয়া মেখে, হিন্দি কবি সম্মেলনে কবিতা পাঠ বা শায়রী পাঠ শোনা, অথবা এর চেয়ে একটু হাই প্রোফাইল কোনো গজল-সন্ধ্যার আসরে গিয়ে, (এটাতে কিন্তু সাজুগুজুটা একটু বেশি লাগবে, বিশেষ করে দোসরীর) কিছু বাহ্, বাহ্, করা –এসবের যে কোনো একটা রূপের সাথে -তাদেরকে অনুরোধ, অবিলম্বে পরিচিত হোন। বিশেষ করে এর গজল সঙ্গীত রূপের সাথে।

আপনি অবশ্য বলতেই পারেন, কেন, পরিচিত না হয়েও তো বেশ কেটে যাচ্ছে দিন। কোথাও তো কোনো অসুবিধে হচ্ছেনা। তাহলে আর এবয়সে, অকারণে, পরিচিতি বাড়িয়ে লাভ কি? হক কথা। বিশেষ করে বয়সটা যদি পঞ্চাশের ওদিকে হয়, নতুন করে পরিচিতি বাড়াতে চায় না কেউই, যদি না সেটা একটু পরকীয়া ধাঁচের হয়। কিন্তু এই পরিচিতিটা ঠিক ওরকম কোনো নতুন প্রতিবেশী, বা ট্রেন সফরে সামনে বসে থাকা সহযাত্রী - সহযাত্রিণী, বা কোনো আত্মীয়-বন্ধু-কলিগ এর রজত জয়ন্তী বিবাহ বার্ষিকী উদযাপনের অনুষ্ঠানে আলাপ হওয়া নতুন কোনো পুরুষ-মহিলা নয়। এই পরিচিতিটা আপনার হৃদয়ের একদম অন্তঃস্থলে অংকুরিত লুকিয়ে থাকা একটি নরম-কচি আধফোটা পত্রবিন্যাস এর সাথে পরিচিতির মতন।

এই'পরকীয়া ধাঁচের' কথাটা শুনেই আপনি বা আপনারা হয়তো বলবেন, এটা আবার কী রকম? ইটস আইদার পরকীয়া অর নো-পরকীয়া। পরকীয়া ধাঁচের ব্যাপারটা ঠিক স্পষ্ট হচ্ছে না। তা ঠিক। এটা বোঝানো একটু মুশকিলের ব্যাপার। একটু সূক্ষ্ম ব্যাপার। আজকাল আমায় সুকুমার রায় পেয়ে বসেছে। তাই তার ভাষাতেই সমস্ত শ্যামাদাসদের, এমন কি প্যালারাম বিশ্বাসদেরকেও, বুঝিয়ে বলি, সূক্ষ্ম ব্যাপার বলতে কীরকম।

বলছিলাম কি, বস্তুপিন্ড সূক্ষ্ম হতে স্থুলেতে,
অর্থাৎ কিনা লাগছে ঠেলা পঞ্চভূতের মূলেতে -
গোড়ায় তবে দেখতে হবে কোত্থেকে আর কি ক'রে
রস জমে এই প্রপঞ্চময় বিশ্বতরুর শিকড়ে।
অর্থাৎ কিনা, এই মনে কর, রোদ পড়েছে ঘাসেতে,
এই মনে কর, চাঁদের আলো পড়লো তারই পাশেতে -

আমি যে পরিচিতির কথা বলছি সেটা সুকুমারের এই ব্যাপারটার ঠিক উল্টো। অর্থাৎ স্থুল থেকে সূক্ষ্মতে। অর্থাৎ শারীরিক থেকে মানসিকে। হার্ড কারেন্সি থেকে ডিজিট্যাল কারেন্সিতে। কিংবা বলতে পারেন, বাড়িতে যথেষ্ট থাকলেও, আকর্ষণ একটু উঞ্ছবৃত্তিতে। যেটা এই প্রপঞ্চময় হোমোস্যাপিয়েন্সদের শিকড়ে শিকড়ে রস জমায়। তাতে কখনও তপ্ত রোদের অগ্ন্যুৎপাত আর কখনও চাঁদের মোলায়েম আলোয় বিছানো বম্বে-ডায়িংএর মখমলি বেড-শীট-এর আরাম।

এটা বুঝতে বা অনুভব করতে হলে হৃদয় ব্যাপারে আপনাকে একটু নরম হতে হবে, কাঠখোট্টা প্রকৃতির মানুষ হলে এটা বোঝা যাবেনা। হৃদয়ে প্রেমের পরিমাণ ঠিক গ্যাসের উপরে বাটিভর্তি দুধকে সিমে রেখে ফোটানোর মতো অবস্থায় হতে হবে, যে অবস্থায় গ্যাসের নব টা ডানদিকে একটু বেশি ঘুরে গেলেই দুধ যেরকম মুহূর্তের মধ্যে উপচে পড়ে এক ভয়ঙ্কর অবস্থার সৃষ্টি করে ঠিক সেরকম; তার সাথে মাঝবয়সী সংসারী বন্ধু বা বান্ধবীর সংখ্যা যথেষ্ট হতে হবে, মোটা কথায় চরিত্রে একটু লাম্পট্য থাকতে হবে, যেটা নানারকম বন্ধনে কোনো রকমে আটকে রয়েছে, বন্ধুরা বা বান্ধবীরা একটু সুড়সুড়ি দিয়ে কথা বলবে, কিন্তু সামাজিক বাঁধন ভেঙে বেড়া পেরোবে না, বেড়া পেরোতে রাজি থাকলেই আপনার গ্যাসের নব ডানদিকে ঘুরে ঠিক মাঝখানে অবস্থান করে গিয়ে সে এক বিতিকিচ্ছিরি জটিল অবস্থার সৃষ্টি হবে, যেটা আপনারা উভয় পক্ষই খুব ভালো ভাবে জানেন, ঠিক এই অবস্থাটার নাম হলো, পরকীয়া ধাঁচের অবস্থা। ব্যাপারটা পরিষ্কার হলো কিনা? এবার তাহলে মূলেতে ফেরা যাক।

আপনি যদি গজল-প্রেমী হোন, তো জগজিৎ সিং নিশ্চয়ই আপনার পছন্দের সঙ্গীত শিল্পীদের মধ্যে একজন, সম্ভবত মোস্ট ফেভারিট। দাঁড়ান, দাঁড়ান, এক্ষুণি কনফার্ম করবেন না, আপনার মোস্ট ফেভারিট বলে। কৃষ্ণ

বিহারি নূরের লেখা এই অসাধারণ গজলটা শুনুন আরও কয়েক জনের গলায়। তারপর স্থির করুন কোন গজল শিল্পী আপনার মোস্ট ফেভারিট।

কাকে কাকে শুনবেন? সেটা বলে দেওয়া হয়তো ঠিক হবে না। তবু একজনের নাম বলতেই হবে। নামটা বলার আগে বলি কি, আপনি একবার পুরো কবিতাটা মন দিয়ে পড়ুন, একা একা, -বারান্দার এক কোণে আরাম চেয়ারে / একান্তে একাকী বসি' মনে পড়ে যারে/ তাকে ছেড়ে যেতে হবে মহাশূন্যে ভাসি / একদিন, পূর্ণিমার রাতে হাসি' হাসি' –তার আগে পড়ে নিন কৃষ্ণ বিহারী নূরের " জিন্দেগীসে বড়ি সাজা হি নাহি......."। আর তারপর শুনুন গানটা, ওস্তাদ সুজাত হুসেইন খান-এর গলায়।

জানি, আপনারা কেউই, মানে যাদের ইতিমধ্যে ওটা পড়া নেই, তারা খুঁজে পেতে, নেট ঘেঁটে, একটু সময় নষ্ট করে ওটা পড়বেন না। কারণ নাকি সময় নেই একদম। মুজতবা আলী বলেছিলেন, ফেল করা ছাত্র নাকি টিউটর হয় খুব ভালো। খানিকটা সেরকমই, আমিও দেখি, বেকারদের জীবন ব্যস্ততায় ভরা। শ্বাস ফেলার সময় নেই।

এমন অনেক কবিতা আছে যেগুলোর অন্তর্নিহিত ভাব, প্রকাশের সম্পূর্ণতা পায় আবৃত্তিকারের কণ্ঠে। কৃষ্ণ বিহারী নূরের "জিন্দেগী..."ও সুজাত খানের কণ্ঠে ঠিক সেরকম। আর কোনো শিল্পীর গলায় পেলাম না সেই ভাবের প্রকাশ।

এ পর্যন্ত পড়ে অনেকেই হয়তো ভাবছেন, আমি কৃষ্ণ বিহারী নূরকে বা ওস্তাদ সুজাত হুসেইন খান কে নিয়ে পাগল হয়ে গেছি, তাই বাড়িয়ে চড়িয়ে এতো সব লিখছি। আসলে ব্যাপারটা কিন্তু ঠিক তার উল্টো। ঠিক সুকুমার রায়ের লেখার মতোই 'সূক্ষ্ম হতে স্থূলেতে' না হয়ে এখানে সেটা 'স্থূল থেকে সূক্ষ্মতে'।। আধুনিক জীবনদর্শন, মানে এখনকার সমাজের সব গণমান্য ব্যক্তিদের এবং দেশের নেতা নেত্রীদের জীবন দর্শনটা, "জিন্দেগীসে বড়ি সাজা হি নাহি /অউর জুর্ম ক্যায়া হ্যায়, পতা হি নাহি" র সম্পূর্ণ বিপরীত মুখী। তাদের বিশ্বাস-"জিন্দেগীসে বড়া মজা হি নাহি / অউর জুর্ম হাজারো, কোই সাজা হি নাহি'.......।

সমস্যা হলো, আমাকে এখন নতুন করে ওস্তাদ সুজাত খানের মতো, অথচ বিপরীতমুখী এক ওস্তাদ খুঁজে বের করতে হবে এর নিখুঁত ভাব প্রকাশের জন্যে।

গীতাঞ্জলি

"একটি একটি করে তোমার

পুরানো তার খোলো,

সেতারখানি নূতন বেঁধে তোলো –"

কঠিন কাজ। কিন্তু গুরুদেবের আদেশ। কাজেই মানতে তো হবেই। না মানলে গুরুদেবের আশীর্বাদ-ধন্য হওয়া দুরূহ ব্যাপার হবে। গুরুদেবের আশীর্বাদ পেতে চায় না, এরকম শিষ্য সাধারণত পাওয়া যায় না। ব্যতিক্রম অবশ্যই আছে। আমার চেনা জানা এক বৈদিক তার গুরুকে নিয়ে এতোই তিতিবিরক্ত হয়ে গেছে, যে গুরু যদি অদূর ভবিষ্যতে দেহ না রাখেন, শিষ্যই তার দেহ রাখার ব্যবস্থা করে দেবে।এই ব্যতিক্রমী চরিত্রগুলি না থাকলে গুরু-শিষ্য সম্পর্ক কোনোদিনই এতো সুন্দর হতো না। ইংরেজিতে বলে, "এক্সসেপশন্স ভ্যালিডেট দ্য রুলস"।

আমি চিরকালের নিয়মে বাঁধা মানুষ। ব্যতিক্রমী হতে পারলাম না কোনোদিনই। শুধুমাত্র রোজ রোজ সকালে উঠে দাঁত মাজা আর স্নান করার ব্যাপারে একটু ব্যতিক্রমী বলা যেতে পারে। তবে কিনা, ওসব নিতান্তই তুচ্ছ ব্যাপার। আমাকে দিয়ে নিয়ম ভ্যালিডেট হয় না। নিয়ম আমার জন্যে তৈরী হয়। আর আমি সেই নিয়মে বাঁধা পড়ে জীবনভর কলুর বলদের মতো ঘুরতে থাকি। অর্থাৎ গুরুদেবের সেবা করতে থাকি। আমার সেবায় ত্রুটি হলে গুরুদেব মাঝে সাঝে অসন্তোষ প্রকাশ করেন। তা সত্ত্বেও কিন্তু গুরুদেবকে মেরে ফেলার ইচ্ছা কোনোদিনই আমার হয়নি।

গুরুর আদেশে বাধ্য হয়ে কাজে লাগতেই হলো। প্রথম কাজ একটি সেতার সংগ্রহ করা। এবং সেটা হতে হবে পুরানো। সেতার না পেলে, তার 'তার' খুলবো কি করে? কিন্তু একটি পুরানো সেতার সংগ্রহ করাটাই একটা ভয়ঙ্কর কঠিন কাজ।

অভিজ্ঞতা থেকে দেখা গেছে, পুরানো সেতার সচরাচর পাওয়া যায় না। যারাই সেতার বাজান তাদের কাছে একাধিক পুরানো সেতার থাকে,

যেগুলো তাদের আর কোনো কাজে লাগেনা, লাইন দিয়ে দেওয়ালে টাঙানো থাকে কিংবা দেওয়ালে ঠেসান দিয়ে মেঝেতে দাঁড় করানো থাকে; কিন্তু তারা কিছুতেই ওই সেতারগুলো কাউকে দেন না। এর কারণ নিয়ে কেউ কোনো ব্যাখ্যা দেননি বা মনোবিজ্ঞানীরা কোনো রিসার্চ করেন নি। আপাতত এই ট্র্যাডিশন চলছে এবং চলবে। তবে আমি কিন্তু এর একটি মনোবৈজ্ঞানিক কারণ খুঁজে পেয়েছি। সার্ভে করে দেখেছি, আমি যে ক'জন সেতার বাদককে চিনি তারা সকলেই কোষ্ঠকাঠিন্যতে ভোগে। আর কোষ্ঠকাঠিন্যের ভুক্তভোগী লোকেরা কোনো কিছুই ত্যাগ করা পছন্দ করেনা। নট ইভন এ শিট।

গুরুদেব নূতন সেতারের কথা বলেননি। নূতন বললে অনায়াসেই কিনে নেওয়া যেত। কিন্তু সেতার নূতন হলে তার তারগুলিও নূতন হবে। এদিকে গুরুদেব বলেছেন, পুরানো 'তার' খুলতে। " একটি একটি করে তোমার পুরানো 'তার' খোলো, সেতারখানি নূতন বেঁধে তোলো"। পুরানো তারগুলি খুলে, নূতন 'তার' বেঁধে আবার তুলে রেখে দিতে বলেছেন। উদ্দেশ্যটা কী, ঠিক বোঝা যাচ্ছে না। গুরুদের লীলা বোঝা ভার। আমার মতো অল্পমস্তিস্ক মানুষদের কাছে নিয়ম মেনে সেবা করে যাওয়াটাই সহজ, সরল এবং একমাত্র বাঞ্ছনীয় কাজ।

তাহলে কি গুরুদেব সেতার বাজানোর বিরোধী? ওই যে ট্যাং......ট্যাং.......... করে, প্রথমের দিকে এমন ভাব দেখানো যেন বাজানোর কোনো ইচ্ছাই সেতারবাদকের নাই, আর তারপর গতি বাড়াতে বাড়াতে শেষের দিকে এমন দ্রুত ট্যাংট্যাংট্যাংট্যাংট্যাংট্যাংট্যাং করবে যেন আর এক মুহূর্তও সময় নেই, রাত ১২টা ১০এর শেষ শিয়ালদহ কল্যাণী লোকালটা ধরার জন্যে এবার ছুটতে হবে। এই জাতীয় সঙ্গীতের বিরুদ্ধেই কি গুরুদেব খুব সূক্ষ্মভাবে বলতে গিয়েই বলেছেন, নূতন 'তার' বেঁধে তুলে রেখে দাও? অল্পমস্তিস্ক শিষ্য ঠিক বুঝে উঠতে পারে না।

এই সমস্যার সমাধান এতো সহজ নয়। গুরুদেবও মুখ খুলে সহজ ভাষায় কিছু বলেন না, আর শিষ্যও পুরানো 'তার' খোলার কাজটা সেরে উঠতে পারে না। বছরের পর বছর কেটে যায়। সমস্যা থেকেই যায়। গুরুদেবের বয়স যথেষ্ট হয়েছে। যে কোনো সময় দেহ রাখতে পারেন। কিন্তু

সেবায় চিরব্রতী শিষ্য আমি চাইনা গুরুদেব দেহ রাখুন। আমার ইচ্ছা গুরুদেব দেহ রাখার আগে আমি এই কাজটা সম্পন্ন করে আরও একবার গুরুদেবের বিশেষ আশীর্বাদ যেন নিতে পারি। কিন্তু আমার এমনই দুর্ভাগ্য যে কাজটা পেরে ওঠার আগেই গুরুদেব দেহ রাখলেন।

ভক্তরা তো কাঁদলোই, ব্যতিক্রমীরাও কাঁদলো। আর আমি? মনটা ভীষণ খারাপ হয়ে গেলো আমার। অদৃশ্য অশ্রু আর নীরব কান্নায় কলুর বলদের ঘোরা ঘুরেই চলেছি গুরুদেবের নাম নিয়ে। অনুতাপ শুধু, গুরুদেব একটা কাজ দিলেন, আর তিনি বেঁচে থাকতে থাকতে সেটা করে উঠতে পারলাম না! তার মানে, আমি গুরুদেবের যোগ্য শিষ্য নই; আর গুরুদেব আমাকে তার বিশেষ আশীর্বাদ দিয়ে ধন্য করেননি।

গোপনে অশ্রুধারা বইয়ে দিয়েছি। কোনো ফল হয়নি। ক্লান্ত হয়ে ঘুমিয়ে পড়েছি। হঠাৎ গুরুদেব সামনে এসে হাজির। সেই ঋষিতুল্য অবয়বে একটু যেন হাসির খেলা। দুই চোখে যেন শিশুর দুষ্টুমির রেখা। বললেন, "কীরে? এতো চিন্তা কীসের? কাজটা তো খুব সোজা কাজই দিয়েছিলাম তোকে। একটু ভেবেচিন্তে দেখলেই, পেরে যেতিস। আমার কথাটা তুই ঠিক মতো পড়িসই নি। আমি বলেছিলাম, একটি একটি করে "তোমার" পুরানো তার খোলো। সেতারের তার খুলতে বলিনি। তোর নিজের পুরানো 'তার' খুলতে বলেছিলাম। তোর নিজের যত সব পুরানো চিন্তা ভাবনা, কুসংস্কার, কুশিক্ষা সব খুলে ফেলে দিতে বলেছিলাম। আর তুই খুঁজতে গেলি পুরানো সেতার।"

বললাম, "তাহলে নূতন 'তার' বেঁধে তুলে রাখাটা?"

গুরুদেব হাসতে হাসতে অদৃশ্য হয়ে যেতে যেতে বললেন, "মূর্খ, তুই ঘুমো। ঘুমিয়েই থাক আরও কিছুকাল। ঘুমোলেই তোরা ভালো থাকিস।"

ঋষিতুল্য গুরুদেব

এবার অবান্তর কথা লিখতে গিয়ে হঠাৎ করে মনে এলো, অবান্তর শব্দটার বিপরীত বা বিরুদ্ধ শব্দটা কী? সুবান্তর, না কুবান্তর? নাকি সাদামাটা স্রেফ বান্তর?

ছোটবেলায় বাংলা ব্যাকরণে পড়েছিলাম, অনেক বাংলা শব্দের বিপরীত বা বিরুদ্ধ শব্দ গঠন করতে শব্দটির আগে' অ' লাগানো হয়, যেমন সমীচীন-অসমীচীন, নিয়ম-অনিয়ম, প্রেম-অপ্রেম ইত্যাদি। অবান্তর শব্দটি কি প্রথম থেকেই বিপরীত শব্দ? তাহলে ওর থেকে 'অ' অক্ষরটিকে সরিয়ে নিলেই তো মূল শব্দটি পেয়ে যাবো। আমি সেই ভেবেই বললাম, শুধু বান্তরও হতে পারে। 'সু' আর 'কু' এর মধ্যে আবার লুকিয়ে আছে ভালো-মন্দের অনেক ব্যাপার স্যাপার। তাই ওসব ঝঞ্ঝাটে গিয়ে লাভ নেই। যারা বাংলা ভাষা নিয়ে পড়াশুনা করেছেন বা সুনীতি চাটুজ্জের ওডিবিএল পড়েছেন, তারা হয়তো এই সমস্যার সমাধানটি সঠিক বলতে পারবেন। আমার জানা নেই, নিজের খুশি মতো শব্দটা ব্যবহার করে নিলাম।

এই দেখুন, অজান্তেই আবার একটি ভুল শব্দ ব্যবহার করে ফেললাম, প্রথাগত ব্যবহারের অভ্যাসের ফলে। এটাও আবার বাংলা ব্যাকরণে পড়া। শব্দের আগে 'স' যোগ করে নাকি 'সহিত' বোঝানো হয়। যেমন পরিবারের সহিত – এক কথায় সপরিবারে'; কিন্তু ঠিকের সহিত, 'সঠিক' হয়না। কারণটা কী – জিজ্ঞেস করায় শিক্ষক কানটা মলে দিয়ে বলেছিলেন, কারণ, 'ঠিক' শব্দটা নাকি একাই যথেষ্ঠ। আর কিছু যোগ করে তাকে বেশি ঠিক করা যায়না। আর 'স' যোগ না করলেও 'ঠিক'-টা 'ঠিক'-ই থেকে যায়। সেটা ভুল হয়ে যায়না। চুপি চুপি বলেছিলুম, তার মানে শব্দটা কনফার্মড ব্যাচেলর। কারুর সাথে যুক্ত হতে চায় না। শিক্ষক শুনতে পাননি, তাই রক্ষে। তবে পাশে বসে থাকা অন্য ছাত্ররা মুখ টিপে হেসেছিলো খুব।

অবান্তর কথা'র মুখ্য বিষয় কী, কী হতে পারে? রাজনীতি? ধর্ম? সাম্যবাদ? প্রেম? আরো অনেক কিছুই হতে পারে। এগুলোর মধ্যে কোনোটার উপরেই কথা বলার জন্যে কোনো বিশেষ জ্ঞান অর্থাৎ

এক্সপার্টিস-এর প্রয়োজন হয় না। তার কারণ, এই বিষয়গুলোয় কোনো ফাইনালিটি নেই। পরমহংসদেবের "যত মত, তত পথ" - এর মতো, যত জনের কাছে জানতে চাইবেন, তত রকমের ভিন্ন ভিন্ন মত পাবেন। আর সেই জন্যেই সেটা অবান্তর কথা। শেষ থেকে শুরু করা যাক। প্রেম-ভালোবাসা দিয়ে।

প্রেম-ভালোবাসা নিয়ে কিছু অবান্তর কথা লেখার মানে, কালীপূজার রাত্রির শেষ প্রহরে জিভ কাটা রুদ্র প্রতিমার সামনে, দগদগে সিঁদুর মাখানো যুপকাষ্ঠে, বলিদানের জন্য নিজের মাথাটি গলিয়ে, ধারালো খড়্গটির সজোরে গর্দানে নেমে আসার অপেক্ষায় কচিকাঁচা ছাগলের মতো অসহায় ব্যা ব্যা করা। তবু আমি এই কাজটি করতে চাই, কেন জানেন? কারণ, আমার স্থির বিশ্বাস, অবান্তর কাজ করার চেয়ে অবান্তর কথা লেখা বা বলা সব সময়েই ভালো। ঠিক কিনা আপনিই বিচার করে বলুন। বিশেষ করে প্রেম-ভালোবাসা নিয়ে। কারণ, এই একটা টপিক অক্ষয় অমর। অবিনশ্বর। চিরন্তন, চির নবীন, চির সবুজ।

এই যে বিচার করার ছোট্ট একটি কাজের দায়িত্ব আপনার ঘাড়ে সপেঁ দিলাম, সেটি কোন ভরসায়? আপনি কি সত্যিই বিচার করতে পারবেন? সেই এলেম আছে আপনার?

অবান্তর কথা লেখায় অযথা সময় নষ্ট। সেটা না হয় মেনে নিলাম এই যুক্তিতে, যে আমার আর কিছু করার নেই। বৃদ্ধ বয়সে, অঢেল সময় হাতে। কিছু অবান্তর কথা লিখে সময় কাটানো। টপিকটাকে একটু সাইড ট্র্যাক করে এই “সময় কাটানো” নিয়ে একটা কথা বলি। আমার সমবয়সী সবাই রিটায়ার্ড জীবন কাটাচ্ছে। তাদের মধ্যে আবার কেউ কেউ স্ত্রী-হারা। মাঝে মধ্যে ফোন করে বলে, পূর্ণেন্দু, সময় কাটানোর কিছু নেই। খুব বোর লাগে। আমি তাদেরকে বলি, কিচ্ছু করতে হবে না। শুধু চুপচাপ বসে থাকতে শেখো, আর দেখতে থাকো, সময় কেমন তার নিজের গতিতে কেটে যাচ্ছে। আর, আরও গভীর ভাবে দেখতে শিখলে দেখবে, সময় কাটার সাথে সাথে কেমন অদ্ভুত ভাবে নিজেকে বদলে নিচ্ছে। কখনো হাস্যকর, কখনো রিয়েলি ওয়রিং। খুবই চিন্তার বিষয়। কিন্তু এই বয়সে, চিন্তা করে, যখন কোনো সমস্যার সমাধান করার ক্ষমতা নেই, তখন অকারণ চিন্তা করার

কোনো মানে হয় না। তার চে' বরং কিছু অবান্তর কথা বলা বা লেখা ভালো। যেটা আমি এখন করছি। ভেবে চিন্তে দেখুন। আর বলুন, অবান্তর কথাটা ঠিকঠাক, অর্থাৎ হাই কোয়ালিটির অবান্তর হলো কিনা।

যেটা নিয়ে বলছিলাম। প্রেম-ভালোবাসা নিয়ে কিছু অবান্তর কথা।

প্রেম-ভালোবাসা নিয়ে কিছু বলতে গেলে বাঙালির মনে এক ঋষিতুল্য বুড়োর কথাই মনে আসে। তিনি আদি, তিনিই অন্ত। প্রেমের ব্যাপারে তাকে দিয়েই শুরু, তাকে দিয়েই শেষ। বাঙালি তার বাইরে যেতে চায় না, যাওয়ার দরকারও নেই। আমি বাঙালি, কাজেই আমিও তাই। এটাকে প্যারোকিয়ালিজম, নেপোটিজম, কনসারভেটিজম - ফ্রগ-ইন-দ্য-ওয়েল-ইসম, যাই বলুন না কেন, কারুর কিছু যায় আসে না। মুজতবা আলীর সেই মোক্ষম দু'লাইন - "যদ্যপি আমার গুরু শুঁড়ি বাড়ি যায় / তথাপি আমার গুরু নিত্যানন্দ রায় "- মনে আছে? এটাও খানিকটা সেরকম।

বুড়ো অন্তরে উথাল পাথাল, বাইরে প্রশান্ত মহাসাগর। সংযত, ধ্যানমগ্ন ঋষি। অন্তরের উথালি-পাথালির ঢেউ তীরে এসে গর্জনে, সপাটে ভাঙে না। তার বহিঃপ্রকাশ নীরবে, নিভৃতে, বহির্বিশ্বকে সম্পূর্ণ উপেক্ষা করে, শুধুমাত্র খাতার পাতায়, শব্দ সাজানোয় – "ন্যায় অন্যায় জানি নে, জানি নে, জানি নে, / শুধু তোমারে জানি..........." কিংবা, "অলকে কুসুম না দিয়ো, শুধু শিথিল কবরী বাঁধিয়ো, / কাজলবিহীন সজল নয়নে হৃদয় দুয়ারে ঘা দিয়ো.......", কিংবা, "এমন দিনে তারে বলা যায়............. এমন দিনে মন খোলা যায় ...."। মন খুললেন ঠিকই, তবে কোনও মানুষ বা মানুষীর কাছে নয়। শুধু মাত্র খাতার পাতায়। শব্দ সাজানোয়।

প্রেয়সীর বুকের বসন ঝড়ে উড়ে যাওয়া দেখতে চেয়েছিলেন, তাও শুধু শব্দ মাধ্যমে- "ঝড়ে যায় উড়ে যায় গো, তোমার বুকের বসনখানি ...."। কিন্তু অর্বাচীন ভক্তবৃন্দ সেখানেও জেদাজেদি করে শুধুমাত্র খোলা মুখটুকু দেখতে দিলেন। "বুকের বসনখানি" বাদ দিয়ে বসালেন "মুখের আঁচলখানি"। তাই পরে অন্য গান লেখার সময় "বুকের মাঝে সুধা আছে, চাও কি?" না লিখে, লিখলেন "প্রাণের মাঝে সুধা আছে, চাও কি?" আর এই ক্লিষ্ট শিষ্যকে ভোরবেলা স্বপ্নে এসে বলে গেলেন, "তুই শুধু নিজের কষ্টটাকেই বড় করে ভাবিস, আমার কষ্টটা তুই একবারও বোঝার

চেষ্টাই করলি না। মনের মতো প্রেয়সী তো পেলামই না, এমন কি একটা ভক্ত পর্যন্ত পেলাম না মনের মতো, যে ভক্ত গুরুকে নিজের মানদন্ডে বিচার না করে, গুরুকে গুরুর মানদন্ডে বিচার করবে। ভেবেছিলাম, কেউ না হোক, তুই অন্তত আমার কষ্টটা বুঝবি। কিন্তু তোর গবেট মাথায় হৃদয়ের সূক্ষ্ম ব্যাপারটা ঢোকেই না একদম। তবে, তোর কাছে একটা কথা চুপিচুপি স্বীকার করে যাই। অর্বাচীন ভক্তবৃন্দের আপত্তির কথা ভেবে, ওই যে "বুকের মাঝে সুধা আছে " না লিখে "প্রাণের মাঝে সুধা আছে " লিখলাম, পরে বুঝেছি, ওটা আরো অনেক উচ্চস্তরে উঠিয়ে দিলো গানটাকে।"

কেন এই ঋষিতুল্য সংযম? বাহ্যিক জীবনে তো ঋষি নন, তবু কেন এই অন্তরের জ্বলন্ত চিতার আগুনে বারবার নিজেকে পোড়ানো? ....এই খানেই শুরু, আর এইখানেই শেষ - শুধু আমার নয়, সমস্ত বাঙালির অবান্তর কথা। হৃদয়ের গোপন অলিন্দে যারা একটু ঘোরাফেরা করেন, সেরকম বাঙালিকে, বা সেরকম যে কোনো মানুষকে আপনি জিজ্ঞেস করে দেখুন - গুরুদেবের যাবজ্জীবন এই হৃদয়দহনের কারণ কী? যতজন বাঙালিকে এ ব্যাপারে জিজ্ঞেস করবেন, ততগুলো ভিন্ন ভিন্ন ব্যাখ্যা পাবেন। কেউ কেউ আবার এই নিয়ে টিভি সিরিয়ালও তৈরী করে ফেলবেন, "আমার রবীন্দ্রনাথ" নাম দিয়ে। তবে, তার কোনোটাই হয়তো সত্য নয়। আমি যে আজ অবান্তর কথা লিখতে বসেছি, সেটি শুধু এ ব্যাপারে আমার ব্যাখ্যা জানাতে। যেটি খুব সম্ভবত একটি অবান্তর ব্যাখ্যা। আর খুব সংক্ষেপে সেটি হলো - ঋষি গুরুদেব যখনই নিজের হৃদয়কে একটু খুলে ধরার প্রবল ইচ্ছায়, আপাত-ভালো-লাগা কোনো নারীর একটু কাছে এসেছেন, একটু বেশি করে, একটু ভালো করে চিনেছেন, তখনই তিনি তাকে নিজের হৃদয়ের অন্দরমহলে স্থান করে নেওয়ার অযোগ্য বিবেচনা করে নিজেকে রুখে নিয়েছেন, আর সেই কষ্ট সাজিয়েছেন একের পর এক, হাজার হাজার, খাতার পাতায়, লক্ষ লক্ষ শব্দমালায়।

গুরুদেবের এই অসহনীয় কষ্টে আমরা হয়েছি সমৃদ্ধ, উজ্জ্বল।

দুই বুড়োর গল্প- এক

সে প্রায় আড়াই হাজার বছর আগেকার কথা। একটা উস্কো খুস্কো চুল-মাথা বুড়ো, দেখলে মনে হবে একটু পাগলাটে টাইপের, তার শহরের এ প্রান্ত থেকে ও প্রান্ত দাপিয়ে বেড়ান শুধু তার কথা দিয়ে। সাধারণ লোক তার কথাগুলো ঠিক মতো বুঝে উঠতে পারেনা, অথচ শুনতে বেশ ভালো লাগে তাদের। কোথায় যেন তাদের মস্তিষ্কে টোকা মেরে তাকে উস্কে দিতে চায় তার কথাগুলো, "ভাবো, ভাবো, একটু অন্যরকম করে ভেবে দেখো। একটু কোয়েশ্চন করে দেখোই না, প্রথাগত চিন্তার বাইরে কোনো উত্তর পাও কিনা।"

লোকটাকে কেউ বলে পাগল, কেউ বলে দার্শনিক, আবার কেউ কেউ বলে জিনিয়াস। লোকটা যে আসলে কী, কেউ বুঝে উঠতে পারেনা। কারণ, লোকটা নিজের সম্বন্ধে বার বার বলেন, "আমি কিছুই জানি না। তবে এটুকু জানি, যে আমি কিছুই জানিনা। তাই, আমি অন্য সবার চেয়ে জ্ঞানী। কারণ, অন্য সবাই এটুকুও জানেনা যে, তারা কিছুই জানে না।" এ রকম কথা শুনলে কে না পাগল ভাববে বলুন? সাধারণ লোক কি এরকম কথা বলতে পারে? তাই লোকটা হয় পাগল, নয় তো জিনিয়াস। কিছু না জেনেই আবার জ্ঞানী হওয়া যায় নাকি?

লোকটা কথা বলতে ভালোবাসেন খুব। সুযোগ পেলেই কথা বলেন, রাস্তায় যাকে সামনে পান তার সাথেই। খুবই সাধারণ কথা। "কী কাজ করো? কার জন্যে করো? কাউকে ভালোবাসো? ভালোবাসা কি?" এইসব অতি সাধারণ প্রশ্নের উত্তর নিয়ে ভাবাতে ভাবাতে অসাধারণ উত্তরে এসে পৌঁছতে সাহায্য করেন অন্যদের।

এভাবেই কথা বলতে বলতে দেখা হলো এক আইনজীবির সাথে। জিজ্ঞেস করলেন, "তুমি কী কাজ করো?" আইনজীবি একটু ভেবে বললো, "ন্যায়ের প্রতিষ্ঠা।" বুড়ো একটু হেসে ফেললেন। বললেন, ঠিক বুঝলাম না। এই "ন্যায়" ব্যাপারটা কী একটু বুঝিয়ে বলুন তো? আইনজীবী আর কোনো জবাব দিতে পারে না। বিড়বিড় করে কিছু বলার চেষ্টা করে, 'খারাপের

উপরে ভালোর জয়'-এই জাতীয় কিছু। বুড়োর কাছে সেটা হাস্যকর শোনায়। বলেন, "আপাত দৃষ্টিতে ভালো মনে হলেও ভালো তো নাও হতে পারে।" আইনজীবী জিজ্ঞেস করে, "যেমন?" বুড়ো বলেন, "যেমন ধরো, কারুর হারিয়ে যাওয়া একটা তলোয়ার তুমি খুঁজে এনে দিলে তার হাতে। ভালো কাজ বলেই মনে হবে।" আইনজীবী বললো, "অবশ্যই ভালো কাজ।" বুড়ো বললেন, "কিন্তু ধরো, লোকটা ওই তলোয়ারটা দিয়ে যাকে সামনে দেখতে পায় তারই মুন্ডচ্ছেদ করে। তাহলে কী তাকে তলোয়ারটা ফিরিয়ে দেওয়া ভালো কাজ বলে মনে হবে?" উত্তর দিতে পারে না আইনজীবী।

উত্তর পেয়ে গেলেই যে কথা থেমে যেত, তা নয়। সেই উত্তরের পরের ধাপের প্রশ্নে চলে যান বুড়ো, যাতে করে উত্তরের মধ্যে যেটুকু অসামঞ্জস্য রয়েছে, সেটা বেরিয়ে আসে এবং বোঝা যায় যে উত্তরটা সম্পূর্ণ ভাবে সন্তোষজনক নয়। সবাইকে ভাবতে হয় আবার। বুড়োটা সবাইকে ভাবতে শেখান। যুবক সম্প্রদায়ের কাছে পুরো ব্যাপারটা খুব আকর্ষণীয় লাগতে থাকে। তারা নোটবুক হাতে নিয়ে বুড়োর পাশে পাশে ঘোরে। বুড়োর কাছ থেকে যেসব আশ্চর্যজনক প্রশ্নোত্তর শোনা যায় সেগুলো তাদের নিজেদের মতো করে লিখে রাখে তাদের নোটবুকে। সবাই যে একইভাবে লেখে তা নয়। সবার মস্তিস্ক তো আর সমান কাজ করে না। যে যার নিজের মস্তিষ্কের নিরিখে বুড়োটার কথা লিখে রাখে। কারণ বুড়ো নিজে কোথাও কিছু লেখেন না। শুধু প্রশ্নের পর প্রশ্ন। যতক্ষণ না উত্তরদায়ী তার নিজের উত্তরের অসম্পূর্ণতায় অখুশি হয়ে নিজেই নতুন করে ভাবতে শুরু করে। এ এক অদ্ভুত খেলা। সারা শহরের যুবক সম্প্রদায় মেতে ওঠে সেই খেলায়।

বুড়ো বলেন, "নিজের অজ্ঞতা সম্পর্কে ওয়াকিবহাল হতে পারলে তবেই জ্ঞানার্জনের দ্বার খুলে যাবে।" আস্তে আস্তে বুড়োটার নাম এমন ছড়িয়ে পড়তে থাকলো, যে দূর দূর থেকে লোক আসে রাস্তায় একটা উঁচু পাথরের উপর দাঁড়িয়ে জ্ঞান বিতরণকারী এই বুড়োটার কথা শোনার জন্যে। তার এই জ্ঞান বিতরণের প্রথম পর্যায়ে, যখন তিনি জীবনের গুরুত্বপূর্ণ বিষয় গুলো নিয়ে খুব গম্ভীর ভাবে আলোচনা করতেন, তার পুরো কথা কেউই শুনতো না। একটু দাঁড়িয়ে, দু চার মিনিট বুড়োর বক্তৃতা শুনে চলে যেত যে

যার নিজের দৈনন্দিন কাজে। যে কাজগুলোকে বুড়োটার কখনোই মনে হয়নি আদৌ গুরুত্বপূর্ণ বলে।

এরকম অবস্থায় একদিন তিনি গম্ভীর আলোচনা ছেড়ে সমবেত জনগণ কে একটি গল্প বলা শুরু করলেন -

"এক বণিক তার সামগ্রী বিক্রির জন্যে পাশের দেশে যাওয়ার কথা ভাবলেন, যেখানে তার সামগ্রীর দাম আরো অনেক বেশি পাওয়া যাবে। ভোর ভোর উঠে বোঝা মাথায় নিয়ে বেরিয়ে পড়লেন। অনেকটা পথ। তার উপরে আবার বেশ কিছুটা পাহাড়ি রাস্তা। একটা ছোটোখাটো পাহাড় ডিঙোতে হবে তাকে। কিছুদূর হাঁটার পর, দেখা হলো আর এক যাত্রীর সাথে, যারও গন্তব্যস্থল ওই একই জায়গা। ওই যাত্রীর সাথে একটি গাধা, যেটিকে বেশি দামে বিক্রি করার জন্যে সে যাচ্ছে পাশের দেশে। আলাপ পরিচয়ের পর একসাথে হাঁটা। ক্রমশ রোদের তেজ বাড়ছে। হাঁটতে কষ্ট হচ্ছে।" -এই পর্যন্ত বলার পর বুড়ো দেখলেন, আজকে কেউ চলে যাচ্ছে না তার আসর ছেড়ে। সবাই অপেক্ষায় দাঁড়িয়ে আছে গল্পের পুরোটা শোনার জন্যে। গল্পটা যতই এগোতে থাকে লোকের ভীড়ও ততো বাড়তে থাকে।

বুড়ো বলতে থাকেন - "পাহাড়ি রাস্তা শুরু হতেই বোঝা নিয়ে চড়তে বণিকের বেশ কষ্ট হতে লাগলো। সে সহযাত্রীকে অনুরোধ করলো, গাধার পিঠে বোঝাটা রাখার জন্য। সহযাত্রী রাজি হলো ঠিকই, তবে বিনিময়ে ভাড়া চাইলো। বণিক তাতেই রাজি। আরো কিছুদূর যাওয়ার পর, রোদ যখন আরো প্রখর, পাহাড়ের উঁচাই যখন আরো কঠিন, তারা দুজনেই ক্লান্ত হয়ে একটু বৃক্ষছায়ার সন্ধান করতে লাগলো বিশ্রাম নেওয়ার জন্যে। কিন্তু কাছাকাছি কোথাও কোনো গাছ দেখতে না পেয়ে, তারা দুজনেই বোঝাসমেত গাধাটাকে দাঁড় করিয়ে একটু শুয়ে নেওয়ার চেষ্টা করলো দাঁড়িয়ে থাকা গাধার ছায়ায়।। কিন্তু বাধ সাধলো এই ছায়ার মূল্য নিয়ে। গাধার মালিক বললো, গাধার ছায়া উপভোগ করার জন্যে বণিককে কিন্তু আলাদাভাবে ভাড়া দিতে হবে, কারণ, বণিক গাধাটা ভাড়া নিয়েছে ঠিকই, গাধার ছায়াটা ভাড়া নেয়নি। তার জন্যে চাই আলাদা মূল্য। এদিকে বণিকের যুক্তি হলো, সে যখন গাধাটা ভাড়া নিয়েছে, সে গাধার সম্পূর্ণ সত্তাকেই ভাড়া নিয়েছে। ছায়ার জন্যে আলাদা ভাড়া চাওয়া অন্যায়।"

এতক্ষণে দেখা গেলো, চারিদিকে ভীড়ে ভীড়াক্কার। গল্পের ক্লাইম্যাক্স শোনার জন্যে সব অধীর। হঠাৎ সবাই দেখলো বুড়ো উঁচু পাথর থেকে নেমে হনহন করে বাড়ির দিকে হাঁটতে শুরু করে দিয়েছেন। অধীর জনতা তার পিছে পিছে দৌড়ে গিয়ে অনুরোধ করতে থাকে, "গল্পের বাকিটা বলে যান- গল্পের বাকিটা বলে যান। এতো সুন্দর গল্পের শেষটা জানতে না পারলে যে সবাই মনমরা হয়ে থাকবো। কাজে মন বসবে না কিছুতেই। সব সময়েই মনে হবে, শেষ পর্যন্ত কী রফাদফা হলো তাদের মধ্যে? না জানতে পারলে গল্পটার কোনো মূল্যই রইলো না আমাদের কাছে। রাতে ঘুমোতেও তো পারবো না ঠিকমতো।"

দুই বুড়োর গল্প- দুই

বুড়ো ঘুরে দাঁড়ালেন। সম্ভবত এই প্রথম মুখে একটু ব্যঙ্গের হাসি-রেখা টেনে এনে বললেন, "তোমরা তোমাদের নিজেদের মানসিক অবস্থাটা বুঝতে পারছো, কোন স্তরে তোমাদের মনের ঘোরা ফেরা?" সবাই জানতে চাইল, কী এমন ব্যাপার তাদের মানসিক অবস্থার, যে বুড়োর মুখে ব্যঙ্গের হাসি? বুড়ো বললেন, "যখন আমি জীবনের অতি গুরুত্বপূর্ণ সব ব্যাপার নিয়ে কথা বলি, কারুর কিছু জানার ইচ্ছা দেখিনা। নিজের জীবন কীভাবে চালাবো, বা চালানো উচিৎ, সে নিয়ে কোনো কৌতূহলই নেই। আর আজ দেখছি গাধা নিয়ে ঝগড়ার পরিণাম কী হলো, সেটা জানতে সবার আগ্রহের সীমা নাই। একটা কাল্পনিক গাধার জীবন তোমাদের কাছে নিজের জীবনের চেয়ে বেশি আকর্ষণীয়।"

তারপর কেটে গেছে বহু যুগ। এই বুড়োর থেকে প্রায় বাইশ শো বছরের ছোট, আরো একটি বুড়ো, যে ঠিক ওই বুড়োটার মতোই নিজের শহরটাকে দাপিয়ে রেখেছিলেন, ঠিক দাপিয়ে নয়, কারণ দাপিয়ে রাখা কথাটা বলা হয় যতক্ষণ নিজে উপস্থিত থাকা যায়, ততক্ষণ। তাই হয়তো মাতিয়ে রেখেছিলেন বললে কিছুটা সত্যভাষণ হবে। কারণ, সেই মাতন এখনও কাটিয়ে উঠতে পারেনি এই ছোট বুড়োটা চলে যাওয়ার প্রায় একশো বছর পরেও - ঠিক যেরকম প্রথম বুড়োটার প্রশ্নের পর প্রশ্নাবলী সাজিয়ে জ্ঞানকে এগিয়ে নিয়ে যাওয়ার মধ্যে মস্তিষ্কের মাতন কাটিয়ে উঠতে পারেনি সারা বিশ্বের যুবক সম্প্রদায়। হয়তো আবারো একটু মিথ্যা ভাষণ হয়ে গেলো। সারা বিশ্বের যুবক সম্প্রদায়ের একটা বড় অংশ দেখছি, আজকাল প্রশ্নোত্তর ছেড়ে দিয়ে বিশ্বাসের দিকে এগিয়ে যাচ্ছে - মন্দির-মসজিদ-গীর্জা-সিন্যাগগ নিয়ে মাথা ঘামাচ্ছে বেশি।

যাকগে, যে যা খুশি নিয়ে মাথা ঘামাক। নিজের নিজের মাথা নিয়ে যে যা খুশি করুক। শুধু মুশকিল হলো, নিজের মাথাটা নিজের মাথার মতো চালায় না এরা। নিজের মাথাগুলোকে বেচে দিয়েছে, অন্যের মাথার কাছে, ওদেরই মধ্যে যাদের মস্তিস্ক একটু বেশি উর্বর, তাদের কাছে। মুশকিলটা এখানেই। অধিকাংশ লোকই নিজের মস্তিস্ক গুলোকে পুরোপুরি না বেচলেও, জমিদারি প্রথায় বন্ধক দিয়ে বসে আছে।

প্রসঙ্গ থেকে সরে যাচ্ছিলাম কিছুটা। বাঙালির এ এক জন্মগত বৈশিষ্ট। জন্মগত অধিকারও বলা যেতে পারে। সেই অধিকারই একটু ফলিয়ে নিলাম আর কী।

বুড়োদের কথায় ফিরে আসি।

প্রথম বুড়োটা শুধু কথা বলেন। লেখেন না কিছুই। তাকে নিয়ে লেখে শুধু তার শিষ্যরা। গুরুকে কেউ হয়তো একটু বোঝে, অধিকাংশই বিশেষ কিছু বোঝে না। অথচ ভালো লাগে তাদের। পুরোপুরি না বুঝেই লেখে তাকে নিয়ে। গুরু যেন এক রহস্য। তাকে সম্পূর্ণ বুঝে ওঠা কঠিন।

দ্বিতীয় বুড়োটা আবার বেশি কিছু বলেন না। শুধু লেখেন। পাতার পর পাতা। হাজার হাজার। লক্ষ লক্ষ, কোটি কোটি শব্দ দিয়ে পাতা সাজানোই তার কাজ। এর শিষ্যরাও তাদের গুরুর লেখা পড়ে মুগ্ধ। গুরু নিজেকে নিয়ে বিশেষ কিছু বলেন না অন্য কাউকে। শুধু নিজের কথা লিখে যান, হৃদয়ের গভীরতম প্রদেশ থেকে, যেগুলো ক্রমশ হয়ে ওঠে সার্বজনীন, সকলেরই হৃদয়ের কথা। এই বুড়োও হয়ে ওঠেন তার শিষ্যদের কাছে এক রহস্য।

প্রথম বুড়ো টোকা দেন অন্যদের মস্তিষ্কে, দ্বিতীয় বুড়ো টোকা দেন অন্যদের হৃদয়ে। দু'জনেই স্থিতপ্রজ্ঞ। বহির্বিশ্বের ঘটনা তাদের অন্তরের স্থিরতা কে ভাঙতে পারে না।

একদিন প্রথম বুড়ো, তার শিষ্যদের সাথে আলোচনায়-বিতর্কে ব্যস্ত, অর্ধাঙ্গিনী জেনটিপি কিছু সাংসারিক কথা বারবার বলার চেষ্টা করেও অসমর্থ হয়ে, রেগে গিয়ে এক বালতি জল এনে ঢেলে দিলো বুড়োর মাথায়। শিষ্যরা অবাক। কিন্তু গুরুর আলোচনায় তার কোনো প্রভাবই পড়লো না। আলোচনা যেভাবে এগিয়ে যাচ্ছিলো, সেভাবেই চলতে থাকলো। অল্প মস্তিষ্কের কোনো কোনো শিষ্য এই চরম স্থীতপ্রজ্ঞা সহ্য করতে না পেরে জিজ্ঞেস করেই ফেললো, "এই ঠান্ডায় আপনার পুরো শরীরটা ভিজিয়ে দিলো, আর আপনি কিছু বললেন না?" বুড়ো খুব শান্ত স্বরে বললেন, "মেঘ-গর্জনের পর বারিপাত হবে, এতে আশ্চর্য হবার কী আছে? এটাই তো স্বাভাবিক।"

দ্বিতীয় বুড়োকে ডেকেছে সমাজের হর্তাকর্তারা তাদের সভায় কিছু গম্ভীর বিষয় নিয়ে কথা বলতে। স্থিতপ্রজ্ঞ বুড়ো ঠিক সময়েই পৌঁছলেন।

সময়ের একটুও এদিক ওদিক নয়। ঠিক ওই মুহূর্তে বুড়োর পরিস্থিতিতে অন্য যে কেউ হলে, ঠিক সময়ে পৌঁছনো তো দূরের কথা, হয়তো সভাতেই যেতেন না। কিন্তু এই বুড়ো গেলেন। শুধু যে গেলেন, তা নয়, তার হৃদয়ের অন্তঃস্থলের উথাল পাথালের খবর কাউকেই টের পেতে দিলেন না।

সভার শেষে, এক শুভাকাঙ্খী ভক্ত, যে গুরুর ব্যক্তিগত ব্যাপার কিছু কিছু জানতো, জানতে চাইলো তার অসুস্থা কন্যার কথা। গুরু, অর্থাৎ স্থিতপ্রজ্ঞ দ্বিতীয় বুড়ো, শান্ত স্বরে জানালেন, তার কন্যা আজই সকালে মারা গেছে। এই ভয়ঙ্কর- প্রায় নির্মম- স্থীতপ্রজ্ঞার কাছে ভক্তের দ্বিতীয় আর কোনও প্রশ্ন উচ্চারিত হয় না। বিস্ময়ে আর সম্ভ্রমে মাথা নত হয়ে যায়। ব্যক্তিগত জীবনের এই চরম বিপর্যয়ের মুহূর্তেও উনি সভায় এলেন, কথাও বললেন, কাউকে বুঝতে পর্যন্ত দিলেন না, তার অন্তরের ভয়ঙ্কর উদ্বেলতা। শুধু রহস্য বেড়ে যায় ভক্তদের।

প্রথম বুড়োর তখন খ্যাতির রমরমা। জ্ঞানের শ্রেষ্ঠ ভান্ডারী উপাধিতে ভূষিত। কিন্তু, যুবক সম্প্রদায়ের উপর এক কুৎসিত গরীব বুড়োর এই অটুট প্রভাব সহ্য করতে পারলো না রাষ্ট্রশক্তি। অভিযোগ নিয়ে এলো, যুবক সম্প্রদায়ের মন বিষাক্ত করার। বিচারের জন্য বুড়োকে দাঁড় করানো হলো জনতার আদালতে। জনতার মধ্যে থেকে লটারী করে তুলে নেওয়া হলো পাঁচশো এক জনকে বিচার মন্ডলীর সদস্য হিসাবে। বিচার চললো দশ ঘন্টা ধরে। দু'শো একুশ জন সদস্য রায় জানালো, বুড়ো নির্দোষ। আর দু'শো আশি জন সদস্য রায় দিলো, বুড়ো দোষী। দুনিয়ার প্রথম গণতান্ত্রিক দেশে সংখ্যাধিক্যের রায়ে, দোষী সাব্যস্ত হলো প্রথম নির্ভীক দার্শনিক।

শাস্তি? মৃত্যুদণ্ড। বিষপানে। স্বেচ্ছায়। নিজহাতে। এই ঘটনার প্রায় বাইশ শো বছর পরে অন্য এক বুড়ো লিখে যাবে, "আমি জেনে শুনে বিষ করেছি পান, প্রাণের আশা ছেড়ে সপেঁছি প্রাণ”............

বিষপান সকলকেই করতে হয় একদিন না একদিন। তাই জীবনে যেটা শিখতে হয়, সেটা হলো নিরন্তর নীলকণ্ঠ হতে শেখা। একবার নয়, বারবার। রোজ সকালে কালো চা এর মতো, একটু করে বিষপান করে নিতে হয়। যাতে করে সারাদিন নীলকণ্ঠ হয়ে থাকা যায়।

কিন্তু না, বুড়োকে মৃত্যু দন্ড সোজাসুজি দেওয়া হবে না। গণতন্ত্রের নিয়ম মেনে তাকে আরো একবার সুযোগ দেওয়া হবে, শাস্তির পরিমাণ নিয়ে নিজের পক্ষে যুক্তি দেখানোর। অর্থাৎ মঞ্চস্থ হবে গণতন্ত্রের প্রথম প্রহসন।

রাষ্ট্রশক্তি প্রহসন করার সিদ্ধান্ত নিলে, বুড়োই কি আর কম যায়? যতই হোক, বুড়োর মেধার কাছে রাষ্ট্রশক্তির মেধার কোনো তুলনাই হয় না। হিমালয়ের পাশে উই ঢিবি।

প্রহসনের প্রথম অঙ্কে অভিযুক্তকে সুযোগ দেওয়া হলো অন্য কোনো শাস্তি বেছে নেওয়ার। বুড়োকে যখন জিজ্ঞাসা করা হলো, "তুমি কি তোমার অপরাধের নিরিখে মৃত্যুদণ্ডের বদলে অন্য কোনো শাস্তি বেছে নিতে চাও?"

শুরু হলো, প্রহসনের দ্বিতীয় অঙ্ক। বুড়ো শান্ত, সমাহিত। বললেন "অবশ্যই চাই।" দণ্ডকর্তা জিজ্ঞেস করলেন, "কী সেই শাস্তি?"

শাস্তির পরিমাণ নিয়ে কথা বলার আগে বুড়ো বিশদে জানালেন তার জীবনের উদ্দেশ্য ও তার কার্যাবলী। দীর্ঘ বক্তৃতার শেষে বুড়ো ছোট্ট করে বললেন, জীবনের অর্থ কী। বললেন, "অপরীক্ষিত জীবন, জীবন শব্দের অপব্যবহার। অপরীক্ষিত জীবন নিয়ে বেঁচে থাকা অর্থহীন। আমি যুবক সম্প্রদায়কে, এবং সমস্ত মানবকুলকে, শুধু শেখাতে চেয়েছি জীবনকে পরীক্ষা করে নিতে। নিরন্তর। সত্যি কথা বলতে কি, রাষ্ট্রশক্তির উচিত - শাস্তির পরিবর্তে আমাকে সম্মান দেওয়া। মানুষকে ভালোবাসার শাস্তি যদি মৃত্যুদন্ড হয়, আমার কোনো আপত্তি নেই। তবে রাষ্ট্রশক্তি যদি সত্যিই কোনো বিকল্প, অথচ যথাযথ, শাস্তির কথা ভাবেন, তাহলে তিরিশ পয়সা জরিমানার কথা ভাবতে পারেন।"

কোথায় মৃত্যুদন্ড, আর কোথায় তিরিশ পয়সা জরিমানা! বিচার ব্যবস্থার প্রতি বুড়োর এই ব্যঙ্গ সহ্য করতে পারলেন না দণ্ডকর্তা। আদেশ দিলেন, বুড়োকে খাওয়ানো হোক হেমলক বিষ, তার নিজহাতে।

গণতন্ত্রের বা গণতান্ত্রিক ব্যবস্থার ত্রুটির প্রথম শিকার হলেন বিশ্বের শ্রেষ্ঠ জ্ঞানী সক্রেটিস।

বিচার ব্যবস্থার প্রহসনের এই ট্র্যাডিশন সমানে, কিংবা আরো ভয়ঙ্কর রূপে, চলে আসছে বিগত আড়াই হাজার বছর ধরে।

দুই বুড়োর গল্প- তিন

দ্বিতীয় বুড়ো মৃত্যুদণ্ডে দণ্ডিত নন ঠিকই, তবে তার জীবনভরের আরাধনা - আদর্শ মানুষ হওয়া, স্থান-কাল-পাত্র-জাতি-ধর্ম-নির্বিশেষে বিশ্বমানব হয়ে ওঠা - তার দেশের মানুষকে, বিশেষ করে তার বাংলার মানুষকে, আদর্শ মানুষ হওয়ার জন্যে প্রার্থনা- "সাত কোটি সন্তানেরে, হে মুগ্ধা জননী, রেখেছো বাঙালি করে মানুষ করো নি;"-তার বিশ্বমানবতার ডাক কে জাতীয়তাবাদের বিরোধী আখ্যা দেওয়া মৃত্যুদণ্ডের চেয়ে কম কিছু নয়।

দ্বিতীয় বুড়োটাও প্রথম বুড়োর মতোই সময়ের থেকে হাজার বছর আগে জন্মে গিয়েছিলেন। অথবা অন্যভাবে বললে, দুই বুড়োই ছিলেন লিলিপুটের দেশে গ্যালিভার। জাহাজডুবিটা যে কোথায়, কিভাবে হয়েছিল কেউ জানে না। আমার এক প্রিয়জনের দেওয়া উপহার, বিশ্ববিখ্যাত মনোবিজ্ঞানী ডক্টর সুধীর কাক্কার এর লেখা -"ইয়ং টেগোর, দ্য মেকিং অফ এ জিনিয়াস" -বইতে দ্বিতীয় বুড়োর জাহাজডুবি এবং গ্যালিভার হয়ে ওঠার কাহিনীর মনস্তাত্ত্বিক বিশ্লেষণ কিছুটা অন্তত পাওয়া যায়। প্রথম বুড়োর ক্ষেত্রে সেটুকুও নেই। শুধু কিছু অল্পবুদ্ধি, গুণমুগ্ধ শিষ্যদের নিজের নিজের মস্তিষ্কের মাপ অনুযায়ী গুরুর বিশালত্বের বিবরণ পাওয়া যায়। যা খুবই সুখপাঠ্য, তবে সত্যপাঠ কিনা বলা যায় না। দার্শনিক রাসেল-এর ভাষায়, "A stupid man's report of what a clever man says is never accurate, because he unconsciously translates what he hears into something that he can understand." কাজেই প্রথম বুড়োর ব্যাপারে তার গুণমুগ্ধ শিষ্যদের - বিশেষ করে জিনোফোন বা প্লেটোর - বর্ণনা কতটা সত্যনির্ভর সেটা বলা কঠিন। তবে পুঙ্খানুপুঙ্খ বর্ণনার বা তুলির সূক্ষ্ম টানের সত্যতা নিয়ে মাথা না ঘামিয়ে, পুরো ক্যানভাসটা যদি খুলে দেখা যায়, তার বিশালত্বে সে যুগের লিলিপুট মানুষের কাছে তিনি গ্যালিভার ছাড়া আর কিছু নন। ঠিক যেমনটা আমাদের দোর গোড়ার গ্যালিভার দ্বিতীয় বুড়ো।

কথায় বলে, গেঁয়ো যোগী ভিখ পায় না। ইংরেজিতে বলে “A prophet is without honor in his hometown”। হিন্দিতে এর কাছাকাছি হলো, ঘর কা মুরগি ডাল বরাবর। মুশকিল হলো, সব ক্ষেত্রেই পারিপার্শ্বিকের বিচারবোধ খুবই সীমিত। যতক্ষণ না দূরের কেউ বলছে, আরে, তোমার ঘরের ডাল তো বেশ সুস্বাদু, ততক্ষণ আমরা ভাবি, রোজ রোজ এই বিস্বাদ, এই আলুনি ডাল আর খাওয়া যায় না। কিন্তু সেই ডালেই একটু বিদেশী তড়কা পড়ে গেলেই তার স্বাদ বদলে হয়ে যায় অমৃতসম। একেবারে আগমার্ক-ওয়ালা শুদ্ধ অমৃত না হোক, নিদেন পক্ষে মুরগির স্বাদ তো এসেই যায়।

প্রথম বুড়োকে বলা হলো তুমি দেশদ্রোহী, আর দ্বিতীয় বুড়োর বিশ্বমানবতাবাদকে বা আন্তর্জাতিকতাবাদকে ছোট করে বলা হলো তুমি জাতীয়তাবাদ বিরোধী। প্রথম বুড়ো ভেবেছিলো তার শহরের যুবক সম্প্রদায়ের মনের বিশ্লেষণশক্তি বাড়িয়ে দিতে পারলে তার শহর হয়ে উঠবে আরো সুন্দর, স্বর্গসম। আর দ্বিতীয় বুড়ো ভেবেছিলো তার দেশের মানুষকে যদি ‘মানুষ’ করে গড়ে তোলা যায়, তাহলে এই জগৎসভায় সে বিশ্বমানবের ধ্বজা ওড়াতে সক্ষম হবে।

মৃত্যুদণ্ডে দণ্ডিত প্রথম বুড়োকে মৃত্যুর হাত থেকে বাঁচাতে তার গুণমুগ্ধ শিষ্যের একজন এসে বলেছিলো, ‘এই শহরের পুলিশের সাথে তার কথা (সেটিং) হয়ে গেছে। অল্প কিছু ঘুষেই সে বুড়োকে শহর ছেড়ে পালিয়ে যেতে সাহায্য করবে’। বুড়ো সেই অফার নিতে রাজি হন নি। বলেছিলেন, “যে শহরকে আমি প্রাণ দিয়ে ভালোবাসি, সেই শহরের দেওয়া রায়কে আমি কিভাবে অমান্য করি? সেটা কি স্বতঃদ্বন্দ্বমূলক হবে না? ভালোবাসার দেওয়া উপহারকেও আমি ভালোবাসি। নিয়ে এসো হেমলক। দেরী কেন?”

মৃত্যুপথযাত্রী দ্বিতীয় বুড়োকে যখন তার ডাক্তাররা বলেছিলো তার উপরে একটা ছোট্ট অপারেশন করলেই সে সুস্থ হয়ে যাবে, বুড়ো বলেছিলেন, “আমাকে সারিয়ে ওঠাতে তোমরা এতো ব্যস্ত কেন? সময় হয়েছে, এবার যেতে দাও।“

আমার ফেভারিট দুই বুড়োই গেঁয়ো যোগী, ঘর কা মুরগি - কিন্তু স্বাদে অমৃতসম।

শনি দশা

গ্রীক পুরাণের গল্পের রাজা ইডিপাস-এর নাম বাঙালিদের কাছে খুবই পরিচিত নাম। তবে পরিচিতিটা একটু অন্য নামে। একটু বিকৃত নামে। রাজা ওয়েদিপাউস নামে। ইডিপাসের জন্ম গ্রীসে হলেও ওয়েদিপাউসের জন্ম সম্ভবত কলকাতাতেই। ইডিপাস থেকে ওয়েদিপাউস হয়ে ওঠা নিতান্তই আঁতলেমি, নাকি পেছনে কোনও ইতিহাস আছে সেটা আমার জানা নেই। তবে ইডিপাস যখন ওয়েদিপাউস হলেন, তখন কলকাতার আর এক বিখ্যাত আঁতেল বলেছিলেন, "ওরেব্বাবা, এখন তো তাহলে বলতে হবে, কারো পৌষ মাউস, কারো সর্বনাউস।" এটা শুনে আমারও ইচ্ছে হয়েছিল, একটা ঠাউস করে চড় মেরে দেওয়ার।

ইডিপাস-এর গল্পটি হয়তো অনেকেরই জানা। এবং যদিও সেই কাহিনী আবার লেখা আমার উদ্দেশ্য নয় তবু খুব সংক্ষেপে বলে নিই। বলে নেওয়ার উদ্দেশ্য ইডিপাসের রাজ্য থিবিস-এর দুঃসময়ের সাথে আমাদের দেশের দুঃসময়ের কোনো মিল আছে কিনা, সেটিকে একটু মজা করে দেখা।

থিবিস এর রাজা লাইউস আর রাণী জোকাস্টার পুত্র ইডিপাস এর জন্ম হলে রাজা লাইউস গেলেন তার পাশের রাজ্যে বসবাসকারী এক বিখ্যাত জ্যোতিষীর কাছে, যার কাছে সমস্ত রাজারাজড়ারা আসেন তার পরামর্শ নিতে এবং ভবিষ্যৎ জানতে। জ্যোতিষী গণনা করে লাইউসকে বললেন, এই পুত্র পিতৃঘাতক হবে। পুত্রের হাতে প্রাণ হারানোর ভয়ে রাজা লাইউস পুত্র হত্যার সিদ্ধান্ত নিলেন। কিন্তু কিছুতেই নিজহাতে হত্যা করতে পারলেন না শিশুপুত্রকে। তাই হত্যার বিকল্প পদ্ধতি হিসেবে তার রাজ্যের প্রান্তে এক পাহাড়ের চূড়ায় উঠে রাজা ঘুমন্ত শিশুটিকে শুইয়ে রেখে এলেন এমন একটি পাথরের উপরে যে ঘুম ভেঙে একটু নড়াচড়া করলেই পাহাড়ের চূড়া থেকে পড়ে শিশুটির মৃত্যু অবধারিত।

কিন্তু তাহলে তো জ্যোতিষ শাস্ত্র ভুল প্রমাণ হয়ে যাবে। তাই কি হতে দেওয়া চলে? সে আমাদের দেশই হোক বা সুদুর গ্রীসই হোক। জ্যোতিষ এবং জ্যোতিষীদের জয়জয়কার সর্বত্র। শুধু আমার ক্ষেত্রে জ্যোতিষীদের

কোনো ভবিষ্যদ্বাণীই মিলছে না। সেটা খুবই দুঃখের। আমার পিতাও আমার জন্মের পর জ্যোতিষীর কাছে গিয়ে জেনে এসেছিলেন যে আমার নাকি রাজযোগ আছে। অর্থাৎ রাজা হওয়ার সম্ভাবনা। জীবনের প্রায় শেষ ধাপে এসে গেছি। এখনও ভিখিরি দশাই চলছে, তবু অপেক্ষায় আছি। ফিরে যাওয়ার আগে একদিন হয়তো রাজা হয়ে যাবো। নেহাৎ যদি রাজা হতে না-ই পারি, অন্ততপক্ষে মনে মনে নিজেকে রাজা ভেবে নিয়ে গেয়ে যাবো- "আমরা সবাই রাজা, আমাদের এই রাজার রাজত্বে..........."

কিন্তু সেখানেও মুশকিল। আমাদের রাজার (বা রাণীর) রাজত্বে ভাইপো- ভাইঝি বা ইয়ার-দোস্ত ছাড়া আর কারুর রাজা হওয়ার কোনো চান্সই নেই। কাজেই ভাষাটা একটু বদলে - "আমরা সবাই রাজা না গেয়ে, গাইবো – আমরা সবাই খাজা আমাদের এই রাজা-রাণীর রাজত্বে..........."

থাকুক আমাদের দুর্দশার আর রাজা হওয়ার স্বপ্নের কথা। গল্পে ফিরি।

আচ্ছা, কাহিনীতে কি কেউ গ্রীক পুরাণের সাথে আমাদের ভেরি ওন মহাভারতের মিল খুঁজে পাচ্ছেন? রাজা লাইউস প্রাণের ভয়ে শিশুপুত্র ইডিপাসকে ফেলে রেখে এলেন পাহাড় চূড়ায়। আর আমাদের কুমারী মাতা কুন্তী নিজের সম্মান (ইজ্জত) বাঁচাতে শিশুপুত্র কর্ণকে ভাসিয়ে দিলেন নদীর জলে।

একই রকম লাগছে কি? মোটেই না। কারণ, আগেরটা পৌরাণিক গল্প। আর পরেরটা ইতিহাস। যারা এটাকে ইতিহাস বলে মানতে চান না, তারা দেশদ্রোহী।

কিন্তু, রাখে হরি মারে কে?

পাহাড়ের উল্টোদিকের একটি ছোট্ট রাজ্য কোরিন্থ। সেই রাজ্যের এক মেষপালক তার মেষের দল চরাতে চরাতে সেই পাহাড়ের উপরে আসে এবং শিশুটিকে দেখে খুব খুশি হয়ে তাকে নিয়ে যায়। কোরিন্থের রাজা পলিবাস নিঃসন্তান। মেষপালক সেই শিশুটিকে নিয়ে গিয়ে রাজার কাছে বেচে দেন বেশ উচ্চ মূল্যে। ইডিপাস বড় হতে থাকে পলিবাসের কাছে। তাকেই তার পিতা জেনে। পাশের রাজ্য থিবিসের পরাক্রমশালী রাজা লাইউস যে তার পিতা সেটা অজানাই থেকে গেলো। জানবে বহু পরে। ঠিক

যেভাবে কর্ণ বড় হচ্ছিল অধিরথ-এর বাড়িতে, তাকেই তার পিতা জেনে। স্বয়ং সূর্যদেব যে তার আসল পিতা সেটা তার অজানাই থেকে গেলো। জানবে বহু পরে।

ইডিপাস যখন এক বেশ শক্তিশালী যুবক, তখন কোনো কারণে একবার তার ওই জ্যোতিষীর সাথে দেখা হয়ে যায়। জ্যোতিষী তার জ্যোতিষ বিচার করে বলেন যে তার হাতেই তার পিতার মৃত্যুযোগ লেখা আছে। অর্থাৎ সে তার পিতৃঘাতক হবে। কিন্তু ইডিপাস তার পিতা পলিবাসকে এতোই ভালোবাসে যে তার হাতে পলিবাসের মৃত্যুর সম্ভাবনাকেও ধ্বংস করে দেওয়ার জন্যে ইডিপাস আর বাড়িই ফিরলো না। পথে পথে ঘুরতে ঘুরতে একদিন এক অজানা রাজার সাথে এক তুচ্ছ ব্যাপার নিয়ে তার ঝগড়া হয়। ঝগড়া থেকে মারামারি আর যুদ্ধ। যুদ্ধে ইডিপাস সেই রাজাকে হত্যা করে তার রাজ্য দখল করে রাজত্ব করতে থাকে এবং সেই অজানা রাজার বিধবা স্ত্রীকে বিবাহ করে। এবং যথাকালে চারটি সন্তানের জন্ম দেয়। যাদের মধ্যে একজনের নাম আন্তিগোনে। এই নামটিও বাঙালির কাছে খুব চেনা নাম।

পরে ইডিপাসের রাজ্য ভয়ঙ্কর খরা, আর দুর্ভিক্ষের কবলে পড়ে এবং সেটি দীর্ঘ সময় ধরে চলতে থাকে। ঠিক আমাদের দেশের শনি দশার মতো। এরকম দুঃসময়ে ইডিপাস আবার যায় সেই জ্যোতিষীর কাছে তার দেশের এই দুর্ভাগ্যের কারণ জানতে এবং সুরাহা খুঁজতে। জ্যোতিষী বলেন, তার দেশের এই দুঃসময়ের কারণ হলো ইডিপাস তার পিতৃঘাতক। এবং সেই পাপের ফল ভোগ করছে তার দেশ। ইডিপাস বুঝতে পারে না কিছু। সে তো পিতৃহত্যার ভয়েই তার প্রিয় বাবা-মাকে ছেড়ে, নিজের দেশ ছেড়ে চলে এসেছে অন্য দেশে।

এরপর পরতে পরতে ঘটনা খুলতে খুলতে জানা যায় যে, যে রাজাকে ইডিপাস হত্যা করে তার রাজ্য দখল করেছে, সে আর কেউ নন, ইডিপাসের আসল পিতা লাইউস, এবং তার বিধবা স্ত্রী যাকে ইডিপাস বিবাহ করে রাণী হিসেবে নিয়েছে, সে আর কেউ নন, ইডিপাসের গর্ভধারিনী মা। এর পরের কাহিনী খুবই বিয়োগান্তক। রাণী জোকাস্টা যখন জানতে পারলেন ইডিপাস তার নিজেরই সন্তান, পাপবোধে আত্মহত্যা করলেন। আর

ইডিপাসও পাপবোধে নিজের চোখদুটো উপড়ে নিয়ে পাপের প্রায়শ্চিত্ত করার চেষ্টা করলো।

আমাদের মধ্যে অনেকেই জ্যোতিষে বিশ্বাস করেন এবং জ্যোতিষীদের কাছে যান। জ্যোতিষী যদি বলেন, “আপনার শনি দশা চলছে, তাই সময় খারাপ এখন। যতদিন না শনি দশা কাটছে ততদিন ভালো কিছু হওয়ার উপায় নেই।“ আপনি তখন তাড়াহুড়ো করে জ্যোতিষীর দেওয়া প্রেসক্রিপশন অনুযায়ী একটা পাথর পরে বসে থাকেন।

আমি এসব একদম মানি না। কিন্তু যাদের সাথে কাজকর্ম করি তাদের সবাই এসবে ভীষণ রকম বিশ্বাসী। শুধু যে নিজেরা বিশ্বাসী হয়ে খুশি, তা নয়। তারা আমাকেও বিশ্বাসী করে তোলার চেষ্টা চালিয়ে যাচ্ছে সারাক্ষণ। তাদের ধারণা, এই যে আমি অবিশ্বাসী, নাস্তিক, তার কারণটাই হলো শনি দশা। আমার শনি দশা যতদিন না কাটছে ততদিন আমার মধ্যে বিশ্বাস ফিরে আসবে না। তাহলে উপায়? এনারা বললেন, উপায়ও আছে। জ্যোতিষীর কাছে যেতে হবে। এবং তার দেওয়া প্রেসক্রিপশন অনুযায়ী পাথর ধারণ করতে হবে। ভাবলাম একটু মজা নেওয়া যেতেই পারে। জ্যোতিষীর কাছে আমাকে নিয়ে গেলো কয়েকজন মিলে, আমার মধ্যে বিশ্বাস ফিরিয়ে আনতে। এক কথায় আমার শুদ্ধিকরণ করতে। এই প্রথাটা বা ভাষাটা আজকাল খুব পপুলার হয়েছে। মেরুকরণ, ধ্রুবিকরণ, শুদ্ধিকরণ, প্রাণ-প্রতিষ্ঠাকরণ ইত্যাদি ইত্যাদি। তো জ্যোতিষী সব কিছু বিচার করে বললেন, শনি দশা কাটিয়ে ওঠাকে ত্বরান্বিত করতে আমাকে একটি সূক্ষ্ম পাথরের কণা আংটির মধ্যে বাঁধিয়ে পরে থাকতে হবে তিনমাস। তাহলেই শনি দশা কেটে গিয়ে ভালো সময় ফিরে আসবে। জীবনে আংটি পরিনি। তবু রাজি হলাম, নিতান্তই শনি দশা কাটিয়ে একটু সুসময়ে ফেরার জন্যে। জ্যোতিষীকে আরও জিজ্ঞেস করলাম, আমার খুব প্রিয় কারুর শনি দশা কাটাতেও কি আমি পাথর ধারণ করতে পারি? জ্যোতিষী বললেন, অবশ্যই পারেন এবং জিজ্ঞেস করলেন, “কত প্রিয়? খুব ঘনিষ্ঠ কি?” বললাম হ্যাঁ, “খুবই কাছের। একদম মাতৃসমা।“ শুনে উনি শনি দশা কাটানোর আরেকটা ছোটোখাটো পাথর দিলেন। আমি বললাম, “দেখুন, কিছু মনে করবেন না। মনে হচ্ছে, এইটুকু ছোট পাথরে আমার মায়ের শনি দশা কাটবে না। কারণ, তার শনি দশা ভয়ঙ্কর। শুনেছি, শনি দশা কারুর ক্ষেত্রেই সাড়ে সাত বছরের

বেশি থাকেনা। কিন্তু আমার মায়ের ক্ষেত্রে সময়টা অনেক বেশিদিন হয়ে গেলো। তাই একটু বড় সাইজের পাথর দিন, তবে যদি কাজ হয়।"

জিজ্ঞেস করলেন, "বয়স কত?"

বললাম, "সাতাত্তর।"

—"আর চেহারা কি বড়সড়??

—"হ্যাঁ, বিশাল, আসমুদ্রহিমাচল।"

—"সে কী মশাই, আপনি কি দেশমাতৃকার কথা বলছেন? ওরে বাপরে, ওনার শনি দশা কাটানোর মতো বড় পাথর আমার কাছে নেই। তার চেয়ে বরং শনির ভয়ে মহাবিক্রমশালী দেবাদিদেব মহাদেবও যেমন কীট হয়ে গোবরের মধ্যে লুকিয়ে ছিলেন সাড়ে সাত বছর, সেরকম লুকিয়ে থাকাই ভালো। আপনার মাকে বলুন, আরও কিছুদিন লুকিয়ে থাকতে। কারণ, গ্রীসপুরাণের মতো এখানকার রাজা-রাণী কেউই প্রায়শ্চিত্ত করবেন বলে মনে হয় না.................................।।

অপার্থিব অভিজ্ঞতা

একটা নাম-না-জানা পাখি রোজ ভোরবেলা কিছুক্ষণের জন্যে এসে বসে আমার রান্নাঘরের জানালার ওপারে, বাড়ির প্রাচীরে। আমি ঘুমের ঘোরে চোখ ঘষতে ঘষতে রান্নাঘরে গিয়ে একটু জল গরম করতে গ্যাস জ্বালালেই পাখিটা অত্যন্ত তারস্বরে এবং তীব্র গতিতে কিছু একটা বলতে থাকে। তার ভাষা আমি কিছুই বুঝতে পারি না। বেশ কিছুদিন যাবৎ এটা চলতেই থাকে। আমি এরকম পাখি আগে দেখিনি কোথাও। দুয়েকবার চেষ্টা করেছি মোবাইল ফোনে পাখিটার ফটো নেওয়ার। এবং নাম খুঁজে বের করার। কিন্তু সম্ভব হয়নি। ফোনটা হাতে নিয়ে তাক করার আগেই সে উড়ে যায়। কেমন যেন নিজের ফটো দিতে অনিচ্ছুক সে। তার ডাকটা যে খুব মধুর, যৌবনের প্রথম প্রেমে, ফোনের ওপার থেকে প্রেমিকার প্রথম ডাকের মতো, তা নয়। তবে খুব কর্কশও নয়। শুধু তার ডাকের মধ্যে কেমন যেন একটা ব্যস্ততার ভাব রয়েছে যেটা তার ডাক শুনলেই বোঝা যায়। পাখিটা কি আমাকেই কিছু বলতে চায়? কে জানে?

বেশিক্ষণ সে প্রাচীরের উপর বসে থাকে না। বেশ কয়েকবার তার ডাক ডেকে নিয়ে উড়ে যায় কোথাও। আমি রোজ তার ডাক ও ভাষাকে আমাদের ভাষায় রূপান্তর করার চেষ্টা করতে থাকি। মনুষ্য জগতের ভাষা আর পাখির ভাষায় কি কোথাও একটুও মিল থাকবে না? জীবন যাপনের প্রক্রিয়া তো প্রায় একই রকম। সকালে উঠে কিছু সাংসারিক কাজ, সহধর্মিনীর (এক সময়ের মধুরভাষিনী প্রেমিকার) সাথে কিছু কথা কাটাকাটি, কর্কশ ভাষা বিনিময়, অতঃপর পেটের তাগিদে রাস্তায় বেরোনো, ঝগড়াঝাটি, মারামারি, ইয়ার-দোস্তি, চুরি-চামারি শেষে বাড়ি ফিরে একটু মানভঞ্জনের চেষ্টা - এর বাইরে আর বিশেষ কী আছে জীবনে? কাজেই পাখির আর মানুষের ভাষা আলাদা হলেও বক্তব্য তো প্রায় একই। একটু চেষ্টা করে দেখাই যাক না, পাখির ভাষাকে ডিকোড করা যায় কিনা।

প্রথম কয়েকদিন পাখির ডাকটা একটু কর্কশই লাগতো। আস্তে আস্তে দেখলাম, ডাকের মধ্যে একটা ছন্দ (রিদম) রয়েছে। কোনো রকম কোনো

প্রকরণ ভেদ (ভ্যারিয়েশন) নেই এবং ডাকের সংখ্যাও প্রতিদিন প্রায় একই। ঠিক দশ থেকে বারো বার। শুধুমাত্র যেদিনই ফটো নেওয়ার চেষ্টা করেছি, দশের আগেই উড়ে গেছে সে। দু'চার বার ফটো নেওয়ার চেষ্টা করার পর ছেড়ে দিলাম সে চেষ্টা। শুরু করলাম ভাষা রূপান্তরের চেষ্টা। সুরের ভাষা থেকে শব্দের ভাষায়। চোখ দুটো ঘষে ঘষে ঘুম না কাটিয়ে চেষ্টা শুরু করলাম ঘুমের ঘোরটাকে বাঁচিয়ে রাখার। আধো ঘুম আর আধো জাগরণে সেই ডাকের ছন্দ, লয়, তাল বুঝে তার শব্দরূপ খোঁজার চেষ্টায় কাটালাম কয়েকটা দিন। চোখ দুটো বন্ধ রেখে শুধু খুলে দিলাম দুটো কান, আর তাতে বুলিয়ে দিলাম বুকের গভীরে রাখা মোলায়েম ঝালর। প্রতিদিন সেই এক সুর শুনি, আর আমাদের ভাষার প্রতিটি স্বরবর্ণ-ব্যঞ্জনবর্ণ-এর স্বর মেলাতে থাকি। আস্তে আস্তে জেগে উঠে সেই ডাকের ভাষা রূপ। ঠিক যেভাবে সঙ্গীত শিল্পীরা সুরকে রূপান্তর করেন ভাষায়, আমিও পারলাম পাখির ওই সুরে শব্দ বসিয়ে ভাষায় সাজাতে।

কারুর হয়তো মনে হতে পারে, এ আবার কী ধরণের প্রয়াস? ঘুমের ঘোরে ছন্দ লয়ের বিচার? তাই কি সম্ভব? এ প্রসঙ্গে ছোট্ট একটা গল্প বলে নিই। আধো ঘুম আর আধো জাগরণের সন্ধিক্ষণের মাহাত্ম্য বোঝাতে।

অযোধ্যার শেষ নবাব ওয়াজিদ আলী শা-এর বিলাসিতা ছিল প্রবাদপ্রতিম। তার শোবার ঘরে টেবিলের উপরে থাকতো পারস্য থেকে আনা অতি মূল্যবান দুটো ফুলদানি যাতে বসানো থাকতো দু'জোড়া রজনীগন্ধা আর জুঁইফুলের গুচ্ছ। শয়ন কক্ষের বাতাসে রাতভর সুবাসের লহর নিয়ে আসতে।

ওয়াজিদ আলী ঘুম থেকে উঠতেন অনেক দেরীতে। বেগম সাহেবা উঠে পড়েছেন সকালেই। বাইরে আসার পর, কিছু একটা আনতে দাসীকে পাঠালেন শোবার ঘরে। নবাবের ঘুমে যাতে কোনো বিঘ্ন না হয়, সেই চেষ্টায় দাসী পা টিপে টিপে অতি সাবধানে কামরায় ঢুকে কাজ সেরে ফেরার সময় তার শাড়ির আঁচল লেগে যায় টেবিলে রাখা ফুলদানিতে। এবং আঁচলের টানে সেই অতি মূল্যবান ফুলদানির একটি পড়ে যায় টেবিল থেকে। চূর্ণ হয়ে যায় এক অনির্বচনীয় শব্দের ঝঙ্কারে। আর সেই শব্দের ঝঙ্কার নবাবের কানে তোলে এক অতুলনীয় সুরবাহার। আধো ঘুম আর আধো জাগরণের সেই

সন্ধিক্ষণে নবাব বলে ওঠেন, “ফির বাজাও”। ভয়ে কুঁকড়ে দৌড়ে এসে বেগম সাহেবার কাছে দাসী ক্ষমা প্রার্থনা করলে, বেগম সাহেবা জিজ্ঞেস করলেন, “নবাবের ঘুম ভেঙে যায়নি তো?” দাসী বললো, “না, তবে পাশ ফিরে আবার ঘুমোতে যাবার সময় বললেন, ‘ফির বাজাও’। বেগম সাহেবা বললেন, “ঠিক শুনেছিস? নবাব বলেছেন এই কথা?” দাসী বললো, “হ্যাঁ, বেগম সাহেবা, আমি ঠিক শুনেছি, উনি বললেন ‘ফির বাজাও’।“ বেগম সাহেবা বললেন, “তাহলে তুই আবার যা, গিয়ে অন্য ফুলদানিটাও টেবিল থেকে ঠিক একই ভাবে ফেলে আরও একবার সেই সুরের ঝঙ্কার তুলে আয়। নবাবের ইচ্ছা পূরণ হোক।“’

ফুলদানি ভাঙার শব্দের মধ্যে আধঘুমন্ত নবাবের কান খুঁজে পেয়েছিলো সঙ্গীতের মূর্চ্ছনা।

গল্পটি বলার উদ্দেশ্য, শুধু এটুকু বোঝাতে যে, আধো ঘুম আর আধো জাগরণের স্বর্গীয় সন্ধিক্ষণে, বহির্বিশ্বের সাথে অন্তর্বিশ্বের মিলনক্ষণে, সুরের নৃত্য সহজেই ধরা পড়ে গুণগ্রাহীর কানে, কিংবা শব্দের বাঁধনে।

আমিও পেরেছি সে-রকমই এক সন্ধিক্ষণে পাখির ভাষাকে বুঝে নিতে। তার সুরে নিজের ভাষাকে সাজিয়ে নিতে। ক্রমশ আমি এই বিশ্বাসে পৌঁছতে থাকি যে, পাখিটি আমাকে রোজ জিজ্ঞেস করে, “কী হয়েছে তোর? কী হয়েছে তোর? কী হয়েছে তোর?” আমি যখনই বলি, “কিচ্ছু না, কিচ্ছু না, কিচ্ছু না”, সে ফুড়ুৎ করে উড়ে যায়। আর যেদিন বলি, “মন খারাপ, মন খারাপ, ভীষণ রকম মন খারাপ”, পাখিটা বলে, “ “আর ক’টা দিন, আর ক’টা দিন, একটু খারাপ সয়েই নে না, আর ক’টা দিন”।

পাখির কথায় আজও আমি সব কিছু সয়েই চলেছি..

পি-এন-পি-সি- এক

অবান্তর কথা লেখা বা বলা খুব কঠিন কাজ। চারদিকে সারাক্ষণ এতো সব "বান্তর" কথা শুনে আর পড়ে, এখন আর অবান্তর কথা মাথায় আসেই না প্রায়। যেমন ধরুন, আপনি কাউকে বললেন যে, “আপনি হিন্দু নন, কারণ আপনার মনের মধ্যে এতো হিংসা আর ঘৃণার ভাব, যেটা আপনি মুখ খুললেই বেরিয়ে পড়ে, এটা হিন্দু ধর্মের লক্ষণ নয়। কাজেই আপনি নিজেকে হিন্দু বললেও, প্রকৃতপক্ষে আপনি হিন্দু নন”। ব্যস, আর যায় কোথা? উনি সঙ্গে সঙ্গে চেঁচিয়ে হাট বসিয়ে দেবেন – “এ তো সমস্ত হিন্দুদের অপমান” - বলে। আপনি বললেন বিশেষ কোনো একজনকে, আর সেটা চলে গেলো পুরো সম্প্রদায়ের নামে। এ রকম ঝগড়া অর্থাৎ "বান্তর" কথাবার্তা আজকাল হয় বিশাল বিশাল প্রাসাদের অন্দরমহলে। শুনে শুনে মনে হয়, অবান্তর কথা বোধ হয় শুধু আমাদের মতো গরীবদের মাথাতেই আসে। সব "বান্তর" কথা বড়লোক আর বড় বড় মানুষদের কাছে সুরক্ষিত। কিন্তু গরীব হওয়া সত্ত্বেও আজকাল অবান্তর কথা আসছে না কেন? তাহলে কি আমার গরিবী স্ট্যাটাস এর দিন শেষ হতে চললো নাকি? এই তো সেদিন পর্যন্ত বি পি এল এর অন্তর্ভুক্ত ছিলাম। হঠাৎ কি দেশ এতো এগিয়ে গেলো, যে আমরা সবাই এ পি এল হয়ে গেলাম? দেশ সত্যিই আগে বাড়ছে তাহলে। নিন্দুকরা যাই বলুক।

অবান্তর কথার একটি বিশেষ রূপ হলো পি-এন-পি-সি অর্থাৎ পর-নিন্দা-পর-চর্চা।। আচ্ছা, বলুন তো, আপনি কি খুব পি-এন-পি-সি পছন্দ করেন? পি-এন-পি-সি শুধুমাত্র বাঙালির নয়, অধিকাংশ ভারতবাসীরই স্টেপল ডায়েট। অর্থাৎ প্রধান খাদ্য। নির্ভেজাল প্রোটিন। এটা না থাকলে, দিনটা আলুনি লাগে, এনার্জি লেভেল কম হয়ে যায়, দিনের শেষে হাঁটু কাঁপতে থাকে, সারাক্ষণ একটা কিছু না-পাওয়া না-পাওয়া এবং খানিকটা উদ্ভ্রান্ত ভাব। অথচ মনটা মানতে চায়না যে এটা পি এন পি সি র অভাবে হচ্ছে। দেশের সরকার যেমন কখনোই মানতে চায়না প্রতি বছর দেশের হাজার হাজার মানুষ অনাহারে মারা যাচ্ছে। সরকারী ভাষায় তাদের মৃত্যুর কারণ খাদ্যের অভাব নয়, খাদ্যে পুষ্টির অভাব। ম্যালনিউট্রিশন; নট

স্টারভেশন। অর্থাৎ নিজেদের অজ্ঞতা। সুকুমার রায়ের " ঠোঙা ভরা বাদাম ভাজা খাচ্ছে কিন্তু গিলছে না" র মতোই অবস্থা খানিকটা। খাবার খাচ্ছে ঠিকই, কিন্তু তার পুষ্টিটাকে নষ্ট করে খাচ্ছে। অর্থাৎ তেল, ঘি, মশলা পাতি বেশি দিয়ে ভালো ভালো খাবার গুলোকে নষ্ট করে খাচ্ছে। সরকার আর কতজনকে বোঝাবে বলুন। নিজেদেরকে এসব বুঝতে, শিখতে হয়। পি এন পি সি ব্যাপারটাও অনেকটাই সেরকম। নিজেদেরকে বুঝতে হয়, শিখতে হয়, এটা অস্বাস্থ্যকর। কিন্তু তা সত্ত্বেও সবারই ওতেই আকর্ষণ। রাস্তার ধারের চা দোকানে গাড়ি ঘোড়ার ধুলোয় ভরা তেলের কড়ায় পুড়ে পুড়ে কালো হয়ে যাওয়া তেলে ভাজা আলুর চপ বা সিঙ্গাড়ার মতো। সবাই জানে ওটা খুবই অস্বাস্থ্যকর। তবুও ওটাই খাওয়া চাই।

পৃথিবীর অন্য কোন দেশে সামাজিক সংস্কৃতি এবং ঐতিহ্যের প্রতীক হিসেবে পি-এন-পি-সি র এরকম কদর আছে কিনা জানি না। অনুমান করি, নেই। থাকলেও খুবই অল্প পরিমাণে। তার কারণ, তাদের হাতে ফ্রি টাইম অর্থাৎ খালি সময় কম। সবাই নিজের নিজের কাজে ব্যস্ত। এবং সকলেরই কাজ আছে। আমাদের দেশে কাজের অভাব খুব বেশি, আর লোকের অভাব খুব কম। কম তো নয়ই, বরং বলা যায়, অসংযত, অপরিমিত আধিক্য। যাক সে কথা। জনসংখ্যার আধিক্য নিয়ে কথা বলতে নেই। এসব তো ভগবানের দান। সামাজিক অর্থনীতির ভাষায় এটা নাকি ডেমোগ্রাফিক ডিভিডেন্ড। চলুক আরো কিছুদিন বসে বসে, কিংবা শুয়ে শুয়ে ডিভিডেন্ড নেওয়ার পালা। আমি ফিরি পি-এন-পি-সি তে।

আচ্ছা বলুন তো, পি-এন-পি-সি কি আপনি নিজে করতে পছন্দ করেন, নাকি অন্যের করায় শত প্রতিশত হাজিরা দিয়ে এবং একটিভ পার্টিসিপেশন অর্থাৎ সক্রিয় অংশগ্রহণ করে বেশি খুশি হন?

আপনি যদি নিজে পি-এন পি সি করতে বেশি পছন্দ করেন, তাহলে বলতে হবে, আপনি অনেক কনফিডেন্ট, মানে আত্মবিশ্বাসী আর স্ট্রেইটফরওয়ার্ড - সাদাসিধে মানুষ। অর্থাৎ আপনি এটাকে যথেষ্ট ভালো এবং স্বাস্থ্যকর কাজ ভেবে নিজেই করতে থাকেন। অন্য লোক কী ভাববে, বা পি এন পি সি ভালো কাজ না মন্দ কাজ - এসব ব্যাপারে আপনার কোনো দ্বিধা-সংকোচ নেই। দিনের শেষে এক পুরিয়া আফিম খাওয়ার মতো,

দিনের শেষে এক প্রস্থ পি এন পি সি না হলে - সেই "কিক" টা ঠিক পাওয়া যায় না।

আমার ব্যাপারটা একটু অন্য প্রকারের। আমিও পি-এন-পি-সি খুব পছন্দ করি; কিন্তু নিজে করি না। অন্যের পি-এন-পি-সি তে যোগদান করি এবং তাকে সেটা এগিয়ে নিয়ে যেতে সাহায্য করি। খানিকটা " কমিউনিটি সার্ভিস" দেওয়ার মতো ব্যাপার। নিজের খুব বেশি সামর্থ্য নেই; তাই অপরের সাথে মিলে-জুলে সমাজ কে এগিয়ে নিয়ে যাওয়া। এই আর কী!

পি-এন-পি-সি র বিভিন্ন প্রকার ভেদ আছে। যেমন ধরুন, কারুর প্রিয় বিষয় হলো রাজনীতি, তো কারুর হলো পরকীয়া। কারুর হলো অন্যের রূপ নিয়ে ঈর্ষা, তো আবার কারুর ফেভারিট টপিক হলো প্রতিবেশীর আর্থিক স্বাচ্ছল্যের অহংকার। এই শেষ দুটো টপিক বিশেষ করে প্রযোজ্য মহিলাদের ক্ষেত্রে। পুরুষ অন্যের রূপ বা ধনদৌলত নিয়ে খুব বেশি মাথা ঘামায় না। প্রথম দুটো টপিক পুরুষের বেশি প্রিয়।

গল্পে আছে, মহিলাদের এক পি-এন-পি-সি র আসরে একদিন টপিক ছিল পরকীয়া। পাড়া-প্রতিবেশী থেকে শুরু করে, কর্পোরেট জগৎ পেরিয়ে, ফিল্মী- সেলিব্রিটি জগতের কে কোথায় কার সাথে পরকীয়া চালিয়ে যাচ্ছে সেই নিয়ে বিশদ আর জমজমাট আলোচনা সভা। প্রত্যেকেরই এমন ভাব, যেন তারা নিজেরা সবাই ধোয়া তুলসী পাতা, এক দেবতায় উৎসর্গীকৃত প্রাণ, পূজার রেকাবিতে স্থান পেয়ে এমনই ধন্য যে পূজারী যদি ভুল করে একই রেকাবি নিয়ে অন্য কোনো দেবতার সামনে বসতে যান, তো ধোয়া তুলসী পাতাও নড়ে চড়ে উঠে জানান দেয় যে তারা অলরেডি উৎসর্গীকৃত আগের দেবতার কাছে। এরকম এক আসরে এক নবাগতা বধূ, যে খানিকটা আমার মতো "কমিউনিটি সার্ভিস" দিতে সেখানে উপস্থিত এই প্রথমবার, এতো সমস্ত পরকীয়ার কথা শুনতে শুনতে তার এতো ভালো লেগে গেলো যে প্রথম দিনই একদম সহজ সরল মনে, অন্যদের পরকীয়ার উপর মন্তব্য করতে গিয়ে বলেই ফেললো তার নিজের কথা -"এইসব বড় ঘরের মেয়েরা যে কী করে এরকম বাইরের পুরুষদের সাথে জুড়ে যেতে একটুও লজ্জা পায় না, বুঝতে পারিনা। আমি তো নিজের ভাসুরের সাথে জুড়ে গিয়েই লজ্জায় মরে যাই। এক হাত ঘোমটা ছাড়া যাই-ই না তার কাছে।"

পি-এন-পি-সি-দুই

পি-এন-পি-সি র উপযোগিতার কথাটা না বললে অনেকেরই মনে হবে, পি এন পি সি একটা নির্ভেজাল খারাপ ব্যাপার। যারা এর উপকারিতার কথা না জেনেই একে ঘেন্না করেন তাদের উদ্দেশ্যে বলি, সময় আছে, একটু ভেবে দেখুন। যুক্তি এবং প্রমাণ সাপেক্ষে নিজের মতামত বদলে নেওয়ার মতো মহান কাজ করার এই শেষ সুযোগ।

মূলতঃ, পি এন পি সি দাম্পত্য জীবনে একটু স্বস্তির জায়গা এনে দেয়। অর্থাৎ সময় এনে দেয়। স্ত্রী বা পুরুষ যে কোন পার্টনারেরই যদি একটু পি এন পি সি র নেশা থাকে তাহলে দ্বিতীয় পার্টনারের ফুসফুস ফুলিয়ে শ্বাস নেওয়ার একটু সময় এসে যায় হাতে, যখন শ্বাস নেওয়ার সাথে সাথে জরুরী কিছু কাজ, জরুরী দু' চারটে ফোন কিংবা নিতান্তই চোখ দুটো বুজে কোনো প্রিয়জনের কথা একটু ভেবে নিতে পারা যায় নির্বিঘ্নে।

এই প্রসঙ্গে একটি মজাদার ঘটনা বলি। বিপাসনা ধ্যান প্রযুক্তির কথা অনেকেই হয়তো শুনেছেন। এই ধ্যান প্রযুক্তিটি বৌদ্ধ ধর্মের সাথে জড়িত। সত্য নারায়ণ গোয়েঙ্কা নামের এক ভদ্রলোক, যিনি ভারতীয় বংশোদ্ভূত, কিন্তু জন্মসূত্রে মায়ানমারের লোক, এই ধ্যান প্রযুক্তিকে ভারতে জনপ্রিয় করে তোলেন। ভারতের বিভিন্ন জায়গায় এই বিপাসনা ধ্যান কেন্দ্র রয়েছে। এইসব ধ্যান কেন্দ্রের বৈশিষ্ট্য হলো, দশ দিনের জন্যে আপনাকে আপনার পরিচিত জগৎ থেকে সম্পূর্ণ বিচ্ছিন্ন থাকতে হবে। কোনোরকমের যোগাযোগ করা চলবে না। অত্যন্ত মনোরম পরিবেশে, প্রাকৃতিক সৌন্দর্যের মাঝখানে রেখে ধ্যান এর বিভিন্ন পদ্ধতি শেখানো হয়। দশ দিন পর, অধিকাংশ ক্ষেত্রে, এক নতুন মানুষ বা মানুষী বেরিয়ে আসেন ধ্যান কেন্দ্র থেকে। এরকমই দাবি এই বিপাসনা সংস্থার। (এ প্রসঙ্গে বলে রাখি, আমার অর্ধাঙ্গিনী দু' বার দশ দিন করে সেখানে কাটিয়ে এসেছে। খুবই ভালো লেগেছে, তবে পরিবর্তন কিছু চোখে পড়েনি।)

একদিন এক আয়ুর্বেদিক ডাক্তারের চেম্বারে ডাক্তারের অপেক্ষায় বসে আছি। পাশে দুই মহিলা রোগীও অপেক্ষায়। প্রথম মহিলা তার সমস্যার কথা দ্বিতীয় মহিলাকে বলছেন। শারীরিক কোনো কষ্ট তার নেই। কিন্তু রাত্রে ঘুম

হয় না তার। কারণ, টেনশন। তার স্বামী অফিস সেরে বাড়ি ফেরেন ভোর রাতে। তার নাকি এতোই কাজের চাপ। মহিলার বিশ্বাস হয় না। সন্দেহ ক্রমশ বাড়তে থাকে - কাজ? নাকি অন্য কিছু। টেনশনে ঘুমের বড়ি খান। তবুও ঘুম আসেনা। এবার তাই একটু আয়ুর্বেদ চিকিৎসা করে দেখতে চান। দ্বিতীয় মহিলা, তাকে পরামর্শ দিচ্ছেন, সন্ধ্যায় ডিনারের আগে দু পেগ রাম বা হুইস্কি নিয়ে দেখো। ভালো ঘুম আসবে। প্রথম মহিলা বললেন, উনি বেশ কিছুদিন যাবৎ ওটা প্র্যাক্টিস করে দেখছেন, কিন্তু কোনো কাজ হচ্ছেনা। তখন দ্বিতীয় মহিলা তাকে বললেন বিপাসনা ধ্যান-কেন্দ্রের কথা। ভূয়সী প্রশংসা করে বলছেন, একবার গিয়েই দেখো না। এতো সুন্দর, শান্ত স্নিগ্ধ পরিবেশ, খুব ভালো লাগবে, মন ভালো হয়ে যাবে- ইত্যাদি ইত্যাদি।

বিপাসনার নামে আমিও চুপ থাকতে না পেরে বললাম, “হ্যাঁ, ওটা আপনি সত্যিই করে দেখতে পারেন। খুবই ভালো লাগার মতো ব্যাপার।“ আমি বিপাসনার কথা বলছি শুনে দ্বিতীয় মহিলাটি আমার উদ্দেশ্যে বললেন, “আপনি কি করে জানলেন বিপাসনার ব্যাপারে? আপনিও ওদের কোর্স করে এসেছেন নাকি?” বললাম, “না, আমি যাইনি, তবে আমার স্ত্রী দু'বার ওদের কোর্স করেছে। খুব ভালো বলে শুনেছি।“ তখন মহিলা জানতে চাইলেন, তাহলে আমি যাই নি কেন? বললাম, “প্রয়োজন হয় নি। কারণ, স্ত্রী ধ্যান কেন্দ্রে গেলে, ওই একই রকম শান্ত, স্নিগ্ধ, মনোরম পরিবেশ আমি বাড়িতেই পেয়ে যাই।“ এই হিউমার ওই ভদ্রমহিলা নিতে পারলেন না। আমাকে মেল-শোভিনিস্ট বলে কিছু কটু কথা শুনিয়ে দিলেন। আমি তখনও হাসছি দেখে, গালাগাল বন্ধ করলেন এবং বিপাসনা নিয়ে আলোচনাও বন্ধ করে দিলেন।

এই গল্পটি বলার উদ্দেশ্য, শুধু ওই পি এন পি সি র উপকারিতা বোঝাতে। ধরুন, মহল্লাতে পি এন পি সি র মহাসভা বসেছে। সেখানে আপনার স্ত্রী বা স্বামীও আমন্ত্রিত। বিপাসনা ধ্যান কেন্দ্রের মতো দশ দিন না হলেও ঘন্টা তিন চার একেবারে নিশ্চিন্ত হয়ে শ্বাস নেওয়া যায়। শুধু এই একটা উপকারিতার জন্যেই পি এন পি সি কে সমর্থন করা যায়।

এই পর্যন্ত পড়ে কেউ যদি ভেবে থাকেন যে পি এন পি সি সত্যি সত্যিই একদম নির্ভেজাল স্বাস্থ্য-টনিক, তার চেয়ে বড় ভুল সম্ভবত আর কিছু হয় না। পি এন পি সি র সভাতে সত্যের বড়োই অভাব। কেউই সত্যের ধার ধারে না। কারুর কাজ গুজব তৈরী করা, আর বাকিদের কাজ

সেই গুজব জ্যামিতিক হারে ছড়িয়ে দেওয়া। সত্যের সাথে সাথে আরেকটা বিশেষ অভাব হলো শোভনের।কমিউনিটি সার্ভিস দিচ্ছি - এই ভেবে যে একটু সান্ত্বনা পেতাম সেটাও আজকাল আর পাওয়া যাচ্ছে না ঠিক মতো। চিন্তায় আছি, এরকম তো হওয়ার কথা ছিল না। পি এন পি সি তো আগেকার দিনে নির্ভেজাল আনন্দের সভা ছিল। অন্যদের চরিত্র নিয়ে পোস্ট মর্টেম হতো ঠিকই, তবে চরিত্রগুলোর ব্যাপারে মিথ্যে প্রচার হতো না। চরিত্রস্খলনের কেস স্টাডি নেওয়া হতো আলোচনা সভায়। কিন্তু আজকাল কেমন যেন সভাতে অন্যদের চরিত্র হনন করা হয় মিথ্যে সাজিয়ে। একদিন স্বপ্নে দেখলাম, আমি একখানা বই লিখেছি - ফ্রম এনসিয়েন্ট টু দ্য কনটেম্পোরারি - আ ক্রনিকল অফ পি এন পি সি। বাংলায় - পি এন পি সির সেকাল ও একাল। আর বইটা বিক্রি হচ্ছে তাজা কেকের মতো। স্বপ্ন ভেঙে যেতে খুব হাসলাম। কিন্তু তারপর হঠাৎই মনে এলো, এই যে টাইম-পাসের নামে মিথ্যের প্রচার - এতো এক ভয়ঙ্কর ব্যাপার। এই যে একটানা নেতিবাচকতা হাওয়াতে ছড়িয়ে দেওয়া, শ্বাস-প্রশ্বাসের হাওয়াকে দূষিত করা, নিজেদের মজার জন্যে অন্যদের চরিত্রহনন - এর কি কোনো সামাজিক উপকারিতা আছে, শুধু মাত্র নিম্নমানের তাৎক্ষণিক আনন্দ ছাড়া। ভীষণ চিন্তায় কাটালাম সারাদিন। এর বিচার করার ক্ষমতা আমার নেই। একবার যদি ফিরে যেতে পারতাম আড়াই হাজার বছর আগের গ্রীসে - দেখা পেতাম আমার প্রথম গুরুর - এই মানসিক দ্বন্দ্বের অবসান নিশ্চয়ই তিনি ঘটিয়ে দিতে পারতেন। হে গুরুদেব, পথ দেখাও।

অবসন্ন মনে ঘুমের মধ্যে পৌঁছে গেলাম আড়াই হাজার বছর আগের আর চার হাজার মাইল দূরের পুরোনো গ্রীসের মনমাতানো চারুবাক গুরুদেবের বাড়ি। শুধু ওই একটি প্রশ্নের উত্তরের সন্ধানে। একালের পি এন পি সি সভাতে যোগ দেওয়াকে কি সত্যিই কমিউনিটি সার্ভিস বলা যায়?

গুরুদেবের ছোটোখাটো বাড়িটার উঠোনে পৌঁছে দেখলাম এক সুন্দরী মহিলা, যিনি সেকালের গ্রীসের পি এন পি সি সমাজের এক নামকরা সদস্যা, হন্তদন্ত হয়ে এসে বলছেন, “জানো সক্রেটিস, তোমার ওই প্রিয় বন্ধু এরিস্টোফেন এর ব্যাপারে কী শুনে এলাম?”

সক্রেটিস তাকে তৎক্ষণাৎ চুপ করিয়ে দিয়ে বলছেন, “দাঁড়াও, দাঁড়াও, অন্যের ব্যাপারে কিছু শোনার আগে আমি তিনটে বিষয় একটু বিচার করে নিই।“

মহিলা বললেন, "তিনটে বিষয়? সে আবার কী রকম?"

সক্রেটিস বললেন, "হ্যাঁ, অন্যের ব্যাপারে কিছু শোনার আগে এই তিনটে বিষয় জেনে নেওয়া খুব জরুরী। এক, যা তুমি বলতে চাও, সেটা সত্য, না মিথ্যা সেটা যাচাই করে এসেছো কিনা?"

সুন্দরী মহিলা বললেন, "না না, আমি জাস্ট আমাদের কিটি-পার্টিতে কাল সন্ধ্যায় শুনলাম।"

সক্রেটিস বললেন, "ও, তুমি যেটা বলতে চাও, সেটা সত্য কিনা তুমি নিজেও জানো না। বেশ! ভালো কথা। আচ্ছা, বলো তো, তুমি যেটা বলতে চাও, সেটা শোভন কিনা? অর্থাৎ তুমি এরিস্টোফেনের ব্যাপারে ভালো কিছু বলতে চাও, নাকি মন্দ?"

মহিলা নিঃসংকোচে বললেন, "অবশ্যই মন্দ কথা। এরিস্টোফেনের ব্যাপারে এতকাল সব ভালো কথাই শুনে এসেছি। কালই প্রথম খারাপ কিছু শুনলাম। তাই তো সকালে উঠেই তোমাকে বলতে এলাম।"

সক্রেটিস বললেন, "তার মানে, তুমি যেটা বলতে চাও, সেটা সত্যও নয়, শোভনও নয়, সম্পূর্ণ নেতিবাচক জেনেও তুমি বলতে চাও। আচ্ছা, এবার বলো, তোমার ওই শোনা কথাটা বললে কারুর বা সমাজের কোনো উপকার হবে?"

সুন্দরী মহিলা বললেন, "না, সেরকম কোনো চান্স নেই।"

সক্রেটিস বললেন, "তাহলে দেখো, তুমি যা বলতে চাও, সেটা না সত্য, না শোভন, না উপকারী বা উপযোগী। এরকম একটা কথা কি তুমি সত্যি এই সাত সকালে আমাকে বলে আমার মনটা বিষিয়ে দিতে চাও?"

গুরুদেব তখনও আমার উপস্থিতি লক্ষ্য করেন নি। আমি আস্তে আস্তে পেছন ফিরলাম। আমার সব প্রশ্নের উত্তর আমি পেয়ে গেছি। কাল থেকে আর কোনো পি এন পি সি নয়। কোনোমতেই নয়। তার চেয়ে পি এন পি সি নিয়ে বরং একটা প্রামাণিক বই লেখা দরকার। দূর থেকে গুরুদেবকে একটা সাষ্টাঙ্গ প্রণাম করবো বলে উবু হতে গিয়ে ঘুমটা গেলো ভেঙে। সময় কাটাতে এতোসব অবান্তর কথার আশ্রয় নিতে হলো। আপনাদেরও কষ্ট, আমারও......................।

কথোপকথন

(স্থান ও সময়- বাংলার লিটল ম্যাগাজিনের পক্ষ থেকে আয়োজিত কবিতা পাঠের অনুষ্ঠানের আগে রবীন্দ্রসদন চত্বর। পাত্র-পাত্রী - অনুষ্ঠানে আসা দু'জন। চল্লিশোর্ধ্ব এক পুরুষ এবং বিশ –পঁচিশের এক উচ্ছ্বল যুবতী।)

পুরুষ- (আপন মনে সশব্দে) কবিতা কবিতা কবিতা আমার / পাশে থেকো চিরদিন/ শত কষ্টের মাঝেও কবিতা / ভুলি নাই তব ঋণ।

যুবতী- আপনি আমায় ডাকলেন?

—আমি? আপনাকে? ডাকলাম? আপনি কে? আমি তো আপনাকে চিনিই না।অজানা- অচেনা মানুষকে আমি ডাকতে যাবো কেন? আমাকে কি আপনি পাগল ভেবেছেন?

— না, না, আপনি ওরকমভাবে বলবেন না প্লিজ। আমি আপনাকে পাগল-টাগল বা গরু-ছাগল – কিছুই ভাবিনি বা ভাবছিনা। আসলে এরকম অজানা-অচেনা একজন মানুষ, আমার নাম ধরে ডাকলেন, তাই জিজ্ঞেস করছিলাম।

— সে ঠিক আছে। তবে, আমি তো কারুর নাম ধরে ডাকিনি। আজ বা এখন তো নয়ই, গত বিশ –বাইশ বছর ধরে আমি বয়স্ক কারুর নাম ধরে ডাকিনি। অফিসে, বাড়িতে, বাসে-ট্রেনে- সবসময়েই, ভয়ে ভয়ে আপনি, আজ্ঞে, হ্যাঁগো, শুনছো – এভাবেই কথা বলে বলে, নাম ধরে ডাকা তো দূরের কথা, নাম গুলোই ভুলতে বসেছি। কোনোক্রমে নিজের নামটা আর বাবা-মায়ের নাম দুটো মনে রেখেছি এখনো। নাম ধরে ডাকার খুব ইচ্ছে হলে, আয়নার সামনে দাঁড়িয়ে নিজেই নিজেকে বারকয়েক ডেকে নিই; আর 'হ্যাঁ, আসছি' বলে উত্তরও দিয়ে নিই। তা, আপনার কেন মনে হলো আমি হঠাৎ সাহসী হয়ে গিয়ে অজানা-অচেনা কাউকে তার নাম ধরে ডাকবো? আমি চিরকালই একটু ভীতু প্রকৃতির। আপনার নাম কি কবিতা নাকি?

— হ্যাঁ। তাইতো আপনার কবিতা, কবিতা – ডাক শুনে ঘুরে দাঁড়ালাম।

— আপনি খুব সুন্দর।

— ওভাবে লিঙ্গভ্রম করবেন না প্লিজ। বলুন, খুব সুন্দরী।

— আচ্ছা, আচ্ছা, ঠিক আছে, আপনি খুব সুন্দরী। কিন্তু কবিতাকে তো আমরা সুন্দর বলেই বর্ণনা করে থাকি। কোনো কবিতা পড়ে ভালো লাগলে বলি, ভারী সুন্দর কবিতা। তাই না?

— ভুল বলেন।

— তার মানে? শুধু আমি কেন, সমস্ত বড় বড় কবি-সাহিত্যিক, ভাষাবিশারদ, সকলেই তো বলে থাকেন, ভারী সুন্দর কবিতা।

— তাদের কারুরই লিঙ্গজ্ঞান নেই। সকলেই ভুল বলেন।

— আপনার কেন মনে হয় কবিতাকে সুন্দরী বলা উচিত? কবিতা কি স্ত্রীলিঙ্গ শব্দ? কবিতা তো একধরণের ভাষার খেলা। একটু অন্যভাবে সাজানো। তার তো কোনো লিঙ্গ আইডেন্টিটি নেই।

— আপনার কেন মনে হয় নারী স্ত্রীলিঙ্গ শব্দ? ওটাও তো মানুষ তৈরির একই মেটিরিয়াল দিয়ে একটু অন্যভাবে গড়া। শুধু একটু শেপ এর পার্থক্য, তাই না। নারীকে নারী বলে আপনি চেনেন কি করে? তার শেপ দিয়ে, তাই না?

— না, না, শুধু শেপ দিয়ে কেন? তার মধ্যে আরো অন্যান্য অনেক নারীসুলভ ট্রেট থাকে বা থাকতে হয়। তবে কিনা, ওই অন্যভাবে গড়ার মাঝেই রয়েছে লিঙ্গের ব্যবধান। শরীরের গঠন দিয়েই বোঝা যায় কে পুরুষ আর কে স্ত্রী। কোনটা পুংলিঙ্গ আর কোনটা স্ত্রীলিঙ্গ।

— ধরুন শুধু শেপটাই রয়েছে, অন্য নারীসুলভ ট্রেট গুলো নেই। তো তাকে আপনি নারী বলবেন না?

— তা ঠিক। তাকেও নারীই বলবো ঠিকই, তবে ওই একটু কুঁতিয়ে কুঁতিয়ে আর কী।

— ঠিক বলেছেন। প্রাথমিক ভাবে শরীর দেখেই আপনি চিনতে পারেন, আর লিঙ্গভেদ করতে পারেন বা করেন। ভাষা সাজানোও তো একধরণের শরীর গঠন; ভাষাকে রূপ দেওয়া। গদ্য আর পদ্য- ভাষার দুটো

রূপ। তাদের যদি লিঙ্গ নির্ধারণ করতে হয় তাহলে আপনি কী বলবেন? গদ্যটাকে স্ত্রীলিঙ্গ আর পদ্যটাকে পুংলিঙ্গ? নাকি তার উল্টো?

— যুক্তিটা আপনি মোটামুটি ঠিকই দিয়েছেন। তবে কী জানেন? আজকাল আর কেউ তেমন লিঙ্গ নিয়ে মাথা ঘামায় না। বিশেষ করে কবিতাকে তো চিরকাল সুন্দর কবিতা বলেই বর্ণনা দেওয়া হয়। সুন্দরী কবিতা বলতে শুনিনি কাউকে।

— আজ থেকে বলবেন। কবিতা পাঠের আসরে এসেছেন, আর কবিতার লিঙ্গজ্ঞান নেই, শুনলেই কেমন বেমানান লাগে, তাই না?

— ঠিক আছে। মেনেই নিলাম আপনার কথা। আজ থেকে যখন বলবো, একটা ভারী সুন্দরী কবিতা পড়লাম, বা শুনলাম – নিজের থেকেই না হেসে ফেলি সবার সামনে। তবু একটা কথা বলি, আজকাল আর এসব নিয়ে মাথা ঘামায় না কেউ। এই দেখুন না, বড় বড় অভিনেত্রীরা নিজেদের কে বলে, আই এম এন এক্টর। কেউ নিজেকে এক্ট্রেস বলে না।

— যারা বলে না, তারা আসলে ইনফেরিওরিটি কমপ্লেক্সএ ভোগে। এরা নিজেদেরকে এক্টর বলে পুরুষের চেয়ে কোনো অংশে কম নয়, এটা প্রমাণ করতে চায়। হোয়ারএস মেয়েরা অলরেডি পুরুষের চেয়ে অনেক উচ্চস্তরের। পুরুষের সমান হওয়ার চেষ্টা করার অর্থ নিজের সম্বন্ধে অজ্ঞতা। পুরুষের উচিত নিজেকে নারীর সমান করে তোলার চেষ্টা করা। তার মানে এই নয়, যে সে নিজেকে বলবে, আই এম এন এক্ট্রেস।

— আপনি দেখতে যেমন সুন্দরী, আপনার কথাগুলোও তেমনই সুন্দরী।

— এই তো, আপনি ফট করে ব্যঙ্গাত্মক ভাষায় কথা শুরু করলেন? আমাকে সুন্দরী বলতে চান বলুন। সেটা ব্যঙ্গ করেই হোক বা সত্যিকারের এপ্রিসিয়েশন করেই হোক। কিন্তু, আমার কথাগুলোকে সুন্দরী বলার কী দরকার ছিল?

— না, না, ভুল বুঝবেন না। ব্যঙ্গ নয়, আপনার কথাগুলো আমার কাছে খুব সুন্দর কবিতার মতো শোনালো। আর কবিতা সুন্দর লাগলে, আপনিই তো এইমাত্র শেখালেন, তাকে সুন্দরী বলতে। তাই আপনার কথাগুলোকেও সুন্দরী বললাম। আর আপনার নামও তো কবিতা। আপনি

সত্যিই কবিতার মতো কথা বলেন। দেখতেও আপনি সত্যিই সুন্দরী। আপনার সাথে কথা বলতে আমার খুব ভালো লাগছে। নতুন অনেক কিছু শিখছি আপনার কাছে। কবিতার আসর শুরু হতে এখনো তো সময় লাগবে। আমরা কি একটু লনে বসে গল্প করতে পারি?

— তা একটু আড্ডা দেওয়া যেতেই পারে। মিনিট দশেক সময় তো হাতে আছেই। তবে একটি শর্তে।

— শুনি, কী শর্ত।

— শুধু নাম ছাড়া অন্য কিছু ব্যক্তিগত ব্যাপার জানতে চাওয়া বা বলা চলবে না। আর নামটা তো আপনি জেনেই গেছেন। কবিতা, - কবিতা চৌধুরী। আপনার নামটা বরং আমার জানা হয়নি।

— আমার দিক থেকেও তাহলে একই শর্ত। আমার নাম উৎসুক ব্যানার্জি।

— আপনার নামটা খুব যথাযথ।

— আপনারও। চলুন তাহলে, লনের ওই কোণটায় একটু বসা যাক। কবিতা শোনার আগে কবিতা নিয়ে আপনার কাছে নতুন কিছু শুনে নিই।

— কী শুনতে চান, বলুন।

— আপনার এই নতুন ভাবনার অন্যান্য দিক। যেমন ধরুন, কবিতা কাকে বলবো। কবিতা বিচারের কোনো ইউনিভার্সাল মানদন্ড তৈরী করা যায় কিনা। কোন কবিতাটিকে ভালো কবিতা বলবো আর কোনটি কে ভালো বলবো না, তার বিচারবোধ কিভাবে তৈরী করা যায়। কবিতার কোনো সংজ্ঞা হয় কিনা, - এইসব আর কী।

— এক ধাপ এক ধাপ করে এগোন। প্রথম কথা, কবিতা কাকে বলবো। সিম্পল, যার গড়নটি কবিতা। অর্থাৎ কবিতা দেখেই, বা পড়েই বোঝা যাবে যে এটি একটি কবিতা।

— কিন্তু বাংলা ভাষার সবচেয়ে বিখ্যাত সাহিত্য পত্রিকাতেও তো এমন অনেক কবিতা বেরোয়, যেগুলো দেখতেও গদ্য, পড়তেও গদ্য, তাকে কবিতা বলার মতো কিছু পাই না।

— তা হলে সেটা কবিতা বলে আপনার মনে হলো কেন?

— তার একটাই কারণ, সেটা ওই বিখ্যাত পত্রিকার কবিতার পাতায় স্থান পেয়েছে বলে। এবং সেটা একজন বিখ্যাত কবিরই লেখা।

— তাহলে তো দেখছি আপনি একটা খুব সহজ রাস্তা বের করে ফেলেছেন কবিতা চেনার। সাহিত্য পত্রিকার কবিতা সেকশনে যাহা প্রকাশিত হইবে তাহাই কবিতা। দেখুন, যত বড় কবিই হোন না কেন, তার সব লেখাই কবিতা বলে চালানো যায় না। কবিকূলে বেশ কিছু আঁতেল আছে, যারা শুধু নিজেদেরকেই কবি বলে মনে করে, একটু প্রতিষ্ঠা পাবার পর ধরাকে সরা জ্ঞান করে। আর পত্রিকার সম্পাদকদের গাটস নেই যে এদের লেখাকে বাতিল করে।

— তার কারণ?

— কারণ কিছুটা ব্যবসা, কিছুটা স্বজন পোষণ, কিছুটা ইয়ার-দোস্তি। আর বেশ কিছুটা আঁতলেমি। ভাবখানা এমন, যে, দ্যাখো, আমি কেমন একটা গদ্য লিখে পদ্য বলে চালিয়ে দিলাম, কেউ বুঝতে পারলো না। নাম করা লেখক কবির নামেই তো পত্রিকার বিক্রি। বড় সাহিত্যগোষ্ঠী তো আর লোকসানে ব্যবসা চালাবে না লিটল ম্যাগাজিন গ্রূপের মতো, যেখানে শুধু লেখার আনন্দেই লেখা হয়, আর প্রকাশ করা হয়।

— আপনি বেশ বলছেন কিন্তু। শুনতে বেশ ভালো লাগছে। মজাও পাচ্ছি। অনেক ক্ল্যারিটিও আসছে। আপনার কি মনে হয় বড় বড় নামকরা কবিরাও মাঝে মধ্যে অ-কবিতা লেখেন? মানে, যেগুলো কবিতা বলে বাজারে চালিয়ে দেন, তার সবগুলো কবিতা হয়না?

— কবিতা না অ-কবিতা সেটা বলার অধিকার আপনার আমার নেই। সে অধিকার শুধু যে লিখেছে তার। কারণ, কবিতার কোনো ইউনিভার্সাল সংজ্ঞা নেই। প্রত্যেকেই নিজের নিজের মনে কবিতার একটা সংজ্ঞা তৈরী করে নেয়। একটা লেখা আমার কাছে কবিতা নাও মনে হতে পারে, কিন্তু আপনি বলতেই পারেন যে, সেটা একটা কবিতা। তাতে বিতর্ক বাড়বে এবং শেষে কবিতার কাপড় ধরে টানাটানি করতে হবে। তবে বড় বড় কবিরাও অনেক সময় খারাপ কবিতা লেখেন বা লিখেছেন। এমনকি রবীন্দ্রনাথও।

— আপনি এতো বড় কথা বলতে পারলেন?

— হ্যাঁ, পারছি, তার কারণ কবিতা বিষয়ে আমি একটা নিজস্ব মতামত তৈরী করতে পেরেছি। আপনাকে তো এটাই বোঝাতে চাইছিলাম যে আপনি আপনার নিজের সংজ্ঞা দিয়ে বিচার করতে শিখুন। আপনার ভালো না লাগলে আপনি অনায়াসেই বলতে পারবেন যে এটা ভালো কবিতা হয়নি।

— কিন্তু আমার ভালো লাগা না লাগায় কী এসে যায়? যদি বাকি সবার ভালো লেগে থাকে তাহলে তো সেটা ভালো কবিতা।

— তা হোক না। কিন্তু গড্ডলিকা প্রবাহে গা ভাসানোর চেয়ে নিজের অভিমত তৈরী করা ভালো নয় কি?

— তা ঠিক। তবে কি জানেন, ভেড়াদের পালে থাকতেই সুবিধে। আমরা তো সব ভেড়া। শুধু নারী-প্রেমেই নয়, কবিতা-প্রেমেও ভীতু। কবিতা ভালোবাসি, কিন্তু কবিতা নিয়ে কিছু বলতে ভয় পাই।

— ও, তার মানে আপনি মুঘল-এ-আজম সিন্ড্রোমে ভুগছেন। প্যায়ার কিয়া তো ডরনা কেয়া?

— সত্যিই তাই। এই দেখুন না, বিশ্ববিখ্যাত বিজ্ঞানী স্টিফেন হকিং মারা যাওয়ার পর এক আঁতেল কবি লিখলো, সে নাকি বহুকাল অবধি জানতো যে স্টিফেন হকিং একজন কবি ছিলেন। আর তিনি মারা যাওয়ার পর এতদিনে তিনি জানলেন, যে স্টিফেন হকিং সত্যিই এক বড় কবি ছিলেন। এরকম আঁতলামির কথা পড়লে আপনার কী ইচ্ছে হবে বলুন তো? এক্ষুনি গিয়ে ঠাস ঠাস করে দুটো চড় মেরে আসি, তাই না? তার বদলে হলো কী? ভীতু কবিতাপ্রেমীরা সব, ওই বড় কবিকে চটানোর ভয়ে হাজারে হাজারে "বাহ্, বাহ্, বাহ্"- লিখতে লাগলো। গড্ডলিকা প্রবাহে। আমি ভয়ে ভয়ে কিছু বলতেও পারলাম না। হ্যাঁ, যে কথাটা বলছিলাম –কোনো লেখা সত্যিকারের কবিতা হলো কিনা সেটা চিনবো কী করে?

— ওই যে বললাম, মেয়ে চিনতে যেমন তার কাপড় জামা টেনে খুলে দেখতে হয়না, কবিতার ক্ষেত্রেও তাই। তাকে ভাসাভাসা ওপর থেকে একটু দেখে নিলেই বোঝা যায় সেটা কবিতা কিনা। আর ভালো কবিতা কিনা, সেটা আপনার রুচির উপর নির্ভরশীল। আপনার ভালো লাগলেই ভালো কবিতা। অন্যেরা কে কী বললো, সে নিয়ে আপনার মাথা ঘামানোর প্রয়োজন কী?

— কিন্তু অনেক কবিতাই তো দেখেছি কবিতার ধাঁচে বা গড়নে লেখা, কিন্তু আমার মনে হয়েছে সেগুলো কবিতা হয়নি।

— তার চেয়ে বলা ভালো, ওগুলো ভালো কবিতা হয়নি। এই ভালোত্বটা একদম ব্যক্তিগত ব্যাপার। ওটা একটু ঠিকঠাক ডেভেলপ করে নিলে কোনো বিতর্কে পড়তে হবে না। আচ্ছা বলুন তো, কলকাতা ময়দানে তো হাজার হাজার যুবক ফুটবল খেলে, ঠিক কিনা?

— ঠিক।

— আচ্ছা, এবার বলুন, ম্যারাডোনা, পেলে, মেসি, রোনাল্ডো – এরা কী খেলতো বা খেলে?

— ফুটবল।

— এদের খেলা দেখলে, এদের ফুটবলের মানে বিচার করলে ময়দানের ফুটবলকে কি ফুটবল বলা যাবে?

— একদমই না।

— কিন্তু ময়দানে যেটা খেলা হয়, সেটাও তো ফুটবলই।

— আপনি কী বলতে চান বুঝতে পেরেছি। আচ্ছা, তার মানে আপনি বলতে চাইছেন কবিতা বিচারের কোনো ইউনিভার্সাল মানদণ্ড তৈরী করা সম্ভব নয়। তাই তো? গড়নে গঠনে কবিতা হলেই কবিতা।

— এক্সাক্টলি। এবার, সেটা ভালো কবিতা, কি মন্দ কবিতা সেটা আপনার বিচারবোধের উপর। আমার মনে হয় না কবিতা বিচারের কোনো ইউনিভার্সাল মানদন্ড আছে বা করা যেতে পারে। একটি কবিতার সার্থকতা তার পরিপ্রেক্ষিতের সাথে যুক্ত। যেমন ধরুন বাঙালীর কাছে রবীন্দ্রনাথের অনেক অত্যন্ত জনপ্রিয় কবিতাও অন্য ভাষার লোকেদের কাছে তেমন জনপ্রিয় নয়। তার একমাত্র কারণ, আমার মনে হয়, পরিপ্রেক্ষিতের তফাৎ।

— কিন্তু জনপ্রিয়তাকে কবিতার গুণবত্তার মান হিসেবে ধরা কি ঠিক হবে?

— আপনার কি মনে হয় কবিতা লেখা হয় জানোয়ারদের জন্যে?

— মানে? জানোয়ারদের জন্যে না হলেও, অনেক কবিই তো বলেন যে তিনি নিজের লেখার তাগিদে লেখেন, নিজেকে প্রকাশ করার অদম্য ইচ্ছা থেকে লেখেন। অন্যের কেমন লাগলো, সে নিয়ে মাথা ঘামান না।

—তারা বেশ খানিকটা মিথ্যে বলেন। তাই যদি হতো, নিজেকে প্রকাশ করার পর মানুস্ক্রিপ্টগুলো নিয়ে প্রকাশকদের দোকানে দোকানে ঘোরেন কেন? সেগুলো স্যুটকেসে ভরে রেখে দিলেই তো কাজ চুকে যায়। আর অন্যভাবে বললে, একজনের লেখা সে নিজে ছাড়া যদি অন্য কেউই না পড়ে, তবুও কি তিনি লিখেই যাবেন? ওসবই আঁতলামো। একদম সাদামাটা বিচার নিয়ে চলুন, যার কবিতা যত বেশি জনপ্রিয়, তার কবিতা তত ভালো। আর ভালো হওয়ার জন্যেই জনপ্রিয়। ব্যাপারটা এরকম নয়, যে কবিতা ভালো নয়, অথচ জনপ্রিয়। বা তার উল্টো -খুব ভালো কবিতা, অথচ জনপ্রিয় নয়। এসব যারা কপচায় তারা আঁতেল ছাড়া আর কিছু নয়। এদের মতে, কেউ হলেন কবির কবি, আর কেউ হলেন গাড়োল এর কবি। খোঁজ নিয়ে দেখবেন, কবির কবি হলো তাদের নিজেদের গ্রূপের কবি; আর গাড়োল এর কবি হলো অন্য গ্রূপের কবি। এই হলো এদের বিচারবোধ।

— আপনি দেখছি কবিতার ব্যাপারে বেশ কনফিডেন্ট। অনেক কিছুই ব্লান্টলি বলতে পারছেন। আমি কবিতা ভালোবাসি, কিন্তু কবিতা নিয়ে কিছু বলতে বেশ ভয় পাই। আপনি কি নিজেও লেখেন টেখেন নাকি?

— আপনি আড্ডা দেওয়ার শর্ত ভঙ্গ করছেন।এ টা ব্যক্তিগত প্রশ্ন হয়ে গেলো।

— ঠিক আছে, ঠিক আছে। আর কিছু জানতে চাইবো না। অনুষ্ঠান শুরু হওয়ার সময়ও তো বোধ'য় হয়ে এলো।

— হ্যাঁ, ওই তো সবাই হল-এ ঢুকছে দেখছি। চলুন, ওঠা যাক।

— আপনার কোন রো-তে সিট?

— আপনি এগোন, আমি আসছি।

সভাগৃহে অন্ধকার টানা হলে, অনুষ্ঠানের পরিচালক ঘোষণা করলেন, বাংলার লিটল ম্যাগাজিনের পক্ষ থেকে আয়োজিত আজকের এই অনুষ্ঠানের শুরুতে কবিতার বিচারবোধ সম্পর্কে কিছু কথা আপনাদের সামনে রাখবেন এবং একটি স্বরচিত কবিতা পাঠ করে শোনাবেন কবি কবিতা চৌধুরী।

পছন্দসই ইতিহাস- এক

আজকাল ইতিহাস বদলানোর একটা হুজুগ উঠেছে। সবাই চায়, সে তার পরের প্রজন্মকে নিজের পছন্দ মতো ইতিহাস পড়াবে বা শেখাবে। তাই গান্ধীর জায়গায় ইতিহাসে স্থান পাবে গোডসে। এবং ক্ষণজন্মা পুরুষ হিসেবে বর্ণিত হবে। যে নাকি ভারতকে একটা ভয়ঙ্কর দুর্যোগের হাত থেকে বাঁচিয়ে দিয়েছিলো একটা রুগ্ন, হাড় জিরজিরে প্রায় আশি বছরের বুড়োকে গুলি করে মেরে। সেরকমই বাঙালী মনীষীদের মধ্যে সর্বোচ্চ আসনে বসে যাবে সর্বতোভাবে বিফল এক সদ্যপ্রয়াত তথাকথিত "ভদ্রলোক" মুখ্যমন্ত্রী, যিনি নাকি বাংলার সর্বাঙ্গীন উন্নতির স্বপ্ন দেখছিলেন। কিন্তু বিরোধীরা চক্রান্ত করে তার স্বপ্নটা পুরো হওয়ার আগেই ঘুম ভাঙিয়ে পালঙ্ক থেকে ঠেলে ফেলে দিয়েছিলো।

ইতিহাস কি বদলানো যায়? ইতিহাস তো যা হয়ে গেছে, হয়ে গেছে। ইতিহাসের বই বদলানো যেতে পারে, ইতিহাস কখনও বদলানো যায় না। বইয়ের পাতা থেকে মুছে দিলেই কি আর মানুষের স্মৃতি থেকে ইতিহাস মুছে ফেলা যায়? কালের আবর্তে মানুষের স্মৃতিতে ক্ষীণ হতে হতে, স্মৃতি থেকে মুছতে মুছতে, পরিবর্তন হতে হতে, সুদুর ভবিষ্যতে সেটা হয়তো একদিন গিয়ে "মিথ" হয়ে যেতে পারে বা হয়ে যায়। কিন্তু তার মধ্যেও থেকে যায় কিছু ইতিহাস। সেই সুদূর সময়ের পারে সেই ইতিহাস বা "মিথ"কে নিয়ে গল্প লেখা যেতে পারে, মজা করা যেতে পারে। ইতিহাস হারিয়ে যেতে পারে, কিন্তু বদলানো যায় না।

ভারতের প্রাক্তন প্রধানমন্ত্রী স্বর্গীয় মোরারজি দেশাই সম্পর্কে কেউ একজন বলেছিলেন, উনি নাকি গান্ধীর চেয়েও বড় গান্ধীয়ান। এখন দেখছি, কোনো কোনো মার্ক্সবাদী নেতাও মার্ক্সের চেয়ে বড় মার্ক্সবাদী। চোখের পলক পড়তে না পড়তে ইতিহাসের পাতা বদলে যাচ্ছে। স্বাধীনতা সংগ্রামীরা হয়ে যাচ্ছে দেশদ্রোহী, ইংরেজকে "আর কোনোদিন তোমাদের বিরুদ্ধে কিছু করবো না, বলবো না"-এরকম মুচলেকা দিয়ে জেল থেকে ছাড় নেওয়া বিপ্লবীরা হয়ে যাচ্ছে স্বাধীনতা সংগ্রামী। দ্বি-রাষ্ট্র গঠনের সমর্থক আর হিটলারীয় শোধনে বিশ্বাসীরা হয়ে যাচ্ছে জাতীয়তাবাদী দেশনায়ক। আর সম্প্রীতির বাঁধনে "এক বৃন্তে দুটি কুসুম"-এর সমর্থকরা হয়ে যাচ্ছে ব্রাত্য। এই সব দেখে শুনে আমারও ইচ্ছে হলো, একটু ইতিহাস লিখি। নিজের

মতো করে, খুব ছোট্ট একটু ইতিহাস। যাদেরকে আমি দেখিনি, শুধু আমি কেন, আমার চোদ্দ পুরুষের কেউ দেখেনি, যাদের কথা আজ প্রায় "মিথ" এ রূপান্তরিত হয়ে গেছে, তাদের নিয়ে আমি লিখবো আমার এই ছোট্ট ইতিহাস। এদিক ওদিক শোনা কথা, নেট খুলে দু'চার জনের গল্প পড়া, অন্যজনের পছন্দ মতো লেখা ইতিহাসের পাতা - এই সব থেকে নিয়ে আমি আমার পছন্দ মতো ইতিহাস লিখতে চাই। তার জন্যে আমার তরফ থেকে বিশেষ ঋণ স্বীকার আজকালের সবজান্তা জ্যাঠামশাই ইন্টারনেটের কাছে। একে ঠিক ইতিহাস না বলে ইতিগল্প বলা যেতে পারে। যাতে না রয়েছে পুরোপুরি ইতিহাস, না রয়েছে নির্ভেজাল গল্প।

সময়টা খ্রীষ্টপূর্ব ৩৫৬ সাল। ম্যাসিডনের রাজা ফিলিপ এর ঘরে জন্ম নিল রাজপুত্র আলেকজাণ্ডার। মা অলিম্পিয়াস রাজা ফিলিপের সাত রানীর মধ্যে একজন। অনেকটা আমাদের রাজা দশরথের মতন ব্যাপার। তবে রানীর সংখ্যাটা একটু বেশিই। বহুবিবাহ প্রথা সেদেশেও ছিল, এদেশেও ছিল। মিলটা শুধু এখানেই নয়, পরে আরো পাওয়া যাবে। রামকে যেমন মানা হয় বিষ্ণুর অবতার রূপে, আলেকজাণ্ডারকেও ভাবা হতো দেবতার প্রতিনিধি বলে, যার জন্মই হয়েছে ম্যাসিডোনিয়ার আধিপত্য সারা বিশ্বে ছড়িয়ে দেবার জন্যে।

রাজা ফিলিপের রানীর সংখ্যা গণনায় সবাই একমত। তবে সন্তান সংখ্যার সঠিক হিসেব কেউ লিখে রেখে যেতে পারেনি। বিভিন্ন জনের বিভিন্ন মত। তবে একটি কন্যা সন্তানের কথা সবাই লিখেছেন। সেই কন্যা সন্তানটিকেও আবার তার মা-সহ হত্যা করা হয় রাজপ্রাসাদের আভ্যন্তরীণ রাজনীতির সুবাদে। কিছুটা কৈকেয়ী-মন্থরার রামকে বনবাসে পাঠানোর মতো ব্যাপার। প্রাসাদের আভ্যন্তরীন রাজনীতি সব দেশে, সব কালে প্রায় একই রকম। তাই রাজপ্রাসাদ ভেঙে যায় আস্তে আস্তে। আসে জনগণের প্রাসাদ। কিন্তু অবস্থার পরিবর্তন হয় না খুব একটা। জনগণের প্রতিনিধি দিয়ে তৈরী হয় ক্যাবিনেট। সাথে সাথে তৈরী হয় কিচেন ক্যাবিনেটও, যেটা স্থান নেয় ওই রাজপ্রাসাদের আভ্যন্তরীন রাজনীতির।

রাজা ফিলিপ খুব শিক্ষিত লোক ছিলেন না। শিক্ষিত মানুষ আর কবেই বা রাজা-প্রধানমন্ত্রী হয়েছে? একজনকে আমরা পেয়েছিলাম। জোর জবরদস্তি করে প্রধানমন্ত্রী বানিয়েও ছিলাম। কিন্তু ওই, স্বপ্ন পূরণের আগেই পালঙ্ক থেকে ঠেলে ফেলে দিতে হলো, তার আশপাশে যত্তো সব বদমাশ বাজে লোক এসে শুয়ে পড়েছিল বলে।

তা রাজা ফিলিপ শিক্ষিত না হলেও শিক্ষাতে যথেষ্ট আগ্রহ ছিল এবং শিক্ষাকে সম্মান করতেন। নিজে পড়াশুনা না করলেও চেয়েছিলেন তার পুত্র আলেকজান্ডারকে উচ্চমানের শিক্ষায় শিক্ষিত করে তুলতে। পুত্রের শিক্ষার জন্যে রাখলেন বিখ্যাত দার্শনিক অ্যারিস্টটলকে গৃহশিক্ষক হিসেবে।

যারা ইতিমধ্যে একটু আধটু ইতিহাস পড়েছেন, তারা সকলেই নিশ্চয়ই আলেকজান্ডারের নাম শুনেছেন। তিনি শুধু আলেকজান্ডার নন, তিনি আলেকজান্ডার দ্য গ্রেট। মাত্র বত্রিশ বছর এগারো মাস বেঁচে ছিলেন। তার মধ্যেই সারা বিশ্বের প্রায় অর্ধেকটা নাকি জয় করে নিজের সাম্রাজ্য স্থাপন করেছিলেন। সর্বকালের সর্ব শ্রেষ্ঠ মিলিটারি কমান্ডার বলে মানা হয় তাকে। তাই ইতিহাস তাকে উপাধি দিয়েছে, "আলেকজান্ডার দ্য গ্রেট" বলে।

ধরুন, এই ইতিহাসটি আমার বা আপনার পছন্দ হলোনা। তাহলে আমরা কী করতে পারি? নিজের পছন্দ মতো একটি ইতিহাস লিখতে পারি। নিজে নিজেই সেটা বারবার পড়তে পারি। অন্য কারুর ভালো লাগলে তাকে পড়িয়ে শোনাতে পারি।

আমার ইতিহাসে আলেকজান্ডার শুধুমাত্র আলেকজান্ডার। লাগামহীন, উদ্দাম, পশুসুলভ হিংস্র, এক শক্তিশালী এবং সাহসী যুবক, যার অন্যকে যুদ্ধে হারানো একটা নেশা। যার মস্তিষ্কে যুদ্ধ ছাড়া অন্য কোনোরকম সংবেদন কাজ করেনা। আমাদের দেশের রাজনৈতিক স্লোগান লড়াই, লড়াই, লড়াই চাই-এর মতো ব্যাপার। কেন যে লড়াই চাই, তার কোনো জবাব নাই। তাই আমার মতে তিনি “আলেকজান্ডার দ্য গ্রেট” নন। দেশ জয়ের নেশায় উন্মত্ত, এক গুণ্ডাবাহিনীর নায়ক, যে একটার পর একটা দেশ জয় করতে চায় উদ্দেশ্যহীন ভাবে। জয় করার পর সেই দেশটা কে নিয়ে লুটপাট ছাড়া আর কী করতে চান, সে নিয়ে কোনো মাথাব্যথা নাই। তখনকার দিনে সব ছোট ছোট দেশ, ছোট ছোট রাজা। এক বিশাল গুন্ডাবাহিনী এসে হঠাৎ করে তাকে আক্রমণ করলে, কে আর পারবে তাকে ঠেকান দিতে? একটার পর একটা দেশকে, শুধুমাত্র জয় নয়, তাকে ধ্বংস করে, দেশবাসীর উপর অকথ্য অত্যাচার করে, লুটপাট করে এগিয়ে যেতেন পরের দেশের উদ্দেশে। অত্যন্ত স্বল্পদৃষ্টির, এক অপরিশীলিত মানুষ। অ্যারিস্টটল এর মতো শিক্ষাগুরুকে গৃহশিক্ষক হিসেবে পেয়েও শিক্ষাদীক্ষা তেমন বিশেষ কিছু হয়নি তার।

আমার এই নিজস্ব ইতিহাসের পিছনে কারণ রয়েছে আলেকজান্ডারের মৃত্যুকাহিনী। ইতিহাসের বিভিন্ন পাতায়, মাত্র তেত্রিশ বছর বয়সে তার মৃত্যুর কারণ ভিন্ন ভিন্ন। কারুর মতে সুদুর ম্যাসিডোনিয়া থেকে একটার পর একটা দেশ জয় করতে করতে যখন ভারত সীমান্তে এসে পৌঁছলেন, তখন তিনি একেবারে ক্লান্ত, পরিশ্রান্ত; কারুর মতে এদেশের জলে তার পেটের অসুখ হয়ে যায় কয়েকদিনের মধ্যেই, এবং টাইফয়েড জ্বরে আক্রান্ত হয়ে পড়েন; কেউ বলেন ম্যালেরিয়া। আবার অন্য কারুর মতে, তিনি তার সৈন্য বাহিনীর চরম অসন্তোষের শিকার হয়ে ফেরার পথ ধরতে বাধ্য হন। এবং ফেরার পথেই তিনি অসুখে বা ক্লান্তিতে মারা যান। ফেরার পথে তিনি সঙ্গে নিয়ে যান এক তিয়াত্তর বছর বয়সী নাগা সন্ন্যাসীকে। যে সন্ন্যাসীকে দেখে আলেকজান্ডার ভীষণ রকম অবাক হয়েছিলেন। এবং তার সান্নিধ্যে তিনি অন্তরে অন্তরে একটা খুশির ভাব অনুভব করতেন।

আসলে ব্যাপারটা হয়েছিল কি, রাজপুত রাজা পুরুষোত্তম (ওরফে পুরু)- এর সাথে যুদ্ধের সময় থেকেই আলেকজান্ডার খুব অসুস্থ হয়ে পড়েন। তা সত্ত্বেও তার দেশ জয়ের অদম্য নেশা আরো এগিয়ে নিয়ে যেতে চাইছিলো। কিন্তু তার সৈন্যবাহিনী, অর্থাৎ গুন্ডাবাহিনী, পূর্বদিকে আর এগোতে চাইলো না কিছুতেই। বাধ্য হয়েই, ফেরার পথ ধরতে হলো। আলেকজান্ডার ঠিক করলেন, ফেরাটা একটু অন্য পথে করা যাক। তাই একটু রাস্তা বদল করে, দক্ষিণ দিকে ঘুরে, সিন্ধু প্রদেশের দিকে এগোলেন। আলেকজান্ডার এদিকে আসছেন, এই শুনেই তো সিন্ধু প্রদেশের রাজা সাব্বাস পালিয়ে যেতে চাইলেন দেশ ছেড়ে। কিন্তু বাধ সাধলো একদল নাগা সন্ন্যাসী। তারা রাজাকে সাহস আর উৎসাহ দিয়ে বললো, 'রাজার আবার মৃত্যুকে ভয় পেলে চলে নাকি? তাহলে প্রজারা কী করবে? আক্রমণকারী শত্রুর বিরুদ্ধে যুদ্ধ করাই রাজার ধর্ম। এই যে দেশের প্রজারা তাকে এতো সম্মান দেয়, রাজস্ব দেয়, তার বিলাসিতার উপকরণ যোগায় - তার পরিবর্তে রাজা তাদেরকে কী দেয়? কিছুই না। শুধু এই রকম বিপদের মুহূর্তে তাদেরকে নিরাপত্তা দেওয়া, বা অন্তত নিরাপত্তা দেওয়ার চেষ্টা করা, রাজধর্মের অন্যতম। যুদ্ধ করে দেখোই না। জিতে যেতেও তো পারো। আর হেরে গিয়ে মারা গেলেও সে মৃত্যু হবে উজ্জ্বল'।

রাজাকে উৎসাহ আর যুদ্ধের প্ররোচনা দেওয়ার এই খবর পৌঁছলো আলেকজান্ডারের কানে। ভীষণ রেগে গিয়ে তার গুন্ডাবাহিনী (সৈন্যবাহিনী)কে আদেশ দিলেন নাগা সাধুদের ধরে নিয়ে আসতে।

তৎক্ষণাৎ আদেশের অনুপালন। সবাইকে হাজির করা হলো আলেকজান্ডারের সম্মুখে। আলেকজান্ডার এক এক সাধুকে এক এক প্রশ্ন করেন, আর তার উত্তরে সন্তুষ্ট না হলেই মৃত্যুদণ্ডের আদেশ দেন। সঙ্গে সঙ্গে তা পালিতও হয়। যাদের উত্তর কিছুটা বুদ্ধিদীপ্ত আর সন্তোষজনক বলে আলেকজান্ডারের মনে হয়, এরকম দশটি সাধুকে বেছে নিয়ে শুরু করেন তার দ্বিতীয় রাউন্ড।

এই দশ নাগা সাধু ভাবলো, তারা যখন তাদের উত্তর দিয়ে আলেকজান্ডারকে সন্তুষ্ট করতে পেরেছে, তারা হয়তো আলেকজান্ডারের হাত থেকে মুক্তি পেয়ে যাবে। কিন্তু আলেকজান্ডার অন্য ধাতের মানুষ। হিংস্র জানোয়ার যেমন তার শিকারকে ধরে, তাকে ভোজ্য বানানোর আগে তার সাথে একটু খেলে নেয়, এও সে রকম। এই খেলাকে বলে নেক রিডল অর্থাৎ গর্দান ধাঁধাঁ।

গর্দান ধাঁধাঁর বিশেষত্ব হলো, প্রশ্নোত্তরের শেষে প্রত্যেককে একটি করে বিশেষ ধাঁধাঁ দেওয়া হবে, যার সমাধান করতে না পারলেই তার গর্দান যাবে। যেটা বালক আলেকজান্ডার শিখেছিল তার গৃহশিক্ষক অ্যারিস্টটল এর কাছ থেকে, যার নাম অ্যারিস্টটললিয়ান রিডল। তার রূপটা এরকম। ধরুন, জিজ্ঞাসাবাদের সময় একজন মানুষ বলছে, "হ্যাঁ, আমি মিথ্যে কথা বলছি।" এখন প্রশ্ন, এই কথাটা সে সত্যি বলছে না মিথ্যে বলছে? সম্ভবত, এই একটি জিনিসই আলেকজান্ডার নিতে পেরেছিলেন গুরুর থেকে। বাকি সব জ্ঞানের প্রভাব তার উপরে খুব বেশি পড়েনি।

নিজেকে খুব পক্ষপাতহীন দেখাতে, আলেকজান্ডার বিচারক বানালেন ওই দশ নাগা সাধুর মধ্যে সবচেয়ে বরিষ্ঠ সাধুটিকে। শুরু হলো দ্বিতীয় রাউন্ড। প্রশ্ন করবেন আলেকজান্ডার; আর তার উত্তর শুনে রায় দেবেন বরিষ্ঠ নাগা সাধু।

প্রথম সাধুকে প্রশ্ন: কার সংখ্যা বেশি? জীবিতের না মৃতের?

উত্তর: জীবিতের। কারণ মৃতের কোনো অস্তিত্বই নেই।

দ্বিতীয় সাধুকে প্রশ্ন: কোথায় প্রাণীর সংখ্যা বেশি, পৃথিবীতে, না সমুদ্রে?

উত্তর: পৃথিবীতে, কারণ সমুদ্র পৃথিবীর অংশ।

তৃতীয় সাধুকে প্রশ্ন: কোন প্রাণী সবচেয়ে বেশি চতুর?

উত্তর: মানুষ এখন পর্যন্ত তা বুঝে উঠতে পারেনি।

চতুর্থ সাধুকে প্রশ্ন: রাজা সাব্বাসকে তুমি যুদ্ধের প্ররোচনা দিয়েছিলে কেন?

উত্তর: আমি বলেছিলাম, বাঁচতে হলে মাথা উঁচু করে বাঁচো, নয়তো বীরের মতো মরো।

পঞ্চম সাধুকে প্রশ্ন: দিন না রাত - কে বয়সে বড়?

উত্তর: দিন। একদিনের বড়।

ষষ্ঠ সাধুকে প্রশ্ন: কোন পুরুষকে সবাই ভালোবাসে?

উত্তর: যে পুরুষ ভীষণ শক্তিশালী, অথচ কারুর মনে ভয়ের উদ্রেক করেনা।

সপ্তম সাধুকে প্রশ্ন: একজন মানুষ মানুষ না হয়ে দেবতা হতে পারে কীভাবে?

উত্তর: তেমন কিছু করে, যেটা কোনো মানুষই করতে পারে না।

অষ্টম সাধুকে প্রশ্ন: কে বেশি শক্তিশালী, জীবন না মৃত্যু?

উত্তর: জীবন। কারণ, সে অসংখ্য দুর্ভাগ্য, অসুস্থতা ধরে রাখতে পারে, মৃত্যু তা পারে না।

নবম সাধুকে প্রশ্ন: মানুষের কতদিন বেঁচে থাকা উচিত?

উত্তর: যতদিন না সে ভাবতে পারে, জীবনের চেয়ে মৃত্যুই শ্রেয়।

আলেকজান্ডার এবার ঘুরলেন দশম সাধুর দিকে, যাকে তিনি বিচারক বানিয়েছিলেন। বললেন তার রায় দিতে - এই নয়টি উত্তরের মধ্যে কোনটি সবচেয়ে “খারাপ” উত্তর। একটু অনবধানতায় আলেকজান্ডার বিচারের মাপদন্ড ভুল করে "ভুল উত্তর” না বলে, বলে ফেললেন, "খারাপ উত্তর”।

দশম সাধুটি ছিলেন এদের মধ্যে সবচেয়ে চতুর। মুহূর্তেই বুঝে ফেললেন আলেকজান্ডারের ভুল, এবং আলেকজান্ডারের হাত থেকে বাঁচার রাস্তা। রায় দিলেন, প্রতিটি উত্তরই তার আগের উত্তরের চেয়ে খারাপ। বরিষ্ঠ সাধুর এই উত্তরে অসন্তুষ্ট হয়ে আলেকজান্ডার তৎক্ষণাৎ বিচারক সহ দশ সাধুরই মৃত্যুদণ্ডের আদেশ দিলেন।

পছন্দসই ইতিহাস- দুই

বিচারক সাধু ভয় পেলেন না একটুও। শুধু আলেকজান্ডারকে মনে করিয়ে দিলেন যে, আলেকজান্ডারের মতো বিশ্ববিজয়ী সম্রাটের কাছে কথার খেলাপ তিনি আশা করেন নি। জিজ্ঞাসাবাদের শুরুতে শর্ত ছিল, "ভুল" উত্তর দিলে মৃত্যুদন্ড। "খারাপ" উত্তর দিলে নয়। কোনো সাধুই "ভুল" উত্তর দেয়নি, কেবলমাত্র "খারাপ" উত্তর দিয়েছে। এবং তার নিজের উত্তর আলেকজান্ডারের কাছে একই সাথে সঠিক (অর্থাৎ সন্তোষজনক) এবং সবচেয়ে খারাপ (অর্থাৎ ভুল) -দুটোই হতে পারে না, যদি না ধরে নেওয়া হয় যে শুধু তার নিজের নয়, বাকি সমস্ত সাধুদের উত্তরই সঠিক।

এইসব তর্কাতর্কির মাঝে এক সাধু, যার মনের মধ্যে মৃত্যুভয় বলে কিছুই নেই, মহাবিক্রমশালী আলেকজান্ডারের সাথে একটু ফাজলামি করেই বললো, "প্রশ্ন উদ্ভট হলে উত্তরও উদ্ভটই হবে। এতে অবাক বা অসন্তুষ্ট হওয়ার কী আছে?"

আলেকজান্ডার রাগতে গিয়েও রাগলেন না। কেমন যেন একটা দুর্বলতা এসে যাচ্ছে এই সাধুগুলোর প্রতি। মৃত্যুদণ্ডের আদেশ দিয়ে এই নগ্ন সাধুগুলোর কাছে তিনি কি ছোট হয়ে যাচ্ছেন, কথার খেলাপ করার দায়ে? নিজেই বুঝতে পারছেন না এটা কী? এর আগে তো তার সামনে এভাবে কেউ কথা বললে, দু'মিনিটের বেশি তার প্রাণ থাকতো না। এটা তার শারীরিক অবসাদ, নাকি মানসিক?

অবশেষে সাধুদের সাথে যুক্তিতর্কে না পেরে উঠে আলেক্সান্ডার খুশি হয়েই রাজি হলেন তাদের সবাইকে ছেড়ে দিতে। শুধু তাই নয়, প্রত্যেককে দিলেন মূল্যবান উপহার। এবং জিজ্ঞেস করলেন, তারা আরো কিছু চান কিনা। সাধুরা বললেন, হ্যাঁ, অবশ্যই চাই। বিশ্ববিজয়ী আলেকজান্ডারের এতোই যখন ক্ষমতা, তাঁর কাছে তারা অমরত্ব চান উপহার হিসেবে, কিংবা এমনকি ভিক্ষার দান হিসেবেও অমরত্ব নিতে রাজি।

মহাবিক্রমী আলেকজান্ডারের মাথা ঝুঁকে গেলো। ম্লানমুখে বললেন, এই উপহার দেওয়ার ক্ষমতা তার নেই। সে নিজেই তো নশ্বর। অমরত্ব

দেওয়ার ক্ষমতা তার থাকলে, সে তো নিজেকেই সেই উপহার দিতেন সবার আগে। এই প্রথম তিনি উপলব্ধি করলেন, বিশ্ববিজয়ী, মহাবিক্রমশালী আলেকজান্ডারের ক্ষমতাও অসীম নয়। তখন, বরিষ্ঠ সাধু জানতে চাইলেন, যখন সে নিজেই মারা যাবে একদিন, এবং সেটাও স্বেচ্ছায়, স্বনির্বাচিত দিনে নয়, এই সমস্ত ঐশ্বর্য ফেলে রেখে চলে যেতে হবে ছ' ফুট বাই তিন ফুট জমির গহবরে, তাহলে এই এতো ধ্বংস, হত্যা, লুটের কী প্রয়োজন?

জমির গহবরে যাওয়ার কথায় ভয়ানক রেগে গেলেন আলেকজান্ডার। সে তো এখনো যুবক। এখনো তো তার বাকি অর্ধেক বিশ্ব জয় করা বাকি আছে। এখনই তার মৃত্যুর কথা আসছে কেন? সে তো ভগবানের দূত! কিন্তু সাধারণত রেগে গেলে যা করেন, মৃত্যুদন্ডাদেশ জারি, তা করলেন না। চেষ্টা করলেন জবাব দেওয়ার। বললেন, তিনি যা করছেন সবই ভগবানের ইচ্ছায়। ভগবান তার ইচ্ছা পূরণের মাধ্যম হিসেবে তাকে ব্যবহার করছেন। (পাঠকরা কি কোনো মিল খুঁজে পাচ্ছেন বর্তমান সময়ের সাথে, বর্তমান রাজা-রানী বা দেবদূতের সাথে? পেলে, জানবেন সেটা অপ্রাসঙ্গিক।)

দার্শনিক অ্যারিস্টটল-এর ছাত্র আলেকজান্ডার দার্শনিকের মতোই আরও বললেন, জগতের সবাই যদি একরকম মনোভাবাপন্ন হয়ে যায় তাহলে জগৎ অচল হয়ে যাবে। সবাই যদি নাগা সাধুদের মতো সংসার ছেড়ে চলে যায়, পরকালের চিন্তায় ইহকালের অবস্থা ভুলতে থাকে, তাহলে জগতে কোনো মেয়ের বিয়ে হবে না, কোনো নারী সন্তান প্রসব করবে না, মা হওয়ার আনন্দ কেউ জানবে না, কাজকর্ম সব বন্ধ হয়ে যাবে, এমন কি শেষ পর্যন্ত নাগা সাধুর যোগানও বন্ধ হয়ে যাবে। তাই ঈশ্বর সকলকে আলাদা আলাদা মন আর কাজ দিয়েছেন। সবাই তারই ইচ্ছায় চলছেন। কাজেই তার এই লুটপাট, হত্যা, ধ্বংস সবই ভগবানের ইচ্ছার প্রকাশ। তিনি নিমিত্ত মাত্র। এই বলে একটু রাগের সাথেই উঠে চলে গেলেন।

এই প্রথম আলেকজান্ডারের ব্যবহারে প্রকাশ পেলো যে তিনি এককালে দার্শনিক অ্যারিস্টটল এর ছাত্র ছিলেন। তা ঠিক। তবে, দর্শন শাস্ত্রটিকে হজম করতে পারেন নি মোটেও। ভুগছেন একটু বদ-হজমি রোগে। ভারতবর্ষ ছোঁয়ার প্রভাব?

রাগ করে উঠে গেলেও আলেকজান্ডার নিজের ক্যাম্পে গিয়ে ঘুমোতে পারলেন না সারারাত। বরিষ্ঠ সাধুকে তিনি উত্তর দিয়েছেন ঠিকই, কিন্তু কেমন যেন নিজের কাছেই খুব বেশি প্রত্যয়জনক মনে হচ্ছে না সে উত্তর। পরের দিন ঊষাকালে উঠেই আবার দেখা করতে গেলেন সেই বরিষ্ঠ সাধুর সাথে। দুর থেকে দেখতে পেলেন শুধুমাত্র সেই একপ্রস্থ বস্ত্রের কৌপীন পরিধিত সাধু এক বৃক্ষতলে বসে উদীয়মান রক্তিম সূর্যের দিকে মুখ করে চোখ বুজে স্থির হয়ে বসে আছেন। পাশ্চাত্যের মানুষের কাছে পুরুষের এই রূপ দৃশ্যকটূ। তাও আবার ভোরের প্রথম দর্শন। সে কিনা এক প্রায়-নগ্ন পুরুষ! তবু যেহেতু তিনি আগের দিনও সাধুদেরকে এই রূপে দেখেছেন, চোখকে সইয়ে নিতে বিশেষ কষ্ট হলোনা। অন্য কোনো সময়, অন্য কোনো স্থানে এই দর্শনে হয়তো তিনি সাধুর মুন্ডপাতই করে ফেলতেন। কিন্তু গতকালই তার মনে ভয়ানক ধাক্কা দিয়েছে এই সাধুর শেষ প্রশ্ন। বারবার ভাবিয়েছে, ছ' ফুট বাই

তিন ফুটের জায়গার কথা।

সাধুর কাছে পৌঁছে তিনি জানতে চাইলেন, এটা তিনি কী করছেন? সাধু কোনো জবাব দিলেন না। ঠিক একইভাবে চোখ বুজে স্থির হয়ে বসে রইলেন।মহাবিক্রমশালী আলেকজান্ডারের প্রশ্নের উত্তর দেয়না, এতো বড় স্পর্ধা এই নগ্ন সাধুর! রাগ উঠে গেলো আলেকজান্ডারের। অনেক কষ্টে নিজেকে শান্ত রাখলেন। আবার বললেন, "আমরা সারা দিনরাত যুদ্ধের প্রস্তুতি, অন্তহীন কঠোর পরিশ্রমে ব্যস্ত, আর আপনি সারাদিন চুপচাপ বসে এটা কী করছেন?"

সাধুর মুখ থেকে এবারও কোনো উত্তর এলো না।

আলেকজান্ডারের ধৈর্যের সীমা প্রায় অতিক্রম করতে বসেছে। আর স্থির থাকতে পারলেন না। উঠে গিয়ে সাধুর একদম মুখোমুখি হয়ে চিৎকার করে বললেন, "অন্তত এটা তো বলতে পারেন, আপনার জীবনের উদ্দেশ্য কী? এই যে সারাদিন, দিনের পর দিন, বসে বসে সময় নষ্ট করছেন, এর কী সার্থকতা?"

এবার মুখ খুললেন সাধু। উল্টা প্রশ্ন করলেন আলেকজান্ডারকে, "আপনার জীবনের উদ্দেশ্য কী -সেটাই না হয় শুনি না আগে।"

আলেকজান্ডার যেন গর্জন করে বলে উঠলেন, "আমি আলেকজান্ডার; বিশ্ব বিজয় আমার উদ্দেশ্য।"

সাধুর প্রশ্ন, "তারপর?"

—"বিজিত সমস্ত দেশের ধন-দৌলত, সম্পদ - সব আমি নিয়ে যাবো গ্রীসে।"

—"তারপর?"

আলেকজান্ডার একটু জয়ীর হাসি হেসে বললেন, "বিজিত দেশের সব পুরুষদের বেঁধে নিয়ে গিয়ে দাস বানিয়ে রাখবো, আর নারীদের নিয়ে যাবো আমাদের মনোরঞ্জনের জন্যে।"

সাধু বিড়বিড় করে হালকা ব্যঙ্গের সুরে বললেন, "ওহ, কী সুমহান উদ্দেশ্য!" তারপর গলা খুলেই বললেন, "ধরে নিলাম সেটাও নাহয় আপনি করে ফেললেন। কিন্তু তারপর?"

এবার আলেকজান্ডার একেবারে বিজয়ীর গলায় বললেন, "তারপর আমি নিশ্চিন্তে সিংহাসনে বসে পা-দুলিয়ে আরাম করবো।"

সাধু বললেন, "আমিও এতোক্ষণ ঠিক তাই করছিলাম; আপনি ডিস্টার্ব করার আগে পর্যন্ত।"

নাগা সন্ন্যাসীর এই এক বাক্যের উত্তর যেন চাবুকের মতো ঘা মারলো আলেকজান্ডারের পিঠে। মুহূর্তেই আলেকজান্ডার বুঝতে পারলেন তার বিশ্ববিজয়ের অসারতা। কিন্তু, মানুষ অভ্যাসের দাস; আর, ব্যাড হ্যাবিটস ডাই হার্ড। স্বভাব যায় না ম'লে।

চিন্তিত মনে আলেকজান্ডার ফিরে এলেন তার ক্যাম্পে। মহাবিক্রমশালী আলেকজান্ডারকে চিন্তিত দেখে সেনাপতিরা ভাবলেন, তাদের দেশে ফিরে যাওয়ার ইচ্ছাতে সুপ্রীম কমান্ডারের মত নেই। কিন্তু তিনি নিজেও তো বেশ ক্লান্ত, দুর্বল, এমন কী অসুস্থও। তবু তার এতো আপত্তি কীসের? শরীর স্বাস্থ্য ঠিক না রাখতে পারলে বাকি অর্ধেক বিশ্ব বিজয়ের কোনো সম্ভাবনাই তো বেঁচে থাকবে না। তারা কেউই জানেন না,

তাদের সম্রাটের মনে, কোন চিন্তার পোকা ঢুকিয়ে দিয়েছে এই নাগা সন্ন্যাসীর দল।

দ্বিতীয় রাতেও স্থির হয়ে ঘুমোতে পারলেন না আলেকজান্ডার। সত্যিই তো, সব কিছু ছেড়ে যদি চলে যেতেই হবে একদিন, তাহলে আর এতো কাটাকাটি, হানাহানির কী প্রয়োজন? তার বিজয়ের সম্পদ তো ভোগ করবে অন্য কেউ। পরক্ষণেই তিনি নিজের মনকে শক্ত করতে পারলেন। নিজেকে বোঝাতে পারলেন, এ সবই দুর্বল মনের দুর্বল চিন্তার প্রকাশ। তার জীবনের উদ্দেশ্য আর নাগা সাধুর জীবনের উদ্দেশ্য এক হতে পারে না। নাগা সাধুর কাজই হলো, শিক্ষা দেওয়ার বাহানায় অন্যের মনকে দুর্বল করে দেওয়া। আর আলেকজান্ডারের কাজই হলো একের পর এক দেশ জয় করে যাওয়া। ঈশ্বর তার কাছে এটাই আশা করেন। আলেকজান্ডারের বীরত্ব আর সাহসিকতা তো আর নাগা সাধুর কাছে আশা করা যায় না!

জীবন থাকতে থাকতেই জীবনের ওপারের কথা ভাবতে শেখানোর কী দরকার? আরে বাবা, ওপারে কী আছে না আছে, সে নিয়ে এখান থেকেই ভাবনা চিন্তা করে সময় নষ্ট করার কী অর্থ হয়? ওপারে যা আছে, তা আছে। এপারে থাকতে থাকতে তো আর ওপারের কথা জানাও যাবে না, আর ওপারের জন্যে প্রাসাদও বানানো যাবে না!

এই চিন্তা তার মাথায় আসার পরই এটাও মাথায় এলো, নাগা সাধুদের মধ্যে বীরত্বের প্রকাশ দেখা না গেলেও, সাহসিকতার তো কোনো অভাব দেখা যাচ্ছে না। যে আলেকজান্ডারের নাম শুনলেই রাজা-রাজড়াও ভয়ে দেশ ছেড়ে পালাতে পথ পায় না, বা বিনা যুদ্ধে তৎক্ষণাৎ আত্মসমর্পণ করে, (একমাত্র পৌরোভের রাজা পুরুষোত্তম ছাড়া), সেখানে এই নগ্ন সাধুরা তার সাথে ফাজলামি পর্যন্ত করতে ছাড়ছে না। এতো সাহস পায় কোত্থেকে? এর রহস্য তাকে ভাঙতেই হবে। ভাবতে ভাবতে ঘুমিয়ে পড়লেন তিনি। পরদিন ভোরে ঘুম ভাঙলো মনে একটা অদ্ভুত রকমের প্রসন্নতা নিয়ে। সমাধানের একটা ভাবনা এসেছে তার মাথায়। এই দশ জন নাগা সন্ন্যাসীকে তার সাথে নিয়ে গেলে কেমন হয়?

চিন্তাটা মাথায় আসতেই আজও সকাল বেলাতেই বেরিয়ে পড়লেন নাগা সাধুদের সাথে দেখা করতে। প্রথমেই বরিষ্ঠ নাগার কাছে গিয়ে

প্রস্তাবটি রাখলেন। বরিষ্ঠ সাধু তার নিজের মতামত জানানোর আগে বললেন, অন্য নয় জনকে ডেকে এনে একে একে জেনে নাও তাদের কী ইচ্ছা। আলেকজান্ডার নিজের মনেই একটু হাসলেন, টের পেলেন, সিংহাসনে বসার পর থেকে সম্ভবত এই প্রথম প্রকাশ্যে এলো যে আলেকজান্ডারের ইচ্ছাই শেষ ইচ্ছা নয়। তার ইচ্ছার উপরেও অন্য কারুর ইচ্ছা থাকতে পারে। এটা তিনিই বা মেনে নিচ্ছেন কী করে? সারা মুখে অজান্তেই একটা মুচকি হাসির রেশ বয়ে গেলো তার। তার ইচ্ছা করছিলো, সৈন্যবাহিনীকে ডেকে সব কটা নাগা সাধুকে একসাথে রশি দিয়ে বেঁধে টানতে টানতে নিয়ে চলে যায় তার দেশে। কিন্তু বাধছিলো শুধু ওই বরিষ্ঠ নাগার জন্যে। কোথায় যেন সে তার বাল্যকালের গুরু অ্যারিস্টটল এর সাথে মিল খুঁজে পাচ্ছে এই নাগার। গুরুর আদেশের মতোই সে মেনে নিলো নাগার আদেশ। ডাকা হলো এক এক করে বাকি নয় নাগা সাধুকে। আলেকজান্ডার তাদেরকে জানালেন তার ইচ্ছার কথা। নয়জন সাধুই প্রত্যাখান করলেন আলেকজান্ডারের প্রস্তাব। সব শেষে বরিষ্ঠ নাগা জানালেন, তিনি রাজি আছেন আলেকজান্ডারের সঙ্গী হতে।

পছন্দসই ইতিহাস- তিন

দীর্ঘ পথের ক্লান্তিকর যাত্রা। তবু আলেকজান্ডারের মনে কেমন যেন একটা আনন্দের স্রোত। নাগা সন্ন্যাসীর সান্নিধ্য তার ভালোই লাগছে এবং সখ্যতাও বাড়ছে দিন দিন। নাগা সাধুর সাথে জীবন দর্শন আলোচনা করতে করতে তার মন যেন কেমন একটু শান্ত হয়ে আসছে। বিশ্বের বাকি অর্ধেকটা জয় করার ইচ্ছা তার যেন একটু একটু করে কমে আসছে। তাদের সখ্যতা ক্রমশ বাড়তে বাড়তে তারা যখন ঘনিষ্ঠ বন্ধু হয়ে উঠেছে একে অন্যের, ঠিক তখনই ঘটলো এক অত্যন্ত দুঃখদায়ক ঘটনা। বৃদ্ধ বয়সে এই দীর্ঘ পথ যাত্রার কষ্ট সহ্য করতে পারলেন না নাগা সন্ন্যাসী। গুরুতর অসুস্থ হয়ে মাঝ পথে বিশ্রামের জন্যে যাত্রা বন্ধ করতে হলো তাদের। কয়েকদিনের চেষ্টার পর নাগা সন্ন্যাসী বুঝে গেলেন তার সময় ঘনিয়ে এসেছে। আলেকজান্ডারকে বললেন তার চিতার আয়োজন করে দিতে। অপরের কাঁধে চেপে চিতায় ওঠা তার পছন্দ নয় মোটেও।

দাউ দাউ করে জ্বলে উঠেছে চিতা। বৃদ্ধ সন্ন্যাসী সকলকে বললেন আনন্দের বাজনা বাজাতে। একে একে সকলকে আলিঙ্গন করে হাসি মুখে সকলের থেকে বিদায় নিয়ে এগোলেন চিতার দিকে। শুধু আলেকজান্ডারকে আলিঙ্গন করলেন না তিনি। করমর্দন করে বললেন, চলো, আবার দেখা হবে ব্যাবিলনে। হাসতে হাসতে জ্বলন্ত চিতায় প্রবেশ করলেন তিনি। কোনোরকম দ্বিধা, ভয় বা কষ্টের প্রকাশ কারুর নজরে এলো না। আর কেউ, এমন কি আলেকজান্ডার নিজেও, বিশেষ খেয়াল করলেন না বা বুঝলেন না আলেকজান্ডারকে বলা নাগা সন্ন্যাসীর শেষ কথার মর্মার্থ কী।

আরো অনেকটা পথ বাকি। আলেকজান্ডার কেমন একটা শূন্যতা বোধ করতে লাগলেন। নাগা সন্ন্যাসীর সাথে আলোচনায়, তার দর্শনে - জীবনের, যুদ্ধের, দেশ বিজয়ের অসারতার ব্যাখ্যায়, আলেকজান্ডারের লাগামহীন উদ্দাম স্বভাবে কেমন যেন একটা সৌম্যভাব আসতে শুরু করেছিল। জীবনে এই প্রথম তিনি কাউকে বন্ধু হিসেবে দেখতে শুরু করেছিলেন, যদিও বয়সে সেই ব্যক্তি পিতৃসম। হঠাৎ করে তার চলে যাওয়াতে, যেমন একটা ধাক্কা পেলেন আলেকজান্ডার, তেমনি আবার মনের

মধ্যে জেগে উঠলো দেশ জয়ের আকাঙ্খা। আগেই বলেছিলাম না, ব্যাড হ্যাবিটস ডাই হার্ড। স্বভাব যায় না ম'লে। ব্যাবিলনে পৌঁছোবার আগেই ঠিক করে নিলেন নতুন যুদ্ধযাত্রার ছক। এবার তিনি এগোবেন আরবের দিকে। কিন্তু তার আগে? কয়েকটা দিনের বিশ্রাম, আর অর্ধেক বিশ্ব জয়ের আনন্দোৎসব। অর্থাৎ মদ্যপান আর বাঈজী নাচের আসর।

আমাদের দেশে যেমন দেব দেবীর সংখ্যার অভাব নেই, প্রায় সব বিষয়ের জন্যে আলাদা আলাদা দেবতা বা দেবী রয়েছে, পুরোনো দিনের গ্রীসেও ছিল সেরকম। তীব্র ইচ্ছা এবং ভালোবাসা (ইনটেন্স ডিসায়ার এন্ড লাভ) এর জন্যে আমাদের রয়েছে মদন দেব (মিত্র নয়), তো গ্রীসের রয়েছে কিউপিড। প্রেম-কামের জন্যে মদন তো আছে, কিন্তু আমাদের কোনো মদ্যপানের দেবতা আছে কি? ঠিক জানিনা। তন্ত্র সাধকদের প্রিয় পূজা, কালী পূজা। যেটা আমাদের গ্রামাঞ্চলে মোটামুটি মদ্যপানের পূজাতেই পরিণত হয়েছে, মা কালীর মূর্তি স্থাপন সেখানে একটা বাহানা মাত্র। এ ছাড়া একদম স্পেশালাইজড ফিল্ড (বিশেষ ক্ষেত্র) হিসেবে মদ্যপানের জন্যে দেবলোকে মহারাজ ইন্দ্রদেব তার মন্ত্রীমন্ডলীতে কোনো দেবতাকে রাখেন নি। বা কোনো সহযোগী দলকে খুশি করার জন্যে নতুন দফতর তাকে খুলতে হয়নি। কৌশলগত ভাবে ইন্দ্রদেবের এটা ভুল হয়েছে। কারণ, মদ্যপান হলো রাজস্ব সংগ্রহের একটা বড় উৎস। পুরোনো দিনের গ্রীসে কিন্তু মদ্যপানের দেবতা আলাদা ছিল। তার নাম ডায়োনাইসাস। বোঝাই যাচ্ছে সভ্যতা বা অগ্রসরতার মাপকাঠিতে ভারত পিছিয়ে ছিল গ্রীসের থেকে। এরকম গুরুত্বপূর্ণ একটা দফতরে কোনো মন্ত্রী নেই এটা ভাবা যায়? আজকাল অবশ্য মর্ত্যলোকে সব সরকার-ই আবগারি বিভাগ খুলেছে এবং সেখান থেকে যথেষ্ট আয় করছে। মদ্যপান করে মানুষ রাস্তা ঘাটে পড়ে থাকলেও পরের দিন আবার তার বন্ধু-সাগরেদরা তাকে উৎসাহ দেয় মদ্যপানের। মদ্যপান না করলে যে দেশের রাজস্ব কমে যাবে। দেশের জন্যে এটুকু কর্তব্য তারা করবে না?

তা গ্রীসের মদ্য দেবতা ডায়োনাইসাস কিন্তু খুব সেন্সিবল, বিচক্ষণ দেবতা। আমাদের যেমন মদ্যপানের কোনো সীমা থাকে না, মা কালী কোনো সীমা নির্ধারণ করে দেননি, পূজার নামে তাঁকে উৎসর্গ করে যত খুশি মদ্যপান করতে পারো, ডায়োনাইসাস কিন্তু বিধান বেঁধে দিয়েছেন। তিনটি বড় পেগের বেশি মদ্যপান করার বিধান দেন না কোনো বিচক্ষণ মানুষকে।

যে কথা আগে বলছিলাম। সভ্যতার পরিমাপে গ্রীসের দেবতা আমাদের দেবতার চেয়ে একটু এগিয়ে ছিলেন। মদ্যপানেও একটা অনুশাসন রেখেছিলেন। সেটা কেউ মানুক বা না মানুক, স্ট্যান্ডার্ড অপারেটিং প্রসিডিওর একটা বানিয়ে দিয়েছিলেন। অনুশাসনটা ছিল এরকম। তিনি বলছেন, মদ্যপানের আসরে আমি সার্ভ করতে বলি বাঁধা তিন পেগ। প্রথম পেগ - সেটা সুস্বাস্থ্যের জন্যে। দ্বিতীয় পেগ - সেটা হৃদয়ে প্রেম বা কাম (ইনটেন্স ডিসায়ার এন্ড লাভ) উদ্রেক করার জন্যে। আর তৃতীয় পেগ - সেটা ভালো ঘুমের জন্যে। এর বেশি আমার বিধানে নেই। এর আগে যারা যেতে চায়, সেগুলো চুরি, চামারি,ভাঁড়ামি,নচ্ছামি করে, তার জন্যে আমি দায়ী নই। কারণ, এর আগে গেলে যা যা হয়, সেগুলো আমি মানতে পারি না। চার পেগ নিলে- শুরু হয় কুৎসিত ব্যবহার (ব্যাড ম্যানার্স); পাঁচ পেগ নিলে - শুরু হয় চেঁচামেচি; ছ' পেগ নিলে - শুরু হয় একে অন্যকে অপমান করা; সাত পেগ নিলে - শুরু হয় মারামারি; আট পেগ নিলে - শুরু হয় আসবাবপত্র ভাঙাভাঙি; ন' পেগ নিলে - শুরু হয় অবসাদ (ডিপ্রেশন) আর দশ পেগে হয় সম্পূর্ণ অচেতন। এ সবের দায়, যারা আমার বিধান মানবে না, তাদের।

কোনোরকম বিধান মানার ধারে পাশেও থাকেন না আলেকজান্ডার। একমাত্র ওই নাগা সন্ন্যাসীই পেরেছিলেন তাকে একটু শান্ত করতে, বিধানের পথে নিয়ে আসতে। ভাগ্যের পরিহাসে তাও দীর্ঘস্থায়ী হলো না।

রাজপ্রাসাদে চললো মদের ফোয়ারা। দিনের পর দিন। মদ্যপানের দেবতা ডায়োনাইসিসও লুকিয়ে রইলেন এই মোচ্ছবের আওতা থেকে। তার বিধান ভাঙা তিনি নিজের চোখে দেখবেন কী করে? নাকি দেবদূত আলেকজান্ডারকে তিনিও ভয় পান?

তৃতীয় দিনে আলেকজান্ডার তার চেয়েও অল্প বয়সী চেলা শাগরেদদের সাথে মদ্যপান করছিলেন দাঁড়িয়ে দাঁড়িয়ে, গল্প করতে করতে, আর কে কতটা মদ্যপান করতে পারে একটানে, সে নিয়ে চলছিল প্রতিযোগিতা। কারুর কাছে, কোনো ব্যাপারেই হেরে যাওয়া আলেকজান্ডারের কাছে গ্রহণযোগ্য নয় মোটেও। আলেকজান্ডারের জন্ম হারার জন্যে নয়। শুধু সেই নাগা সন্ন্যাসীর কাছে তর্কযুদ্ধে হার মেনে নিতেন তিনি, তাকে মনে মনে গুরুর আসনে বসিয়েছিলেন বলে। হঠাৎই এক

শাগরেদ চ্যালেঞ্জ ছুঁড়ে দিলো এক জাগ মদ এক চুমুকে পান করার। আলেকজান্ডার কখনো কারুর চ্যালেঞ্জকে অস্বীকার করেন না। তিনি জীবনকে দেখেন শুধুমাত্র যুদ্ধের দৃষ্টিকোণ দিয়ে। সব কিছুই তার কাছে একটা যুদ্ধ। আর যুদ্ধে হার? সেটা আলেকজান্ডারের রক্তে নেই।

এক জাগ মদ নিয়ে চুমুক দিতে শুরু করলেন আলেকজান্ডার। মাঝপথে হঠাৎ শিরদাঁড়াতে ভয়ঙ্কর যন্ত্রনা বোধ করলেন তিনি। যন্ত্রনা নিয়েই চুমুক দেওয়া চালিয়ে যেতে থাকলেন। প্রায় শেষ, আর একটু,..... আর একটু........., আর একটু,..... না আর দাঁড়িয়ে থাকতে পারলেন না তিনি। ধড়াম করে পড়ে গেলেন মেঝেতে। সেই ভয়ঙ্কর যন্ত্রণার মধ্যেও যে চিন্তাটা তার মাথায় প্রথম ভেসে এলো, সেটা তার কাছে কোনোমতেই গ্রহণযোগ্য নয়....... .....আলেকজান্ডার যুদ্ধে হেরে যাচ্ছে। এরপরও কি বেঁচে থাকার কোনো মানে হয়?

তার নিজের প্রাসাদে এই মোচ্ছবের আগে, এক বন্ধুর বাড়িতে মদ্যপানের আসরে তার বুকে ব্যাথার বোধ হয়েছিল। কিন্তু তিনি বেশি পাত্তা দেন নি তাকে। সতর্কতা নিলে হয়তো আজকের এই ঘটনা ঘটতো না। কিন্তু ললাটলিখন এর বাইরে বেরোনো স্বয়ং আলেকজান্ডারের পক্ষেও সম্ভব নয়। "বিধির বাঁধন কাটবে তুমি এমন শক্তিমান/ তুমি কি এমনি শক্তিমান"!

মহাবিক্রমশালী, অর্ধবিশ্ববিজয়ী আলেকজান্ডার শয্যাশায়ী। জ্বর বাড়ছে প্রতিদিন। শরীরে ক্রমশ শক্তিহীনতা বোধ করছেন তিনি। মনে মনে একটু হিসেব করে দেখছেন। বিজিত দেশ থেকে যা সব ধনসম্পদ লুট করে এনেছেন তার পরিমাণ তিনি নিজেও কল্পনা করে উঠতে পারছেন না। (এখনকার হিসেবে সোনা-রূপো হীরে-জহরত মিলিয়ে প্রায় দশ লক্ষ টন আর অন্যান্য সব কিছু মিলিয়ে নেট ওয়ার্থ প্রায় বত্রিশ ট্রিলিয়ন ডলার)। তার বয়স তো এই সবে বত্রিশ পেরিয়ে তেত্রিশ ছুঁই ছুঁই। সামনের মাসেই তার তেত্রিশতম জন্মদিন। তার কি জীবন শেষ হয়ে এলো নাকি এখনই? এতো ধনসম্পদ, ঐশ্বর্য তাহলে কার জন্য, কীসের জন্য? মনে পড়লো নাগা সন্ন্যাসীর কথা। তিনিও তো একদিন এই কথাই জিজ্ঞেস করেছিলেন আলেকজান্ডারকে।

সম্রাটের ব্যক্তিগত ডাক্তাররা দিবারাত্র তার পাশে থেকে, শুশ্রূষা দিয়েও কোনো উপকার পাচ্ছেন না। অবস্থা ক্রমশ খারাপের দিকে। আস্তে

আস্তে হাত নাড়া, কথা বলা, শ্বাস নেওয়াও যেন সম্রাটের পক্ষে কষ্টকর হয়ে উঠছে। শয্যাশায়ী হওয়ার সাতদিনের মাথায় আলেকজান্ডার প্রথম বার দৃঢ় ভাবে বোধ করলেন তার অন্তিম সময় ঘনিয়ে এসেছে। এখন সময় শুধু শেষ ইচ্ছা জানিয়ে রাখা। এই মাত্র তেত্রিশ বছর বয়সেই তাকে চলে যেতে হবে?

হঠাৎ করে তার কানের মধ্যে বেজে উঠলো, চিতায় ওঠার আগে তাকে বলে যাওয়া নাগা সন্ন্যাসীর শেষ কথা, "চলো, আবার দেখা হবে ব্যাবিলনে।" সে কথাটাকে তখন তো কোনো গুরুত্বই দেয়নি কেউ, বা সে নিজেও। কথাটা তার হঠাৎ মনে পড়লোই বা কেন? কথাটার অর্থ কী? নাগা সন্ন্যাসী কি তাহলে আগেই জেনে গিয়েছিলেন যে আলেকজান্ডারের মৃত্যু আসন্ন? তাহলে কি সত্যিই জীবনের ওপারের অস্তিত্ব বলে কোনো কিছু আছে, যেটা ধ্যান এবং সাধনার জোরে এপারে থাকতে থাকতেই জেনে যাওয়া যায়? নাগা সন্ন্যাসী কি সত্যি সত্যিই ওপারে তার সাথে দেখা করার অপেক্ষায় আছেন?

তার ব্যক্তিগত এতজন ডাক্তার; তারা কেউ পারলো না চিকিৎসা করে তাকে সুস্থ করে তুলতে? নাকি, তারা চেষ্টাই করেনি তাকে সুস্থ করার? নাকি এর মধ্যেও রয়েছে প্রাসাদের আভ্যন্তরীন রাজনীতি? মনে মনে রেগে গেলেন খুব ডাক্তারদের উপর। কিন্তু এখন আর আলেকজান্ডারের রাগের ফল হিসেবে প্রাণ দিতে হবে না কাউকে। সেটা আলেকজান্ডার নিজেও জানেন। তবু ডাক্তারদেরকে তাদের অকর্মণ্যতার জন্যে শাস্তি দেওয়া প্রয়োজন। কিন্তু শাস্তি হিসেবে বললে তার কথা এখন আর মানবে না কেউ। তাই শেষ ইচ্ছার ছদ্মরূপে বললেন, আমার শেষ ইচ্ছা আমার লুট করে আনা সোনা-জহরত-মুক্তো দিয়ে তৈরী করা হোক আমার কফিন। আমার পছন্দের ডিজাইন অনুযায়ী। আর সেই কফিনে আমাকে শোয়ানো হবে এমন ভাবে যেন আমার হাত দুটো বাইরে ঝুলতে থাকে। আর আমার কফিন বাহক হবে শুধু মাত্র আমার ব্যর্থ ডাক্তাররা।

সম্রাট আলেকজান্ডারের এরকম অদ্ভুতভাবে কফিনে শোয়ার ইচ্ছা কেন হয়েছিল সে রহস্যের উন্মোচন হয়নি এখনও। কেউ কেউ মনে করেন, আলেকজান্ডার তার জীবনের এই অবিশ্বাস্য এডভেঞ্চার, বিশ্ববিজয়ের স্বপ্ন, বিশাল ধনদৌলত সংগ্রহ, উদ্দাম জীবন যাপনের মধ্যে যে অন্তর্নিহিত অন্তঃসারশূন্যতা রয়েছে, সেটা উপলব্ধি করতে পেরেছিলেন ওই নাগা

সন্ন্যাসীর সান্নিধ্যে এসে, তার এই অকাল মৃত্যুর আগে। তাই তার খালি হাতদুটো কফিনের বাইরে ঝুলিয়ে রাখতে চেয়েছিলেন এটা বোঝাতে যে, জীবনে এসেছি খালি হাতে, ফিরছিও খালি হাতে। এই বিশাল ধনদৌলতের না আছে কোনো উপযোগ, না আছে কোনো প্রয়োজন। সব ফেলে রেখে ফিরে যেতে হচ্ছে এই বত্রিশ বছর বয়সে।

জীবনের শেষ মুহূর্তে, মৃত্যুর একদম মুখোমুখি হয়ে, আলেকজান্ডারের চোখের সামনে আবারও ভেসে উঠলো সেই নাগা সন্ন্যাসীর মুখ। মনে হলো, নাগা সন্ন্যাসী তাকে হাত নেড়ে ডাকছেন, আর বলছেন, "আলেকজান্ডারের আবার ভয় পেলে চলে নাকি? এপারটাও তো জিততে হবে, চলে এসো, নির্ভয়ে।"

ব্যাড হ্যাবিটস ডাই হার্ড। স্বভাব যায় না ম'লে। সব কিছু জিতে নেওয়ার ব্যাপারে আলেকজান্ডারের নেশা এমনই প্রবল, যে ওপারটাও জিতে নেওয়ার লোভ সামলাতে পারলেন না তিনি। নাগা সন্ন্যাসীর আহ্বানে ওপারে যাওয়ার জন্যে আস্তে আস্তে চোখ বুজলেন আলেকজান্ডার।

দশ দিনের মাথায় ডাক্তাররা ঘোষণা করলেন, আলেকজান্ডার মৃত। এবার কি তাহলে সত্যিই দেখা হবে নাগা সন্ন্যাসীর সাথে, এই ব্যাবিলনে, একটু ওপারে?

....

পোস্ট স্ক্রিপ্ট: আলেকজান্ডারের মৃত্যু রহস্য নির্বিবাদরূপে উন্মোচন হয়নি কখনো। সম্ভাব্য কারণ হিসেবে বলা হয়েছে, এনসেফ্যালাইটিস, ফেটিগ, তার মদ্য পানীয়তে বিষ মিশিয়ে দেওয়া, হৃদ রোগ ইত্যাদি ইত্যাদি। সাম্প্রতিক কালে, ২০১৮ সালে, নিউজিল্যান্ডের ডুনেডিন স্কুল অফ মেডিসিনের অধ্যাপক ডক্টর ক্যাথেরিন হল, ইতিহাসের সমস্ত তথ্য নিয়ে গবেষণা করে, এবং আলেকজান্ডারের মৃত্যুর আগের দশদিনের ঘটণাক্রম বিশ্লেষণ করে বলেছেন, আলেকজান্ডারের মৃত্যুর খুব সম্ভাব্য কারণ, গিলেন বারে সিনড্রোম (GBS)। এবং খুব সম্ভবত ওই সময় GBS এর চিকিৎসা কারুর জানা ছিল না।

টলেমি রাজ- এক

পৃষ্ঠভূমি: খ্রীষ্টপূর্ব ৩২৩ সাল। অত্যন্ত অপ্রত্যাশিত ও আকস্মিক ভাবে অকালে চলে গেলেন সম্রাট আলেকজান্ডার। মাত্র বত্রিশ বছর এগারো মাস বয়সে। মৃত্যু নিজে থেকে এসে তার দোরে কড়া নেড়েছিলো, নাকি রাজপ্রসাদের আভ্যন্তরীন ষড়যন্ত্রে মৃত্যুকে ডেকে আনা হয়েছিল - এ ব্যাপারে ভিন্নমত থেকেই যাবে।

ইতিহাসের কিছু কিছু রহস্য, চিরকাল রহস্য হিসেবে থেকে যাওয়াই ভালো। তার উন্মোচন হয়ে গেলে তার প্রতি আকর্ষণ শেষ হয়ে যাবে। উন্মোচন না হলে তবেই আগামী কাল তাকে নিয়ে পড়াশুনা করবে, আলোচনা করবে, তর্ক-বিতর্ক করবে। জানার ইচ্ছাটা জেগে থাকবে। (প্রসঙ্গত বলে রাখি, নিজের স্ত্রী'র বা স্বামী'র মনটা ঠিকঠাক জেনে উঠতে না পারার যে রহস্য, সেটাকে ভুল করে ঐতিহাসিক রহস্য ভেবে তাকে উন্মোচন করার চেষ্টা করবেন না। বা সে নিয়ে বিশেষ মাথা ঘামাবেন না। সেটা সময়ের অপচয় ছাড়া আর কিছু হবে না। সে রহস্য চিরন্তন ও সর্বজনীন। তাকে বাঁচিয়ে রাখুন। তবেই এই জগৎ সংসার বেঁচে থাকবে। বরং ওই সময়টাতে আপনি উঠোনে কিংবা বারান্দার টবে দুটো লঙ্কা চারা লাগালেও বেশি কাজের কাজ হবে।)

নিউজিল্যান্ডের ডাক্তার ক্যাথেরিন হল গবেষণা করে বলেছেন, আলেকজান্ডারের মৃত্যুর খুব সম্ভাব্য কারণ গিলেন বারে সিন্ড্রোম। যদি এটাকে ঠিক বলে মেনে নেওয়াও হয়, তবুও আরেক জায়গায় রহস্য থেকেই যায়। সেটা হলো, আলেকজান্ডারকে মৃত বলে ঘোষণা এবং কবর দেওয়ার ব্যস্ততা।

মদ্যপান আর বাঈজী নাচের আসরে সেই যে যুবা বন্ধুদের সাথে চ্যালেঞ্জ করে জাগ ভরা মদ্য এক চুমুকে শেষ করতে গিয়ে মেরুদণ্ডে একটা ভয়ঙ্কর যন্ত্রণা বোধ নিয়ে পড়ে গিয়েছিলেন, তারপর আর ওঠেননি আলেকজান্ডার।

শরীর ক্রমশ অবশ হতে হতে অঙ্গ-প্রত্যঙ্গ নাড়ানো পর্যন্ত বন্ধ হয়ে গেলো। এমনকি গলার আওয়াজ টুকুও চলে গেলো। শুধু চোখ দুটো এদিক

ওদিক ঘুরিয়ে ফিরিয়ে জানিয়ে দিতেন কী বলতে চান। তারপর চোখ দুটোও গেলো স্থির হয়ে। সেই দোর্দণ্ডপ্রতাপ, বিশ্ববিজয়ী আলেকজান্ডারের শ্বাস প্রশ্বাস এখন এতোই ক্ষীণ যে ডাক্তাররা বুঝতে পারলেন না যে সম্রাট এখনো জীবিত। তারা ঘোষণা করলেন, সম্রাট মৃত।

অবশ্যম্ভাবী রূপে মৃত্যু আসন্ন, এটা সম্রাট আলেকজান্ডার নিজেও বুঝে গিয়েছিলেন। তাই নিজের পছন্দ মতো কফিন তৈরীর আদেশও দিয়ে রেখেছেন। কিন্তু এই মৃত্যু এতোই আকস্মিক এবং তড়িৎ, যে কয়েকদিন আগে সম্রাটের প্রকাশ করা ইচ্ছা অনুযায়ী সোনা হীরে-জহরতের বিশেষ নকশার কফিন তৈরির কাজ তখনও শেষ হয়নি। আরও দিনকয়েক লাগবে। তাই "সম্রাট মৃত" - এই ঘোষণা করার পরও কবর দেওয়ার জন্যে একটু অপেক্ষা করতেই হবে।

সম্রাটের মস্তিস্ক কিন্তু তখনও মৃত নয়, তার শরীরে জীবনের রক্ত তখনও বহমান। তার প্রমাণ, মৃত বলে ঘোষণা করার তিন দিন পরও সম্রাটের শরীরে পচন আসছে না।

ব্যাখ্যান ছড়িয়ে দেওয়া হলো, সম্রাট আলেকজান্ডার ছিলেন ঈশ্বরের দূত। তাই তার শরীরে পচন আসেনি, এবং আসবেও না কোনোদিন। এই ব্যাখ্যান খুবই সঙ্গত এবং সর্বজনগ্রাহী। কারণ, সম্রাট নিজেই দাবী করতেন যে তিনি ঈশ্বরের দূত। কিন্তু সম্রাটের শেষ ইচ্ছা তো পূরণ করতেই হবে। তার ইচ্ছা অনুযায়ী তৈরী কফিন এখন প্রস্তুত। কাজেই আর দেরি করে লাভ কী? শুরু হলো কবর দেওয়ার প্রস্তুতি।

প্রাচীন মিশরীয় প্রথায় মৃত ব্যক্তিকে কবর দেওয়ার আগে তার শরীর থেকে নাড়িভুঁড়ি, অঙ্গ-প্রত্যঙ্গ সব কেটে বের করে নেওয়া হতো। এইসব পুরোনো, ব্যবহৃত যন্ত্রপাতিগুলো নাকি আত্মার পছন্দ নয় ওপারে নিয়ে যাওয়া। শুধুমাত্র হৃদযন্ত্রটা ছাড়া। তারা আত্মা এবং জীবনের ওপারে আরেকটা জীবনে বিশ্বাস করতেন। এবং মস্তিস্ক নয়, হৃদযন্ত্রকে বিশ্বাস করতেন শরীরের সবচেয়ে গুরুত্বপূর্ণ প্রত্যঙ্গ হিসেবে। আর আত্মার বসবাসের একটা স্থান চাই, অর্থাৎ একটা বাসস্থান চাই। তাই শরীরের ধাঁচাটা কে নানা রকম তেল-মলমের সাহায্যে সংরক্ষণ করার (Mummification) চেষ্টা করতেন।

প্রথা অনুযায়ী ঘোষিত হওয়া মৃত, অপচনশীল দেবদূত সম্রাটের শরীর থেকে কেটে কুটে বের করে নেওয়া হলো সব অঙ্গপ্রত্যঙ্গ। হয়তো বা তিনি তখনও জীবিত, কারণ মৃত ঘোষণার তিনদিন পরেও তার শরীরে কোনো পচন আসেনি, কিন্তু এখন তিনি কোনো প্রতিবাদে অক্ষম।

বিশ্ববিজয়ী, মহাবিক্রমী আলেকজান্ডারকে বিদায় জানানো হলো, হয়তো বা সময়ের একটু আগে আগেই। আর তারপরই শুরু হলো, সেনাপতি শাগরেদদের মধ্যে এই বিশাল সাম্রাজ্যের ভাগাভাগি নিয়ে দ্বন্দ্ব-বিবাদ।

এই পৃষ্ঠভূমিতে শুরু আমার পছন্দসই ইতিহাস বা ইতিগল্পের এর দ্বিতীয় খন্ড।

আলেকজান্ডারের সেনাপতিদের মধ্যে একজন - টলেমি - দখল নিলেন মিশরের। এবং নিজেকে মিশরের রাজা হিসেবে ঘোষণা করলেন। নাম নিলেন টলেমি -১।

এই টলেমি রাজবংশ চলতে থাকলো ভারতবর্ষে ইংরেজ রাজত্বের মতোই,তবে আরো লম্বা সময় ধরে। খ্রীষ্টপূর্ব ৩২৩ থেকে খ্রীষ্টপূর্ব ৩০ পর্যন্ত। অর্থাৎ ঠিক ২৯৩ বছর। চলতে থাকে টলেমি-২, টলেমি-৩, টলেমি-৪ করতে করতে টলেমি-১২ পর্যন্ত। মাঝে অবশ্য কিছু রাজকন্যাও রাজত্ব চালিয়েছে। তার মধ্যে একজন হলেন ক্লিওপেট্রা-৩, যিনি নিজেকে মিশরের দেবী আইসিস-এর অবতার বলে মনে করতেন এবং প্রচারও করতেন। এই ক্লিওপেট্রা আমার গল্পের নায়িকা বা জগদ্বিখ্যাত কাহিনী “এন্টোনি ও ক্লিওপেট্রার” ক্লিওপেট্রা নন। ইনি অনেক আগের প্রজন্মের। আমার গল্পের নায়িকা, এবং এন্টোনি-ক্লিওপেট্রার ক্লিওপেট্রা ছিলেন ক্লিওপেট্রা-৭। টলেমি-১২ রাজা অলেটিস-এর কন্যা ক্লিওপেট্রা-৭-এর জন্ম খ্রীষ্টপূর্ব-৬৯ সালে এবং তিনিই ছিলেন মিশরে টলেমি রাজবংশের শেষ শাসক। রাজা অলেটিস এর মৃত্যু হয় খ্রীষ্টপূর্ব ৫১ সালে, যখন তার প্রথম সন্তান কন্যা ক্লিওপেট্রা-৭-এর বয়স মাত্র আঠেরো বছর। দ্বিতীয় সন্তান পুত্র টলেমি-১৩'র বয়স এগারো, আর তৃতীয় সন্তান পুত্র টলেমি -১৪'র বয়স আট। প্রথমে ছোট ভাই টলেমি-১৩ কে সঙ্গে নিয়ে রাজত্ব শুরু করলেন ক্লিওপেট্রা-৭। খুব অল্প বয়সে, মাত্র ১৫ বছর বয়সে, নীল নদের জলে ডুবে মারা যান টলেমি-১৩। এই মৃত্যু স্বাভাবিক মৃত্যু কিনা সে ব্যাপারে যথেষ্ট সন্দেহ আছে। অনেকেরই ধারণা,

এই মৃত্যুর পেছনে হাত রয়েছে দিদি এবং স্ত্রী ক্লিওপেট্রার। টলেমি-১৩'র মৃত্যুর পর ক্লিওপেট্রা বিয়ে করে নিলেন কনিষ্ঠ ভাই টলেমি-১৪কে, যখন তার বয়স মাত্র বারো। এই ক্লিওপেট্রাও পরে দাবী করতে থাকেন নিজেকে দেবী আইসিস-এর নব অবতার বলে।

আমার কাহিনীর নায়িকা ক্লিওপেট্রা-৭ কে নিয়ে কিছু লেখার আগে মিশরের দেবদেবী এবং বিশেষ করে দেবী আইসিসকে নিয়ে দু'কথা বলে নিই। তার কারণ, মিশরের দেবদেবীর আচরণের সাথে ক্লিওপেট্রা-৭-এর আচরণের মিল খুঁজে পাওয়া যাবে। বিশেষ করে দেবী আইসিস-এর আচরণের সাথে। আলেকজান্ডারের বিশ্ববিজয়ের কারণেই হোক বা জ্ঞান চর্চার আঁতুড়ভূমি হওয়ার কারণেই হোক, প্রাচীন গ্রীসের কাহিনী বা গ্রীক দেবদেবীর কাহিনী অনেকেই জানেন। সেই তুলনায় মিশরীয় দেবদেবীর কাহিনী অনেকটাই অজানা।

পৃথিবীতে অনেক মানুষ-মানুষী যেমন দেব-দেবীর আশীর্বাদে বিখ্যাত হয়ে যান, সেরকমই আবার অনেক দেব-দেবী মানুষ-মানুষীর আশীর্বাদে বিখ্যাত হয়ে যান। যেমন ধরুন, আমাদের দেবী সন্তোষী মাতা। এনাকে নিয়ে ফিল্ম না হলে, কেউ তেমন নামই জানতো না। কিংবা ধরুন, গদাধর চাটুজ্জে পুরোহিত না হলে দক্ষিনেশ্বর কালীবাড়ি এরকম বিখ্যাত তীর্থক্ষেত্র হয়ে উঠতো না কোনোদিন। মিশরের আইসিস দেবীও খানিকটা সেরকম। যদিও মিশরীয় মিথলজিতে আইসিস একজন নামীদামী গুরুত্বপূর্ণ দেবী, তবুও বলা যেতে পারে যে দুই ক্লিওপেট্রাই নিজেকে আইসিস দেবীর নব অবতার বলে দাবী না করলে, হয়তো বা দেবী আইসিস এতো জনপ্রিয়তা অর্জন করতে পারতেন না।

দেবী আইসিস কিসের দেবী? মানে, মিশরীয় স্বর্গের মন্ত্রীমন্ডলে কোন কোন দফতর তিনি সামলান? ওরেব্বাবা! সে এক বিশাল লিস্টি। আমাদের দেশে যেমন দেখেন না, মুখ্যমন্ত্রী বা প্রধান মন্ত্রী নিজের হাতে রেখে দেন সব গুরুত্বপূর্ণ দফতরগুলো, দেবী আইসিসও খানিকটা সেরকম। কী নেই তার হাতে? দেবী আইসিস-এর হাতে দফতর ছিল, জীবনের শুরু থেকে শেষ পর্যন্ত - অর্থাৎ, স্বাস্থ্য দফতর, এবং তার অবশ্যম্ভাবী পরিণতি মৃত্যু দফতর। তাছাড়া আরো ছিল, সুরক্ষা দফতর এবং ইন্দ্রজাল দফতর। এইসব দফতর গুলোকে যদি আধুনিক যুগের সরকারী দফতরের হিসেবে বলতে হয়, তাহলে বলা যেতে পারে, হেলথ, ইনসিওরেন্স, ডিফেন্স, ইন্টারন্যাল

সিকিউরিটি এবং অল পাওয়ারফুল ইন্দ্রজালী পি এম ও। এই ইন্দ্রজালের সাহায্যে দেবী আইসিস যা খুশি তাই করতে পারতেন।

মিথলজিতে দেবদেবীর কেলোর কীর্তি সব দেশেই প্রায় একরকম। অগম্যাগামিতা বা অজাচারিতা যেমন আমাদের মুনি-ঋষি বা দেবদেবীর মধ্যে আছে, সেরকম মিশরীয় দেবকুলেও। দেবী আইসিস ছিলেন দেবতা ওসিরিস এর বোন এবং স্ত্রী-দুটোই। এনারা দুজনে নাকি মাতৃগর্ভেই একে অন্যের প্রেমে পড়ে যান।

দেবী আইসিস ছিলেন তার চতুরতার জন্যে বিখ্যাত। তিনি নাকি তার চাতুর্যের জোরে দশ লক্ষ দেবদেবীর সমান ক্ষমতা ধারণ করতেন। তিনি আরও জানতেন জাদুবিদ্যা। একবার ওসিরিসের ছোট ভাই সেত রেগে গিয়ে দানবের রূপ ধরে বড় ভাইকে কেটে টুকরো টুকরো করে সারা মিশরে ছড়িয়ে ছিটিয়ে ফেলে দিয়েছিলেন। আইসিস ছোট বোন নেপথিসকে সঙ্গে নিয়ে সারা দেশ ঘুরে সেই সব টুকরো একটি একটি করে কুড়িয়ে এনে জাদুবলে ওসিরিস-এর প্রাণ ফিরিয়ে দিয়েছিলেন।

মিশরীয় পুরাণে, তাদের পৃথ্বী দেব বিয়ে করেন গগন দেবীকে। এবং জন্ম দেন চার সন্তানের। ওসিরিস, আইসিস, সেত আর নেপথিস। বড় ভাই ওসিরিস বিয়ে করলেন বড় বোন আইসিসকে, আর ছোট ভাই সেত বিয়ে করলেন ছোট বোন নেপথিসকে।

ফলে সম্পর্কগুলো হয়ে গেলো ভীষণ জটিল। তাদের এই জটিল সম্পর্ককে আমাদের এ দেশীয় সম্পর্ক দিয়ে বর্ণনা করলে ব্যাপারটা দাঁড়াবে এরকম। চার ভাই-বোনের কাছে নিজের বাবা হয়ে গেলেন শ্বশুর আর মা হয়ে গেলেন শাশুড়ি। বাবা-মার কাছে নিজের ছেলেমেয়েরা হয়ে গেলেন জামাই আর বৌমা। নেপথিস এর কাছে নিজের বড় ভাই হয়ে গেলেন ভাসুর এবং জামাইবাবু। আর দিদি আইসিস হয়ে গেলেন বৌদি, ননদ এবং জা। আইসিস এর কাছে ছোট ভাই হয়ে গেলেন দেবর এবং জামাই; আর ছোট বোন হয়ে গেলেন ননদ এবং জা। ওসিরিস-এর কাছে নিজের ভাই হয়ে গেলেন শালীপতিভাই আর বোন হয়ে গেলেন শালী এবং ভাতৃবধূ। সেতের কাছে দাদা হলেন জামাইবাবু এবং শালীপতিভাই, দিদি হলেন বৌদি এবং বড় শালী।

সম্পর্কের এরকম জটিলতা কেবল দেবকুলেই সম্ভব।

টলেমি রাজ- দুই

মিশরের পৌরাণিক দেবদেবীরা অন্যান্য দেশের পুরাণের দেবদেবীর তুলনায় অনেক বেশি সেন্সিবল মানে সমঝদার ছিলেন। তবে একথা বলতেই হবে যে, মিশরের দেবদেবীরা ছিলেন একটু সংকীর্ণমনা - ভৌগোলিক দৃষ্টিকোণ থেকে, যাকে ইংরেজিতে বলে প্যারোকিয়াল। তাদের চিন্তা ভাবনা সবকিছুই ছিল মিশরকে নিয়ে। আমাদের দেশের দেবদেবীর মতো তারা বিস্তীর্ণমনা ছিলেন না। সারা ব্রহ্মাণ্ড নিয়ে বা সৃষ্টিবাদ বা ধ্বংসবাদ নিয়ে বা এমনকি মিশরকে বিশ্বগুরু বানানোর রাস্তা নিয়ে তারা কোনোদিন মাথা ঘামাতেন না। দেবদেবীরাও ভাবতেন শুধু মিশরের নাগরিকদের সুখস্বাচ্ছন্দ। মিশরীয় পুরাণের কল্পলোকে দেবকুলেও সিংহাসন নিয়ে মারামারি কাটাকাটি হতো ঠিকই, তবে উদ্দেশ্য থাকতো কিন্তু মিশরের জনগণের ভালো করা। অবশ্য বাস্তব জগতে, সব দেশের রাজনীতিকদেরই কথিত উদ্দেশ্য ওই একই।

দেবকুলে মিশরের রাজসিংহাসন নিয়ে, মিশরের আধিপত্য নিয়ে মারামারি লাগলো ওসিরিস আর সেত-এর মধ্যে। বড় ভাই হওয়ার দৌলতে ওসিরিস যখন মিশরের রাজা, বাস্তব মিশরে নয়, কল্পনার দেবকুলের মিশরে, তার দেশ শাসনে প্রজারা খুব সন্তুষ্ট ছিলেন। তার জনপ্রিয়তা ক্রমশ বাড়তে থাকলে ছোট ভাই সেত অত্যন্ত ঈর্ষান্বিত হয়ে নিজে দানবের রূপ ধরে ওসিরিসকে কেটে টুকরো টুকরো করে ছড়িয়ে ছিটিয়ে ফেলে দিলেন। এবং নিজে মিশরের সিংহাসনে বসে রাজত্ব শুরু করলেন। আবারও বলি, এসব ঘটনা মিশরের বাস্তবে ঘটছে না, ঘটছে মিশরীয় পুরাণের কল্পলোকের স্বর্গরাজ্যে।

ওসিরিস-এর বোন এবং স্ত্রী আইসিস তো প্রথমে দুঃখে একেবারে ভেঙে পড়লেন। দিদি, বৌদি, ননদ এবং জা আইসিস-এর দুঃখ দেখে ছোট বোন, ননদ, ভাই-বৌ এবং জা নেপথিস স্থির থাকতে পারলেন না। এগিয়ে এলেন সাহায্য করতে। দুজনে বেরোলেন ওসিরিস-এর শরীরের টুকরোগুলো খুঁজে খুঁজে কুড়িয়ে নিয়ে আসতে। সারা মিশর ঘুরে সব টুকরো গুলো এনে, ঠিক ঠিক জায়গায় লাগিয়ে জাদুবলে আইসিস তার মধ্যে প্রাণ এনে দিলেন। কিন্তু সেত-এর দাপটে মিশরের স্বর্গরাজ্যে তার স্থান হলোনা আর। যেতে হলো মিশরের নরক বা পাতাল রাজ্যে।

পাতাল রাজ্যে ওসিরিস আর আইসিস প্ল্যান করলেন সেত-কে মিশরের সিংহাসন থেকে সরাতে হলে দরকার নতুন শক্তির। তাই প্ল্যান করে আইসিস গর্ভ ধারণ করলেন তড়িঘড়ি। জন্ম দিলেন পুত্র হোরাস-এর। হোরাস যখন শক্তিশালী এক যুবক, এবং প্রাপ্তবয়স্ক, দাবি করলেন মিশরের কল্পলোকের সিংহাসন। সোজা চলে গেলেন দেবলোকের সুপ্রিম কোর্টে। পেশ করলেন নিজের পক্ষ। যেহেতু তার বাবা ওসিরিস তার বাবা পৃথ্বী দেবের জ্যেষ্ঠ পুত্র, তিনিই মিশরের সিংহাসনের অধিকারী, এবং তিনি ছিলেনও মিশরের কল্পলোকের সম্রাট। সেত বিশ্বাসঘাতকতা করে তার বাবার হাত থেকে সিংহাসন ছিনিয়ে নিয়েছে। এখন সে নিজে যেহেতু প্রাপ্তবয়স্ক, সে-ই মিশরের সিংহাসনের ন্যায্য দাবীদার।

বাস্তব জগতে সারা দুনিয়ার সুপ্রিম কোর্টে যা হয়, মিশরের স্বর্গ লোকেও ঠিক সেরকমটাই হচ্ছিলো। প্রথম দিকে তো সুপ্রিম কোর্ট ঝঞ্ঝাটের কেসটা নিতেই চাইছিলো না - এসব ভাই তোমাদের পারিবারিক ঝগড়া। এসব পরিবারের হাঁড়ির কোঁদল নিয়ে মহামান্য সুপ্রিম কোর্টের সময় নষ্ট কোরো না- এ রকম সব বড় বড় কথা। হোরাস নাছোড়বান্দা। বললেন, এটা তো তার ব্যক্তিগত লড়াই নয়, এটা তো ন্যায়ের প্রশ্ন, মিশরের জনগণের পারম্পরিক নীতির প্রশ্ন। সুপ্রীম কোর্টের কাছে জানতে চাইলেন, সুপ্রীম কোর্ট তাহলে কী ধরণের কেস নিতে চান। আজকাল যেমন নির্বাচিত সরকারকে ছলচাতুরি দিয়ে, টাকা পয়সা দিয়ে সিংহাসনচ্যুত করা হয়, এটাও ঠিক সেরকম ব্যাপার। প্রাচীন মিশরের দেবলোকের সুপ্রীম কোর্টেও এই টালবাহানার ট্র্যাডিশন প্রচলিত ছিল। চক্ষুলজ্জার খাতিরে সুপ্রীম কোর্ট শেষ পর্যন্ত কেস নিতে বাধ্য হলো।

তারপর যা হয়, কেসটা নেওয়ার পর তারিখের পর তারিখ। এ ব্যাপারে বাস্তব জগৎ আর কল্প জগতের কোনো তফাৎ নেই। সুপ্রীম কোর্টের সব বিচারক দেবতাই সেত কে ভয় পায়। সে যাই হোক শেষ পর্যন্ত তারা সেতকে রায় জানালো যে হোরাসের সাথে তাকে বিভিন্ন প্রতিযোগিতায় নামতে হবে। যে জিতবে, সেই হবে মিশরের রাজা। একটার পর একটা প্রতিযোগিতা হতে থাকে কোর্টের দেবতাদের সামনে। আর সেত ছলচাতুরির দ্বারা জিতে যায় সব। যেমন আজকাল বিভিন্ন দেশের নির্বাচনে কারচুপি হয়, ঠিক সেরকম। সুপ্রিম কোর্টের দেবতারা বুঝতে পারছে কারচুপি হচ্ছে, কিন্তু ধরতে পারছে না বা ধরার সাহস পাচ্ছে না। একটার পর একটা প্রতিযোগিতা বাড়িয়ে চলেছে। ঠিক আজকাল যেরকম হতে দেখা

যাচ্ছে বিভিন্ন দেশের সুপ্রীম কোর্টে। বিচারকরাই ভীত সন্ত্রস্ত তো সাধারণ মানুষ করবে টা কী?

পুত্র হোরাসকে বারবার হেরে যেতে দেখে মা আইসিস জাদুবলে সেতকে একবার ফাঁদে ফেলে প্রাণ-ঘাতের ভয় দেখালেন। সেত তখন আইসিস-এর হাতে পায়ে ধরে ক্ষমা চাইতে, আইসিস একটু দয়াপরবশ হয়ে তাকে ছেড়ে দেন। যতই হোক, নিজেরই তো ভাই। বা দেবর। এই ঘটনায় মায়ের উপর ভয়ানক চটে গেলেন হোরাস। এবং মায়ের সাথে কুৎসিত ব্যবহার করলেন। হোরাসের এই ব্যবহার দেখে একদল দেবতা যারা এতক্ষণ হোরাসের প্রতি সহানুভূতিশীল ছিলেন তারা গেলেন বিগড়ে।

শেষ প্রতিযোগিতা ছিল নৌকাদৌড়। এবং নৌকা হতে হবে পাথরের। এই প্রথম হোরাস আশ্রয় নিলো কারচুপির। সে তৈরী করলো একটা কাঠের নৌকা, কিন্তু ওপরে পাথরের কোটিং। দেখে মনে হবে পাথরের নৌকা। সেত নিয়ে এলো নৌকাকৃতির এক পাহাড় চূড়া। প্রতিযোগিতার শুরুতেই সেতের নৌকা গেলো ডুবে। সুপ্রীম কোর্টের দেবতা বিচারকরা তো হেসেই অস্থির। ব্যঙ্গের হাসি। অপমানিত হয়ে সেত জাদুবলে নিজেকে রূপান্তর করলো এক ভয়ঙ্কর জলহস্তীতে এবং তেড়ে গেলো হোরাসকে গিলে খেতে। এবারে কিন্তু হোরাসকে হারাতে পারলো না সেত। হোরাস যখন লড়াই প্রায় জেতার মুখে, বিচারকরা রায় দিলেন, - লড়াই “টাই” অর্থাৎ অমীমাংসিত। কোনো বিচারক কোনো "ডিসেন্ট নোট" লিখলেন না। সর্বসম্মতিক্রমে "টাই"।

নিরুপায় হয়ে বিচারকরা চিঠি লিখলেন ওসিরিসকে, তার মতামত জানতে, যেহেতু তিনিই ছিলেন এই বিবাদের পূর্ববর্তী বৈধ মিশর সম্রাট। ওসিরিস তার উত্তরে জানালেন, বিচারকরা কি মনে করেন যার হাত শোণিত-সিক্ত, তার কি রাজ সিংহাসনে বসার কোনো অধিকার আছে? বা তার কি কোনো রাজ-সিংহাসনে বসা সাজে? তার হাতে কি প্রজারা নিরাপদ? সেতের হাত তার বড় ভাইয়ের রক্তে ভেজা। হোরাসের হাতে একটু-আধটু চালাকির দুর্গন্ধ লেগে থাকলেও, কোনো হত্যার রক্তে ভেজা নয়। হোরাসই মিশরের রাজ সিংহাসনের বৈধ দাবীদার। বিচারকরা এই রায়ে সম্মতি দিয়ে হোরাসকে মিশরের কল্পনার স্বর্গরাজ্যের সিংহাসনে বসিয়ে দিলেন।

দ্য পেন ইশ মাইটিয়ার দ্যান দ্য সোর্ড। কিন্তু মনে হয়না এটা সবসময় সত্যি। তবে এটা বলা যেতেই পারে যে, রাজনীতিতে বা দেশের জনগণের কাছে, ইওর চয়েস ইস লিমিটেড ওনলি বিটুইন ইভিল এন্ড লেসার ইভিল।

টলেমি রাজ- তিন

পৌরাণিক আর কল্প জগৎ থেকে এবার ফেরা যাক বাস্তব জগতে। বাস্তবের মিশরে। যেখানে তখন পর্যন্ত ২৭০ বছরের বেশি সময় ধরে রাজত্ব চালিয়ে আসছে টলেমি রাজবংশ। কিন্তু লাগাম ঢিলে হয়ে আসছে একটু একটু করে।

ক্লিওপেট্রার পিতা টলেমি-১২'র রাজত্বের শেষ দিকে তার বিরুদ্ধে মিশরে অসন্তোষ জমে উঠতে থাকে ভয়ঙ্কর ভাবে। এবং তার সিংহাসন সামলে রাখতে সাহায্য নিতে হয় রোমান সৈন্যের। সাথে সাথে অর্থ সাহায্যও নিতে হয় প্রচুর, রোমের তদানীন্তন অধিপতি এবং বন্ধু, বা বলা যেতে পারে রোমের তদানীন্তন সবচেয়ে বড় গ্যাংস্টার, বা ভদ্রভাষায় একনায়ক, জুলিয়াস সিজারের কাছ থেকে।

অসন্তোষ সামলানেন ঠিকই; কিন্তু আর বেশিদিন বাঁচলেন না টলেমি-১২। মারা গেলেন খ্রীষ্টপূর্ব ৫১ তে। উত্তরাধিকার দিয়ে গেলেন কন্যা ক্লিওপেট্রা আর প্রথম পুত্র টলেমি-১৩কে। ক্ষমতায় বসেই ক্লিওপেট্রা বুঝে গেছিলেন শান্তিতে দেশ শাসন করতে হলে ছোট ভাইকে সাথে নিয়ে চলতে হবে। তা নাহলে বিপদ আসতে পারে ওখান থেকেই। তাই তড়িঘড়ি বিয়ে করে নিলেন নিজের ভাইকে। (মনে পড়ছে দেবী আইসিস-এর কথা? এবং ক্লিওপেট্রার নিজেকে আইসিস-এর অবতার মনে করার কথা?) এবং ভাইয়ের নাম সামনে রেখে শাসন করতে লাগলেন দেশ। যদিও দাপটে তার ধারে পাশে আসতে পারতো না তার ভাই। কাজেই যা ভবিতব্য তাই হলো। দু'বছরের মধ্যেই ভাই-বোন, বা স্বামী-স্ত্রীর মধ্যে বিবাদ এমন পর্যায়ে পৌঁছলো যে প্রাণ বাঁচাতে ক্লিওপেট্রাকে পালিয়ে যেতে হলো মিশর ছেড়ে। আশ্রয় নিলো প্রায় হাজার মাইল দূর সিরিয়াতে।

সিরিয়াতে থাকতে থাকতে তিনি প্রস্তুতি নিতে থাকলেন এক সৈন্যবাহিনী গড়ে তোলার। এবং এক বছরের মধ্যেই তৈরী হয়ে আক্রমণ করলেন নিজের ভাই এবং স্বামী টলেমি-১৩কে মিশরের পূর্বপ্রান্ত পেলুসিয়ামে।

এদিকে ঠিক ওই সময়েই চলছিল রোমান সাম্রাজ্যের মধ্যে ভয়ঙ্কর অন্তর্দ্বন্দ্ব। যুযুধান গোষ্ঠীদ্বন্দ্বের দুই প্রধান দলের সেনাপতি হলেন জুলিয়াস সিজার এবং পম্পি। এক সময় তারা ছিলেন একে অন্যের বন্ধু। যাকে বলে একদম জিগরি দোস্ত। বন্ধুত্বকে আরও দৃঢ় করে তোলার জন্যে জুলিয়াস সিজার তার একমাত্র বৈধ সন্তান, কন্যা জুলিয়া'র বিয়ে দিয়েছিলেন পম্পির সাথে। কিন্তু ক্ষমতার লোভ কোনো বন্ধুত্বকে বাঁচিয়ে রাখেনা। আমাদের দেশের রাজনৈতিক নেতাদের ক্ষমতায় আসার লড়াই দেখলেই বুঝতে পারবেন ক্ষমতার লোভ কী ভয়ঙ্কর রূপ নিতে পারে। প্রাচীন রোম সাম্রাজ্যেও ছিল একই অবস্থা। সেই ট্র্যাডিশন ক্রমশ ভয়ঙ্কর রূপ নিতে নিতে আজকের অবস্থায় পৌঁছেছি আমরা।

জুলিয়াস সিজার এবং পম্পি - দুজনেই চান সমস্ত রোম সাম্রাজ্যের উপর দখল চালাতে। ভাগাভাগি করে নিয়ে শান্তিতে সহাবস্থান করার ধারণা এসব লোকের চিন্তায় কখনো আসেই না।

পম্পি'র সৈন্যসংখ্যা জুলিয়াস সিজারের সৈন্যসংখ্যার প্রায় দ্বিগুণ। কিন্তু জুলিয়াস সিজারের গোষ্ঠী অত্যন্ত দক্ষ, যাকে আজকালকার ভাষায় বলা হয়, গেরিলা যুদ্ধে। হঠাৎ হঠাৎ কোত্থেকে আর কখন যে আক্রমণ এসে পড়বে, পম্পি'র সৈন্যরা কিছুতেই তার আন্দাজ করতে পারছিলো না। তারা ছিন্নভিন্ন হয়ে পড়ছিলো ক্রমশ।

এরকম পরিস্থিতিতে জুলিয়াস সিজারের দল সরাসরি মোক্ষম আক্রমণ করলো ফারসালুসে এবং চূড়ান্ত আর সিদ্ধান্তমূলক ভাবে পরাজিত করলো পম্পি গোষ্ঠীকে। যুদ্ধক্ষেত্র ছেড়ে পালিয়ে গিয়ে প্রাণ বাঁচালো পম্পি। আশ্রয় নেওয়ার জন্যে চেষ্টা করলো মিশরে ঢোকার।

পম্পি চাইছিলো টলেমি-১৩'র অর্থাৎ ক্লিওপেট্রার ভাই এবং স্বামীর সাহায্য নিয়ে মিশরে থেকে নিজেকে আবার যুদ্ধের জন্যে প্রস্তুত করে নেওয়া। কিন্তু টলেমির উপদেষ্টারা সেটা চাইছিলো না। তাদের মধ্যে অনেকেই ছিল জুলিয়াস সিজারের সমর্থক। তারা টলেমি-১৩ কে ইচ্ছাকৃত ভাবে ভুল বুঝিয়ে পম্পির সাথে বিশ্বাসঘাতকতা করলো। পম্পির জাহাজ যখন মিশরের বন্দরে ভেড়ানোর জন্যে টলেমির স্বীকৃতির অপেক্ষায় মাঝ সমুদ্রে দন্ডায়মান, টলেমির শাগরেদরা একটা ছোট নৌকা নিয়ে টলেমির দূত

হিসেবে পৌঁছলো পম্পির জাহাজে। পম্পি ভাবলেন, টলেমির অনুমতি নিয়ে আসছে তারা। তারা আসলে সঙ্গে নিয়ে গিয়েছিলো জুলিয়াস সিজারের পক্ষের এক ভাড়াটিয়া রোমান সৈনিককে যার হাত দিয়ে তারা আশ্রয়প্রার্থী পম্পিকে হত্যা করিয়ে দিলো মাঝ সমুদ্রে।

এদিকে পেলুসিয়ামে ক্লিওপেট্রা যখন আক্রমণ করলেন মিশরের উপর, তার সিংহাসন পুনর্দখলের জন্যে, জুলিয়াস সিজার এগিয়ে এলেন বন্ধুকন্যা ক্লিওপেট্রাকে সাহায্য করতে। ক্লিওপেট্রার নিজের হাতে গড়ে তোলা সৈন্যবাহিনী আর দুর্ধর্ষ রোমান বাহিনীর সংযুক্ত আক্রমণের বিরুদ্ধে লড়তে পারলো না টলেমি-১৩। এবার পালা টলেমির দেশ ছেড়ে পালানোর। কারুর মতে নিজের প্রাণ বাঁচাতে যুদ্ধ ছেড়ে গোপনে পালানোর পথে নীলনদে নৌকাডুবি হয়ে মারা যায় সে। আবার কারুর মতে যুদ্ধক্ষেত্রেই তাকে হত্যা করা হয় এবং তার মৃতদেহ ভাসিয়ে দেওয়া হয় নীলনদে।

এই যুদ্ধে জুলিয়াস সিজার কেন বন্ধুকন্যা ক্লিওপেট্রার পক্ষে গিয়ে, বন্ধুপুত্র টলেমি-১৩ 'র বিরুদ্ধে লড়াই করেছিলেন, তার কোনো সদুত্তর পাওয়া যায় না। কারুর মতে, ক্লিওপেট্রা ছিলেন সেই সময়ের আল্টিমেট ফেম ফেটাল - সর্বোত্তমা বিমোহিনী নারী। জুলিয়াস সিজার, তার চেয়ে একত্রিশ বছরের ছোট, এমনকি নিজের কন্যা জুলিয়ার চেয়েও সাত বছরের ছোট, ক্লিওপেট্রার প্রেমে পড়ে এগিয়ে এসেছিলেন তাকে সাহায্য করতে। কেউ বলেন, জুলিয়াস সিজার ঠিক সে কারণেই, বা শুধুমাত্র সে কারণেই, আসেননি ক্লিওপেট্রার পক্ষে। সিজার এর প্রয়োজন ছিল টলেমি-১২ কে দেওয়া প্রচুর অর্থসাহায্যের পরিশোধ। জুলিয়াস সিজার হিসেব করে দেখেছিলেন যে টলেমি-১৩'র পক্ষে যুদ্ধ করে তার অর্থোদ্ধার করার সম্ভাবনা যতটা, ক্লিওপেট্রার হয়ে যুদ্ধ করে সেটার সম্ভাবনা অনেক বেশি। তবে ক্লিওপেট্রার বিমোহনের ঊর্ণনাভজালে যে তিনি ফাঁসেননি তা নয়। তাদের মধ্যে ছিল মিথোজীবিতার সম্পর্ক। উপরি হিসেবে, বা সুদ হিসেবে, ফ্রীতে পাওয়া ক্লিওপেট্রার সাথে একটু ফস্টিনস্টি - মন্দ কী? এই সুযোগ কোন পুরুষ ছেড়ে দেয় বলুন।

আবার কারুর মতে, ক্লিওপেট্রা মোটেও বিমোহনকারী সুন্দরী ছিলেন না। এমন কি নিতান্ত সুশ্রীও বলার মতো নয়। খর্বকায়, পৃথুলা রমণী ছিলেন

তিনি। তার মধ্যে শুধু পুরুষকে আকৃষ্ট করার একটা বিশেষ ক্ষমতা - বিমোহন শক্তি - যাকে ইংরেজিতে বলে উমফ ফ্যাক্টর, বা যৌন আবেদন - সেটা ছিল বেশ অধিক পরিমাণে। সেটা বাইশ বর্ষীয় সব মেয়েরই কিছু কিছু থাকে, ক্লিওপেট্রার মধ্যে ছিল দারুণ ভাবে বিদ্যমান।

জুলিয়াস সিজারের সাহায্যে মিশরের সিংহাসন পুনর্দখল করে দ্বিতীয়বার রাজত্ব শুরু করলেন ক্লিওপেট্রা। ছোটভাই টলেমি-১৪'র বয়স তখন মাত্র বারো। দ্বিতীয় ভাইয়ের থেকেও আবার যাতে না কোনো বিপদ আসে, তাকে খুশি রাখতে ক্লিওপেট্রা দ্বিতীয় বার বিয়ে করে নিলেন নিজের থেকে দশ বছরের ছোট, দ্বাদশ বর্ষীয় নাবালক ভাই টলেমি-১৪ কে। ঘোষণা করলেন তাকে মিশরের যুগ্ম শাসক হিসেবে।

আর সাথে সাথে প্রাসাদের অভ্যন্তরেই চালিয়ে যেতে থাকলেন পিতার বন্ধু এবং পিতৃবয়সী জুলিয়াস সিজারের সাথে পরকীয়ার জীবন। কিংবা বলা যেতে পারে আরও একধাপ এগিয়ে - যাকে আজকালকার ভাষায় বলে লিভ-ইন রিলেশনশিপ।

টলেমি রাজ- চার

ক্লিওপেট্রা ছিলেন সে সময়ের পৃথিবীর অন্যতম ধনী মহিলা। আর জুলিয়াস সিজার অন্যতম শক্তিশালী রাষ্ট্রনায়ক। মিশরের রাজপ্রাসাদের গুলবাগিচায় এদের যুগ্ম বিচরণ, যেন বর্ষায় ময়ূর ময়ূরীর নৃত্য-সঙ্গীত। তারা ছিলেন, আজকালকার ভাষায় যাকে বলে, দ্য পাওয়ার কাপল অফ দ্য ডে।

মিশরীয় পারম্পরিক সংস্কৃতিতে ভাই-বোনের বিবাহ সামাজিক ভাবেই স্বীকৃত। যেমনটা ঠিক মিশরীয় পুরাণে দেবদেবীদের মধ্যে প্রচলিত ছিল - যার উল্লেখ আমি আগেই করেছি। টলেমি-১২ রাজা অলেটিস মৃত্যুর আগে যে উইল করে গেছিলেন, তাতে তিনি ক্লিওপেট্রা এবং টলেমি-১৩ কে বিবাহসূত্রের বন্ধনে থেকে মিশরের রাজ-সিংহাসনের যুগ্ম উত্তরাধিকারী ঘোষণা করেছিলেন। কিন্তু ক্লিওপেট্রার অদম্য ক্ষমতালিপ্সা ভাইয়ের সাথে ক্ষমতা ভাগ করে নেওয়া থেকে দূরে সরিয়ে নিচ্ছিলো। রাস্তা খুঁজছিলেন একচ্ছত্র সম্রাজ্ঞী হওয়ার। এই অদম্য ক্ষমতালিপ্সা ক্লিওপেট্রাকে বারবার শক্তিশালী পুরুষের দিকে টেনে নিয়ে গেছে। আর সেই শক্তিশালী পুরুষের বাহুবল দমিত হয়েছে ক্লিওপেট্রার মায়াবল আর মোহিনীরূপের কাছে। যদিও তাদের সম্পর্ক হয়েছে মূলত সিম্বায়োটিক বা মিথোজীবীর।

সেই সময়কার মিশরে একটা রীতি ছিল, রাজ-উপদেষ্টারা সকলেই হতেন নপুংসক বা কঁচুকি অর্থাৎ হিজড়া। (দুঃখের কথা এই যে, সেই ট্রাডিশন, এই দু'হাজার সাল পরেও, প্রায় সমস্ত পৃথিবীতে বহাল তবিয়তে বিদ্যমান)। এই প্রথার মুখ্য কারণ ছিল দুটো। এক, নপুংসকদের আবেগপ্রবণতা খুবই কম, প্রায় আবেগহীন বলেই ভাবা হতো। (যদিও আধুনিক কালে এটা মূলত ভুল বলেই প্রমাণিত)। তাই তারা রাজাকে, বিশেষ করে নাবালক রাজাকে, যে কোনো সমস্যার ব্যাপারে আবেগহীন হয়ে উপদেশ বা পরামর্শ দিতে পারতেন। আর দুই, এদের যেহেতু নিজের সংসার বা সন্তান-সন্ততি থাকতো না, তাই ষড়যন্ত্র করে রাজ-সিংহাসন দখল করে নেওয়ার উচ্চাকাঙ্খা থাকার ভয় থাকতো না। এই সুবিধাটা আজকাল আর পাওয়া যাচ্ছে না। হিজড়ে উপদেষ্টা আছেন ঠিকই, কিন্তু তারা

হিজড়েদের মতো বিষয় সম্পত্তিতে বা সিংহাসন অধিকারে নির্লোভী নন। তাই ফলাফল হয়েছে ভয়ঙ্কর।

ক্লিওপেট্রা সিংহাসনে বসার সময়েই সাবালিকা ছিলেন। কিন্তু টলেমি-১৩ এবং টলেমি-১৪ দুজনেই রাজ-সিংহাসনের অধিকারী হন নাবালক থাকাকালীন। তাই তাদের দুজনেরই ছিল একদল করে নপুংসক উপদেষ্টা। (এই দীর্ঘ সময়ের বিবর্তনের মধ্যে দিয়ে গিয়ে, ডারউইন এর সার্ভাইভ্যাল অফ দ্য ফিটেস্ট এর থিওরি মেনে, এই ব্যবস্থার একটু পরিবর্তন হয়েছে বর্তমান সময়ে। এখন সাবালক শাসক-শাসিকাদের জন্যেও নপুংসক উপদেষ্টা রাখার ব্যবস্থা করা হয়েছে)। এই সব নপুংসক উপদেষ্টাদের পরামর্শে বারবার ভাইদের থেকে বিরোধের সম্মুখীন হতে হয়েছে ক্লিওপেট্রাকে। আর সেই বিরোধের মোকাবিলা করতে ক্লিওপেট্রাকে সাহায্য নিতে হয়েছে শক্তিশালী পুরুষদের।

পম্পিকে টলেমি-১৩ মিশরে আশ্রয় দিচ্ছে শুনেই জুলিয়াস সিজার রেগে গেলেন টলেমির উপরে। তার ইচ্ছা ছিল টলেমি-১৩ এবং ক্লিওপেট্রার ক্ষমতা দখলের লড়াইয়ে তিনি নিজে মধ্যস্থতা করবেন। এবং মিশরে শান্তি ফিরিয়ে আনবেন। এদিকে টলেমির নপুংসক উপদেষ্টাদের পরামর্শে, জুলিয়াস সিজারকে খুশি করার জন্যে, বিশ্বাসঘাতকতা করে পম্পিকে হত্যা করে, তার ছিন্ন মস্তক টলেমি পাঠালেন সিজারের কাছে তার উপহার হিসেবে, এই ভেবে যে, সিজার তার শত্রুর নিধনের নিদর্শন দেখে খুশি হবেন।

কিন্তু ফল হলো ঠিক তার উল্টো। জুলিয়াস সিজারের রোমান স্বাভিমান টলেমির প্রতি তাকে প্রবল বিদ্বেষী করে তুললো। পম্পি তার বিরোধী হলেও সে একজন সম্মানীয় রোমান। তার উপরে টলেমির এই নৃশংসতা, বর্বরতা সহ্য করতে পারলেন না জুলিয়াস সিজার। অবশ্যম্ভাবীরূপে ক্লিওপেট্রার দিকে ঝুঁকলেন। আরো একটা কারণে, তিনি ক্লিওপেট্রার দিকে ঝুঁকেছিলেন - সেটা হলো নাটকীয়ভাবে জুলিয়াস সিজারের সামনে ক্লিওপেট্রার উপস্থিত হওয়া।

যখন জুলিয়াস সিজারের সঙ্গে সাক্ষাৎ করা প্রায় অসম্ভব হয়ে পড়ছিলো, তখন ক্লিওপেট্রা চাকরানীর বেশে কার্পেটের ভিতরে শুয়ে

সিজারের সামনে পৌঁছে গেছিলেন রাজ দরবারের জন্যে কার্পেট সরবরাহের ছলনায়। মেজেতে কার্পেট রোল-আউট করতেই অর্থাৎ বিছিয়ে দিতেই বেরিয়ে এলেন ক্লিওপেট্রা। উঠে দাঁড়িয়ে এক মোহময়ী দৃষ্টি হানলেন জুলিয়াস সিজারের দিকে। এরকম নাটকীয় ভাবে নিজের আত্মপ্রকাশে জুলিয়াস সিজার মুহূর্তেই বিমোহিত হয়ে গিয়েছিলেন ক্লিওপেট্রার প্রতি। মুগ্ধ হয়ে এক দৃষ্টিতে চেয়ে ছিলেন ক্লিওপেট্রার দিকে। সে ছিল এক চিরন্তন প্রেমের মুহূর্ত। লাভ এট ফার্স্ট সাইট। জুলিয়াস সিজার কোনোদিন আর বেরিয়ে আসতে পারলেন না সেই মোহাবিষ্টতা থেকে। ক্লিওপেট্রার হয়ে যুদ্ধ করলেন, জিতলেন, ক্লিওপেট্রাকে সিংহাসনে বসিয়ে মজে রইলেন ক্লিওপেট্রার প্রেমে। রোমে ফেরার আগে দুজনে নীলনদে নৌকাবিহারে বেরোলেন। সে এক বিশাল সুসজ্জিত নৌকাবিহার। কোনো সাফল্যের প্রতীক হিসেবে নীলনদে নৌকাবিহার ছিল মিশরে সেই সময়কার প্রচলিত রীতি। সুসজ্জিত বিশাল নৌকায়, বা জাহাজেই বলা যায়, জুলিয়াস সিজার আর ক্লিওপেট্রা বসলেন সম্রাট-সম্রাজ্ঞীর মতো। ক্লিওপেট্রা সাজলেন মিশরের দেবী আইসিস-এর বেশে। (সেই থেকে মিশরে নীল নদে নৌকাবিহারের ট্র্যাডিশন চলে আসছে এখনও পর্যন্ত। দুনিয়া ভ্রমণকারীদের জন্যে এ এক বিশেষ আকর্ষণ।)

রোমে ফেরার আগে জুলিয়াস সিজার ক্লিওপেট্রাকে দিয়ে গেলেন প্রেমের উপহার স্বরূপ এক পুত্র সন্তান। পুত্র টলেমি-১৫-সিজার বা সিজারিয়ান।

ক্লিওপেট্রা আর সিজারের এই সম্পর্ক, আগেই বলেছি, ছিল মিথোজীবিতার। কিংবা হয়তো বা একটু অতিক্রিয়ারও। ক্লিওপেট্রার প্রয়োজন ছিল পাশে শক্তিশালী পুরুষের সমর্থন; আর সিজারের প্রয়োজন ছিল মিশরের বিশাল ঐশ্বর্যের কিছু অংশীদারী হওয়া। দুজনের সাহায্যে দুজনেরই ক্রমোন্নতি বা উদ্দেশ্য সাধনের পথ অতিক্রমণ। ক্লিওপেট্রার আর জুলিয়াস সিজারের এই সম্পর্ক যে মিশরের অনুকূলে নয়, এটা কিন্তু বুঝতে পারছিলো ওই নপুংসক উপদেষ্টার দলও। (নিজের দেশের পক্ষে কোনটা ভালো আর কোনটা খারাপ -এটা প্রাচীন মিশরের নপুংসকরাও বুঝতে পারে; কিন্তু এখনকার নপুংসক বা সপুংসক উপদেষ্টারা বুঝতে পারে না।) টলেমির উপদেষ্টারা তাই বারবার বিরোধ লাগিয়ে দিচ্ছিলো ভাই-বোনের মধ্যে। কিন্তু

সিজারের সাহায্য নিয়ে ক্লিওপেট্রা এই বিরোধে জয়ী হয়ে টলেমিকে চিরন্তন ভাবে উৎখাত করে দেয় মিশর থেকে।

দু বছরের পুত্র সন্তান টলেমি-১৫ সিজার কে নিয়ে ক্লিওপেট্রা বেড়াতে গেলেন রোমে, জুলিয়াস সিজারের সাথে পুনর্মিলনের উদ্দেশ্যে। সঙ্গে নিয়ে গেলেন ছোট ভাই ওরফে স্বামী এবং মিশরের যুগ্ম শাসক টলেমি-১৪কে। দীর্ঘ সময় কাটালেন রাজপ্রাসাদে সিজারের সাথে। বিবাহের প্রস্তাব উঠলো। কিন্তু তখনকার রোম সামাজ্যের আইন অনুযায়ী বিদেশী নাগরিকের সাথে বিবাহ সম্ভব হলো না। ক্লিওপেট্রার ইচ্ছা ছিল জুলিয়াস সিজার তাকে আইনগত ভাবে স্ত্রীর সম্মান দিয়ে, তার পুত্র (এবং সিজারেরও) টলেমি-১৫ সিজারকে তার উত্তরাধিকারী ঘোষণা করুক। কিন্তু ক্লিওপেট্রার সেই আশায় জলাঞ্জলি দিয়ে জুলিয়াস সিজার তার দত্তক পুত্র ওক্টাভিয়ানকে মিশরের উত্তরাধিকারী ঘোষণা করলেন।

জুলিয়াস সিজারের প্রাসাদে ক্লিওপেট্রার দীর্ঘবাস এবং নিজেকে রাণী বলে দাবি করা পছন্দ হচ্ছিলো না রোমের জনগণের বা রোমান সিনেটের। তাদের ক্রমশ ধারণা হতে থাকে যে, জুলিয়াস সিজারের পর রোমের দখল চলে যাবে ক্লিওপেট্রার হাতে। এদিকে সিজারও ক্রমশ স্বৈরতান্ত্রিক হয়ে উঠছিলেন, যদিও রোম তখনও কাগজে কলমে রিপাবলিক। এবং দেশের শাসনভার সিনেটের উপর।

সিনেটের নেতা জুলিয়াস সিজার একদিকে স্বৈরতান্ত্রিক হয়ে উঠছেন, আর অন্যদিকে বিদেশী মহিলার সাথে অনৈতিক জীবন যাপন করছেন, যে মহিলার উদ্দেশ্য সম্পর্কে তারা সন্দিহান, এই পরিস্থিতিতে সিজারের দুই বন্ধু ব্রুটাস এবং ক্যাসিয়াস লোঙ্গিনাস এবং সিনেটের একটি গ্রূপ ষড়যন্ত্র করলো জুলিয়াস সিজারকে হত্যা করার। তাদের আপাত উদ্দেশ্য মহান। রোমের রিপাবলিককে স্বৈরতন্ত্র থেকে বাঁচানো। এই অজুহাত পৃথিবীর বিভিন্ন দেশে, বিভিন্ন যুগে -সব ষড়যন্ত্রকারীরাই নিয়ে থাকে।

১৫ই মার্চ, খ্রীষ্টপূর্ব ৪৪ সাল, রোমের সিনেটের মিটিং। সিনেটররা আসছেন একে একে। জুলিয়াস সিজারও ঢুকলেন সিনেটে। হঠাৎ করেই পেছন থেকে তার কাঁধে ধারালো ছোরার কোপ মারলেন তারই বন্ধু সিনেটর কাসকা। তাৎক্ষণিক প্রতিক্রিয়ায় সিজার ঘুরে দাঁড়ানোর সাথে সাথে মুহূর্তের

মধ্যে আরো তিনজন বন্ধু সিনেটর - লোঙ্গিনাস, আলবিনাস, সিম্বার -এর হাত থেকে কপালে, বুকে, পেটে, জঙ্ঘায় একের পর এক ছোরার কোপ পড়তে লাগলো তার শরীরে। পরপর কোপ পড়লো বাইশটা। অসহায় জুলিয়াস সিজার ঢলে পড়েছেন মেঝেতে। শেষ কোপটা মারলো তলপেটে আরো এক ঘনিষ্ঠ বন্ধু ব্রুটাস। সিজার শেষ বারের মতো চোখ খুলে, ব্রুটাসকে দেখে, জীবনের শেষ তিনটি শব্দ উচ্চারণ করলেন, এট টু ব্রুট? (ইউ টু ব্রুটাস?)। চোখ দুটি বন্ধ হয়ে গেলো। শব্দ তিনটি বেঁচে রইলো বিখ্যাত হয়ে, ইতিহাসের পাতায়, শেক্সপিয়ারের সৌজন্যে।

> (প্রসঙ্গত বলে রাখি, জুলিয়াস সিজার উচ্চারিত শেষ শব্দ তিনটি সত্যি, নাকি শেক্সপিয়ারের কল্পনা - এ নিয়ে যথেষ্ট মতভেদ আছে। সেই সময়কার সবচেয়ে বিশ্বাসনীয় ঐতিহাসিক Plutarch- এর মতে সিজার শুধুমাত্র কাসকার প্রথম কোপের পর চেঁচিয়ে বলেছিলেন, "ইউ ভিলেন কাসকা, হোয়াট আর ইউ ডুইং?" তারপর আরও আঘাত আসতে থাকলে যন্ত্রনায় ছটফট করতে করতে মেঝেতে পড়ে যান এবং গোঙরাতে থাকেন। আক্রমণকারীদের মধ্যে ব্রুটাসকেও দেখে হয়তো একটু অবিশ্বাসের অসহায় হালকা নিশঃব্দ হাসি হেসেছিলেন। কিছু বলার অবস্থা তখন তার ছিল না।)

টলেমি রাজ- পাঁচ

রোমে এই দীর্ঘ সময় থাকাকালীন ক্লিওপেট্রার সাথে ঘনিষ্ঠতা হয় জুলিয়াস সিজারের বন্ধু ও সহচর মার্ক এন্টোনির সাথে। মার্ক এন্টোনির সাথে ক্লিওপেট্রার প্রথম আলাপ হয়েছিল যখন তার বয়স মাত্র ১৪ বছর; আর এন্টোনি তখন আঠাশ বছরের সুঠাম যুবক, রোমান সৈন্যদলের সাথে কর্মসূত্রে মিশরে উপস্থিত। সেই আলাপ ছিল খুবই ক্ষণস্থায়ী এবং তুচ্ছ। দ্বিতীয়বার দেখা হয়েছিল যখন সে একুশ বছরের বিতাড়িতা মিশর সম্রাজ্ঞী; জুলিয়াস সিজারের সাহায্য নিয়ে যুদ্ধে নেমেছে নিজের ভাই ও স্বামী টলেমি-১৩'র সাথে। সে আলাপও এগোয়নি বেশিদূর, দুটো কারণে। এক, যুদ্ধ পরিস্থিতি; আর দুই, স্বয়ং জুলিয়াস সিজারের উপস্থিতি এবং দাপট। সন্তান নিয়ে রোমে থাকাকালীন যখন এন্টোনির সাথে তৃতীয়বার সাক্ষাৎ হয় ক্লিওপেট্রার, তখন তিনি ২৫ বছরের পরিণত যুবতী, আর এন্টোনি ৩৯-এর মধ্যবয়সী উচ্চপদস্থ মিলিটারি অফিসার। এবং জুলিয়াস সিজারের বিশ্বস্ত বন্ধু। জুলিয়াস সিজারের হত্যার পর প্রায় একমাস ক্লিওপেট্রা ছিলেন রোমে। মার্ক এন্টোনি তাকে নিরাপত্তা দিয়েছিলেন সেই সময়। এবং সেই সময়েই তাদের ঘনিষ্ঠতা এবং বন্ধুত্ব গভীর হয়।

জুলিয়াস সিজার টলেমি-১৫ সিজারকে নিজের বৈধ সন্তান হিসেবে স্বীকৃতি দিলেও, রোমান আইনে তা স্বীকৃতি পেলো না। কারণ, ক্লিওপেট্রাকে স্ত্রী হিসেবে আইনগত মর্যাদা না দিলে তার গর্ভজাত সন্তানকে স্বীকৃতি দেওয়া যায় না। তাই দত্তক পুত্র ওক্টাভিয়ানকে - যে আসলে জুলিয়াস সিজারের ভাগ্নির পুত্র অর্থাৎ তার নাতি-কে বৈধ সন্তান এবং উত্তরাধিকারী হিসেবে স্বীকৃতি দিতে হলো।

ক্লিওপেট্রা যে আশা নিয়ে রোমে এসেছিলেন, তার কিছুই পূর্ণ হলোনা, শুধু কিছুদিন সিজারের সঙ্গিনী হওয়া ছাড়া, বা পিতা-পুত্রের মিলন ছাড়া। তার উপর আবার এই আকস্মিক ভয়াবহ রাজনৈতিক পরিস্থিতি। রোমে বসবাস আর নিরাপদ বলে মনে হলো না ক্লিওপেট্রার। রোম ছাড়ার সিদ্ধান্ত নিলেন বিমর্ষ, ভগ্নোৎসাহ আর কিছুটা ভীত হয়েই।

ফেরার পথেই মনে মনে প্ল্যান কষে ফেললেন পুত্রের ভবিষ্যতের। ভাই টলেমি-১৪'র জায়গায় নিজের সন্তানকেই করবেন মিশরের যুগ্ম শাসক। ভাইকে সরাতে হবে পুত্রের রাস্তা থেকে।

মিশরে ফেরার কয়েকদিনের মধ্যেই মারা গেলেন টলেমি-১৪। শরীরে বিষের প্রভাবে। বিষ প্রয়োগ কিভাবে বা কে করেছিল সে রহস্য কোনোদিন উন্মোচন হয়নি। তবে কার আদেশে বিষপ্রয়োগ করা হয়েছিল, সে ব্যাপারে কারুর কোনো সন্দেহ রইলো না, যখন অবিলম্বে টলেমি-১৫-সিজারকে যুগ্মশাসক রূপে ঘোষণা করলেন ক্লিওপেট্রা।

আস্তে আস্তে 'প্রোমোট ' করতে শুরু করলেন পুত্র টলেমি-১৫ কে। ঠিক যেভাবে আমাদের দেশের রাজনৈতিক নেতারা 'প্রোমোট ' করেন তাদের সন্তানদেরকে। বা সন্তান না থাকলে ভাইপো-ভাইঝি, আত্মীয় স্বজনদেরকে।

নতুন নতুন সরকারি বিল্ডিং, মনুমেন্টের সামনে রাণী ক্লিওপেট্রার মূর্তি, তার সামনে টলেমি-১৫ এর মূর্তি বাজপাখির ডানার ছত্রছায়ায়। বাজপাখি হলো মিশরের দেবতা হোরাসের বাহন। আর হোরাস হলো দেবী আইসিস ও দেবতা ওসিরিসের পুত্র। যে গল্প আমি আগেই লিখেছি। ক্লিওপেট্রা নিজেকে আইসিস-এর অবতার বলে মনে করতেন এবং প্রচারও করতেন। সেই আইসিস-এর ছত্রছায়ায় পুত্র টলেমি-১৫ - এই বার্তা তিনি মিশরের জনগণের কাছে পৌঁছতে চাইছিলেন এইসব মূর্তিস্থাপনের মধ্যে দিয়ে।

হঠাৎ করেই প্রকৃতিদেবী যেন মিশরের উপর অসন্তুষ্ট হয়ে গেলেন। একের পর এক খরা, দুর্ভিক্ষ, প্লেগ-এর প্রকোপে মিশর প্রায় বিধ্বস্ত। বরিষ্ঠ মিশরবাসীরা বলতে শুরু করলেন, মিশর পাপের ফল ভোগ করছে।

ক্লিওপেট্রা নিজেকে দেবী আইসিস-এর অবতার মনে করেন এবং এ-ও মনে করেন যে দেবী আইসিস তাকে মিশরে পাঠিয়েছেন মিশর রক্ষা করার জন্যেই। অসামান্য দক্ষতায় তিনি সামলালেন সমস্ত বিপর্যয়। সরকারি শস্যভাণ্ডার খুলে দেওয়া হলো গরিব প্রজাদের জন্যে। রাজপ্রাসাদের ডাক্তারদের আদেশ দেওয়া হলো, প্রজাদের বিনামূল্যে চিকিৎসার জন্যে যা কিছু প্রয়োজন তার ব্যবস্থা করতে। প্রজাদের সুবিধার্থে যা কিছু প্রয়োজন তার সমস্ত খরচ দেওয়া হলো রাজকোষ থেকে। আস্তে আস্তে মিশরকে খারাপ সময়ের কবল থেকে বের করে আনলেন ক্লিওপেট্রা।

ওদিকে রোমে তখন চলছে প্রায় গৃহযুদ্ধ। জুলিয়াস সিজারের হত্যা রোমান সিনেটকে করে দিয়েছে দু'ভাগে বিভক্ত। সিজারের অনুগামীরা - যাদের মধ্যে রয়েছেন সিজার পুত্র ওক্টাভিয়ান এবং মার্ক এন্টোনি -একটু সংখ্যাগরিষ্ঠ এবং পরিস্থিতিকে সামলে রেখেছেন। সাথে সাথে লড়ে যাচ্ছেন বিরোধীপক্ষের সাথে - যার মধ্যে রয়েছেন ক্যাসিয়াস এবং ব্রুটাস।

আর এই লড়াইয়ের মধ্যে আরেক লড়াই চলছে সবার অলক্ষ্যে। যেটা হলো ওক্টাভিয়ান আর মার্ক এন্টোনির মধ্যে ক্ষমতা দখলের লড়াই। রোমের একচ্ছত্র অধিপতি হওয়ার লড়াই।

ব্যক্তিত্বের বিচারে ওক্টাভিয়ান আর এন্টোনি একে অন্যের সম্পূর্ণ বিপরীত। এন্টোনি সুঠাম, সুদর্শন আর মিলিটারি অপারেশনে দক্ষ অফিসার। মস্তিস্ক চালানোতে বিশেষ দক্ষ নন। একটু নারীঘেষাঁ, মদ্যপানে আসক্ত আর আমোদপ্রিয়। কিন্তু ভীষণ ভাবে জনপ্রিয়। ওক্টাভিয়ান প্রায় কুৎসিত, বুদ্ধিমান এবং প্যাঁচালো। জনপ্রিয়তায় এন্টোনির ধারেপাশেও আসেনা।

জ্ঞানগম্ভীর চিন্তাশীল সিনেটর সিসেরো ছিলেন চূড়ান্তভাবে স্বৈরাচার এবং একনায়কতন্ত্রের বিরুদ্ধে। জুলিয়াস সিজারের স্বৈরাচারিতার উত্তরোত্তর বৃদ্ধিতে তিনি চিন্তিত ছিলেন রোমান রিপাবলিকের ভবিষ্যৎ নিয়ে। যদিও সরাসরি তিনি সিরাজের বিরুদ্ধে ষড়যন্ত্রে জড়িত ছিলেন না, তিনি ওক্টাভিয়ানকে পরামর্শ দেন হত্যাকারীদের ক্ষমা করে দিতে। তার যুক্তি ছিল, হত্যাকারীরা নিজেদের কোনো স্বার্থসিদ্ধির জন্যে সিজারকে হত্যা করেনি। তারাও সিজারকে ভালোবাসতেন। কিন্তু তার চেয়েও বেশি ভালোবাসতেন দেশকে, রোমান রিপাবলিককে। দেশের স্বার্থে তারা সিজারকে হত্যা করেছেন।

রোমের অন্তর্দ্বন্দ্ব চূড়ান্ত পর্যায়ে উঠলো। সিজার গোষ্ঠী আর বিরোধী গোষ্ঠীর মধ্যে একের পর এক সংঘাত আর গোষ্ঠী নেতাদের ঘন ঘন দল বদল। ঠিক আজকালকার দিনে রাজনীতিতে আমরা যেরকমটা দেখতে পাই। কে কার সাথে আঁতাত করছে, কবে করছে আর কবে ছাড়ছে, কে কার বিরুদ্ধে ষড়যন্ত্র করছে, শত্রুর শত্রুকে বন্ধু হিসেবে সাথে নিচ্ছে - বুঝে ওঠা মুশকিল। সে এক ভয়ঙ্কর অশান্তির সময়ের মধ্যে দিয়ে যাচ্ছিলো রোম। আর এই গোষ্ঠীদ্বন্দ্বের ঘূর্ণাবর্তে ভীষণ রকম ভাবে জড়িয়ে রইলেন এন্টোনি।

ওদিকে ক্লিওপেট্রাও তার সন্তানের ভবিষ্যৎ আর মিশরের ভবিষ্যৎ নিয়ে হুলুস্থুল। এর মধ্যে আবার প্রকৃতির প্রকোপে খরা, দুর্ভিক্ষে মিশর

বিধ্বস্ত। কোনকিছুতেই হার মেনে নেওয়া ক্লিওপেট্রার রক্তে নেই। শুধু যে মিশরের একচ্ছত্র সম্রাজ্ঞী হয়েই তিনি খুশি তা নয়। তিনি দেবী আইসিস-এর অবতার, কিংবা একটু বাড়িয়ে, দেবী আইসিস স্বয়ং - এটা তিনি মিশরের জনমানসে পাকাপাকি ভাবে গেঁথে দিয়ে যেতে চান। এবং তার মৃত্যুর পরে উত্তরাধিকারী টলেমি-১৫-সিজার যে স্বয়ং দেবতা হোরাস এটাও জনমানসে গেঁথে দিতে চান।

ইতিহাসের এই উত্তাল সময়ের মধ্যে দিয়ে নিজের নিজের তরী সাবধানে বাইতে বাইতে, দীর্ঘদিন কোনো যোগাযোগ রইলো না এন্টোনি আর ক্লিওপেট্রার।

রোমে যখন বিভিন্ন গোষ্ঠীর মধ্যে বোঝাপড়া মোটামুটি চূড়ান্ত হয়ে এসেছে, এবং শান্তি ফিরে এসেছে, মার্ক এন্টোনি পেলেন রোমের পূর্ব প্রান্তে এশিয়া মাইনরের রাজত্ব। সিজারের হত্যাকারীদের বিরুদ্ধে ফিলিপি'র যুদ্ধে জেতার পর এন্টোনি আমন্ত্রণ জানালেন ক্লিওপেট্রা কে। প্রায় দু' বছর পর, আবার দেখা হতে চললো তাদের।

এন্টোনির আমন্ত্রণ প্রাথমিক ভাবে কোনো প্রেমের আহ্বান ছিল না। কিছুটা রুষ্ট হয়েই ডেকেছিলেন ক্লিওপেট্রাকে, কারণ এন্টোনির মনের মধ্যে সন্দেহ ছিল, তার বিরোধী পক্ষকে সহায়তা করেছে ক্লিওপেট্রা। তার কৈফিয়ত চাইবেন তিনি ক্লিওপেট্রার কাছে।

নারীর প্রখর ষষ্ঠেন্দ্রিয়ের আশীর্বাদ-ধন্যা ক্লিওপেট্রা, দ্য আলটিমেট ফেম ফেটাল, নবরূপে আইসিস, বুঝে গেলেন তার করণীয় কী। যাত্রা করলেন জলপথে এক বিরাট জাহাজে, এন্টোনির জন্যে বিভিন্ন দামি দামি উপঢৌকনে ভরে, নিজেকে আইসিস-এর রূপে সাজিয়ে। কিন্তু ইচ্ছে করেই একটু দেরী করলেন পৌঁছতে, যাতে করে এন্টোনির বুকের মধ্যে তাকে পাবার আগ্রহ বেড়ে ওঠে আরো শতগুণ।

এন্টোনি ছিলেন গ্রীক দেবতা ডায়োনাইসাস-এর ভক্ত। কিংবা ভক্তের চেয়েও বেশী - নিজেকেই তিনি ডায়োনাইসাস ভাবতে ভালোবাসতেন। ডায়োনাইসাস - যিনি গ্রীসের পুরাণে মদ্যপানের আর আমোদ-প্রমোদের দেবতা। সেই দেবদূত এন্টোনি, নবরূপী ডায়োনাইসাস, বিমোহিত হয়ে গেলেন এতোদিন পরে নবরূপিণী আইসিস, ক্লিওপেট্রাকে দেখে। ভুলে গেলেন রোমবাসিনী নিজের স্ত্রী ফুলভিয়ার কথা, যে সেখানে একা একা লড়ে যাচ্ছে ওক্টাভিয়ানের কুশাসনের বিরুদ্ধে।।

শুরু হলো ক্লিওপেট্রার দ্বিতীয় প্রেমের অধ্যায়। দু'জনে চলে এলেন মিশরের আলেকজান্দ্রিয়াতে। ঠিক যেভাবে চলেছিল জুলিয়াস সিজারের সাথে, সেভাবেই চলতে থাকলো এবার এন্টোনির সাথে লিভ-ইন রিলেশনশিপ।

এবারেও কোনো বিবাহ-সম্পর্কের বন্ধন এলোনা ক্লিওপেট্রার জীবনে। এন্টোনির সাথে বিবাহ সম্ভব হলোনা সেই একই কারণে। দুটি ভিন্ন দেশের নাগরিকের বিবাহ বৈধ নয়। কিন্তু প্রেমের ফসল এবারে দ্বিগুণ। ক্লিওপেট্রা জন্ম দিলেন যমজ সন্তানের - এক পুত্র আর এক কন্যার। নাম রাখলেন আলেজান্ডার হেলিওস আর ক্লিওপেট্রা সেলিন।

ইতিমধ্যে এন্টোনি ফিরে গেছেন রোমে, স্ত্রী ফুলভিয়ার মৃত্যু সংবাদ পেয়ে। জানলেন ফুলভিয়ার মৃত্যুর কারণ, রোমের অধিপতি ওক্টাভিয়ানের অত্যাচার। আবার বিরোধ বাধলো ওক্টাভিয়ানের সাথে। ওক্টাভিয়ান সমঝোতা করতে এগিয়ে এলেন এন্টোনির সাথে। নিজের বোন ওক্টাভিয়ার বিয়ে দিলেন এন্টোনির সাথে। লড়াই থামলো আপাতত। কিন্তু কিছুদিনের মধ্যেই এন্টোনি অনুভব করলেন, ওক্টাভিয়ার সাথে তার জীবন চালানো সম্ভব নয় কোনোমতেই। মাত্র বছর দুই পরেই ওক্টাভিয়াকে ছেড়ে আবার ফিরে এলেন আলেকজান্দ্রিয়ায়। ক্লিওপেট্রার কাছে।

শুরু হলো দ্বিতীয় ইনিংস। এন্টোনি আবারও মজে রইলেন ক্লিওপেট্রায়। জন্ম হলো তৃতীয় সন্তানের - পুত্র টলেমি ফিলাডেলফাস-এর। এন্টোনির সাথে ক্লিওপেট্রার জীবন যখন কাটছে একটু শান্তিপূর্ণভাবে, নিতান্তই এক পারিবারিক বিবাদ এসে পড়লো তাদের মাথায়। এন্টোনির বিবাহিতা স্ত্রী ওক্টাভিয়া এসে হাজির হলেন আলেকজান্দ্রিয়ায়, এন্টোনির সাথে মিলিত হতে। ওক্টাভিয়া জানতেন ক্লিওপেট্রার সাথে এন্টোনির সম্পর্কের কথা। কিন্তু তার বৈধ অধিকার সে ছাড়তে নারাজ। এন্টোনি গ্রহণ করলেন না ওক্টাভিয়াকে। ফেরত পাঠিয়ে দিলেন রোমে।

এই ঘটনায় ভয়ঙ্কর ভাবে রেগে গেলেন রোমের অধিপতি ও ওক্টাভিয়ার দাদা ওক্টাভিয়ান। তার সমস্ত রাগ এসে পড়লো ক্লিওপেট্রার উপরে। যেন এন্টোনির ব্যবহারের জন্য দায়ী একমাত্র ক্লিওপেট্রাই। যুদ্ধ ঘোষণা করলেন মিশরের বিরুদ্ধে, অর্থাৎ ক্লিওপেট্রার বিরুদ্ধে। ঐতিহাসিকদের মতে, এই যুদ্ধ যদিও নামে ক্লিওপেট্রার বিরুদ্ধে, আসলে এ যুদ্ধ ছিল এন্টোনির বিরুদ্ধে। ওক্টাভিয়ান চাইছিলেন, এন্টোনিকে হারাতে

পারলে রোমের একচ্ছত্র সম্রাট হওয়ার পথে তার আর কোনো বাধা থাকবে না।

এবারের যুদ্ধ মূলত নৌযুদ্ধ, যাতে ওক্টাভিয়ান-এর সৈন্য অনেক বেশী শক্তিশালী ও পারদর্শী। সংখ্যায় বেশি, শক্তিশালী ও পারদর্শী সেনাবাহিনী তৈরী করে, যুদ্ধের প্রস্তুতি নিয়ে তবেই যুদ্ধ ঘোষণা করেছেন ওক্টাভিয়ান। অন্যদিকে এন্টোনি ও ক্লিওপেট্রা ছিলেন অপ্রস্তুত। এই অবস্থায় যা অবশ্যম্ভাবী তাই ঘটলো। যুদ্ধে পরাজয় আসন্ন, বুঝতে পেরেই ক্লিওপেট্রা যুদ্ধক্ষেত্র থেকে পালিয়ে নিজেকে বন্ধ করলেন রাজপ্রাসাদে। এন্টোনি তখনও যুদ্ধ চালিয়ে যাচ্ছেন। কীভাবে তার কাছে গুজব পৌঁছলো, ক্লিওপেট্রা আত্মহত্যা করেছেন। এই খবর সহন করতে পারলেন না এন্টোনি। নিজের তরবারি নিজের বুকে গেঁথে আত্মহত্যার চেষ্টা করলেন। রক্তাক্ত অবস্থায় তাকে নিয়ে যাওয়া হলো প্রাসাদে ক্লিওপেট্রার কক্ষে। ক্লিওপেট্রা তাকে কোলে শোয়ালেন। শেষ বারের মতো চোখ বুজলেন এন্টোনি, ক্লিওপেট্রার কোলে শায়িত অবস্থায়।

ক্লিওপেট্রা সকলকে বললেন বাইরে যেতে। সকলে বেরিয়ে গেলে, দরজা বন্ধ করে, এন্টোনিকে ভালো করে শুইয়ে নিজে শুলেন এন্টোনির পাশে। তার একটা হাত নিজের হাতে তুলে নিলেন, মুঠিতে মুঠি রেখে চেপে ধরলেন পরম স্নেহে, মমতায় আর প্রেমে। অন্য হাতে বিষের কৌটো খুলে পান করলেন পুরো এক কৌটো বিষ।

খবর পেয়ে দৌড়ে এলেন ওক্টাভিয়ান। কিন্তু ততক্ষণে দেরী হয়ে গেছে। ওক্টাভিয়ানের আদেশে দু'জনকে সমাধিস্থ করা হলো পাশাপাশি।

জুলিয়াস সিজার এবং ক্লিওপেট্রার প্রেমের সন্তান টলেমি-১৫ সিজার বা সিজারিয়ান, মিশরের সিংহাসনে বসলেন মা ক্লিওপেট্রার আত্মহত্যার পর। মিশর এবং টলেমি রাজবংশের তিনিই শেষ রাজা। তার রাজত্বের মেয়াদ মাত্র আঠেরো দিন। রোমের অধিপতি ওক্টাভিয়ান তাকে মিশরে নির্বিঘ্নে রাজত্ব করতে দেওয়ার প্রতিশ্রুতি দিয়েও বিশ্বাসঘাতকতা করে সৈন্যদের দিয়ে তাকে হত্যা করালেন। খ্রীষ্টপূর্ব ৩০ সাল। মিশরকে রোমান সাম্রাজ্যের অন্তর্ভুক্ত করে নিলেন ওক্টাভিয়াস। এর সাথেই অবসান হলো জুলিয়াস সিজার, ক্লিওপেট্রা আর টলেমি রাজবংশের। সঙ্গে রইলেন, বন্ধু ও প্রেমিক মার্ক এন্টোনি।

"বেশি আর বাড়তে না দিয়ে / নটে গাছটি দিলেম মুড়িয়ে"।।

(পোস্ট স্ক্রিপ্ট: আমি প্রথমেই জানিয়ে রেখেছি যে, আমি ইতিহাস লিখতে বসিনি, গল্প লিখছি। সেই গল্পের চরিত্রগুলো কিছুটা ঐতিহাসিক, বেশ কিছুটা কাল্পনিক। তাই নাম দিয়েছি ইতিগল্প। যেহেতু এই লেখায় উল্লিখিত কোনো ঘটনার ঐতিহাসিক সত্যতা প্রমাণ করার কোনো দায় নেই, তাই এই লেখার তথ্যসূত্র স্বীকারেরও কোনো বাধ্যবাধকতা আছে বলে মনে হয় না। একমাত্র তথ্যসূত্র হলো, ইন্টারনেট এবং গুগল সার্চ। অসংখ্য আর্টিকল আর ওয়েবসাইট দেখে দেখে সম্পূর্ণভাবে বিভ্রান্ত (Confused) হওয়ার পর মনে হলো এবার কিছু লেখা যেতে পারে।

যেমন ধরুন, ক্লিওপেট্রার আত্মহত্যা। বা তার কারণ। অনেকের মতে তিনি বিষপান করে আত্মহত্যা করেন নি, বিষাক্ত সাপের ছোবল নিয়ে আত্মহত্যা করেছিলেন। প্রেমিক এন্টোনির মৃত্যুর দুঃখে আত্মহত্যা করেন নি, তার ভয় ছিল, যুদ্ধ জিতে ওক্টাভিয়ান তাকে রোমে নিয়ে গিয়ে জেতার ট্রফি হিসেবে নগ্ন-প্যারেড করাবে। যে রকম করানোর চেষ্টা হয়েছিল, মহা(নে)ভারতে দ্রৌপদীকে; বা এখনও করানো হয় মণিপুরে বা অন্যান্য রাজ্যে। সেই সম্ভাব্য অবমাননার হাত থেকে নিজেকে বাঁচাতে তিনি আত্মহত্যা করেছিলেন। পুরুষ শক্তিশালী কিনা, তার প্রমাণ-ই তো প্রতিপক্ষ নারীকে নগ্ন-প্যারেড বা ধর্ষণ করতে পারা। ইতিহাস ক্ষমাশীল। এইসব শক্তিশালী পুরুষদের মনে রাখে উজ্জ্বল আলোর ছটায়।

এখানেই শেষ হলো আমার “পছন্দের ইতিহাস” বা “ইতিগল্প”-এর দ্বিতীয় খন্ড। একটি হলফনামা দিয়ে রাখতে চাই। আমি নিজের কৌতূহল বশতঃ ইন্টারনেটে ক্লিওপেট্রাকে নিয়ে পড়তে শুরু করে কিছুই বুঝতে পারছিলাম না। এতো অজস্র ঘটনা ঘটে যাচ্ছে, এতো অজস্র সব ঐতিহাসিক চরিত্র, কার সাথে কার আঁতাত, কার সাথে কার বৈরিতা - কিছুই বুঝে উঠতে পারছিলাম না। পড়তে পড়তে পেলাম আলেকজান্ডার আর নাগা সন্ন্যাসীর কাহিনী। সে কাহিনী এমনই রোমাঞ্চক, যে তাকে নিয়ে নতুন করে না লিখে থাকা যায় না। তাই লিখতে শুরু করলাম। কিন্তু লিখতে শুরু করলেই আমার ইচ্ছে করে লেখাটা সংক্ষেপে সেরে দিই। যেন একটা ঝঞ্ঝাট মাথায় চেপে রয়েছে, সেটাকে না নামালে শান্তি নেই। তাই তিন পর্বে শেষ করে দিলাম সেই কাহিনী।

এই কাহিনীর ক্ষেত্রেও একই অবস্থা। ক্লিওপেট্রার জীবন এতোই বৈচিত্রপূর্ণ, যে তাকে ঠিকভাবে লিখতে হলে অন্তত পাঁচশো পাতার উপন্যাস

লিখতে হবে। সেই ধৈর্য বা এনার্জি বা সময় - কোনোটাই আমার নেই। তাই খুব সংক্ষেপে লেখা।

ক্লিওপেট্রার সাথে আলেকজান্ডারের যোগ কোথায় সেটা বোঝানোর জন্যে আমি এই কাহিনীর শুরুতে আলেকজান্ডারের শেষ সময়ের বর্ণনা দিয়েছি। তারপর আবার ফিরলাম ক্লিওপেট্রাতে। এখনো কিছু বুঝতে পারলাম না ইতিহাসের এই সব চরিত্রগুলো কে কার সাথে কেনই বা লড়ছে, বা কে কার সাথে কিভাবে যুক্ত। হাজার হাজার মাইল দূরের দেশে গিয়ে কিভাবে সৈন্যবাহিনী গড়ে তোলে, কিংবা আরও মূলে, হাজার হাজার মাইল দূরের দেশে পৌঁছতোই বা কিভাবে। আমার তো নিজের গ্রাম থেকে মাত্র চল্লিশ মাইল দুরে খড়গপুর পৌঁছতেই লেগে গেছিলো কুড়ি বছর। (বড্ড পিছিয়ে পড়েছি। রোজ আনন্দবাজার পড়তে হবে দেখছি। নাহলে হয়তো আরো পিছিয়ে পড়বো অদূর ভবিষ্যতে)।

সুদূর দেশ দেশান্তরে গিয়ে জনগণকে উৎসাহিত করা, সৈন্যবাহিনী গড়ে তোলার কথায় মনে আসে আমাদের ঘরের ছেলে সুভাষ বোসের কথা। লোকটা কলকাতার পুলিশকে বোকা বানিয়ে সেই যে পালালো, কিভাবে কোথায় পৌঁছে গেলো, ভাবা যায় না। হাজার হাজার মাইল দূরে, বিদেশে গিয়ে অফিস খুলে বসে, সেক্রেটারী নিয়োগ করে, বিভিন্ন রাষ্ট্রপ্রধানকে চিঠি লেখা, সেই চিঠি ঠিক ঠিক জায়গায় পৌঁছে দেওয়া, সেসবের জন্যে খরচাপাতি কিভাবে জোগাড় করা, কোন দেশের মুদ্রায়, (তারই মাঝে আবার সেক্রেটারির সাথে একটু প্রেমালাপও করে নেওয়া), অন্য আরেকটা দেশে গিয়ে একটা সৈন্যবাহিনী গড়ে তোলা, - এসব কি করে সম্ভব করে ফেলল- ঠিক ওই প্রাচীন রোম বা মিশরের সব রাজা রানীদের মতো - এটা এখনও আমার কল্পনার বাইরে। কারণ, আমি তো নিজের পরিবারের সদস্যদেরকেও কোনোদিন কোনো কিছুতে উৎসাহিত করে উঠতে পারিনি। আর খড়গপুর পেরিয়ে খুব বেশি দূর যেতেও পারিনি।

কম বয়সের মস্তিষ্ক হলে এইসব জটিলতার উন্মোচন হয়তো করতে পারতাম। এখন, এই বৃদ্ধ বয়সের মস্তিষ্ক কিছু বুঝে উঠতে পারছে না। এখন অন্য একটা কথা বুঝতে পারি - কম বয়সে থাকতে বাবা-মা বা বড়রা কেন বলে "মন দিয়ে পড়াশুনা কর"। তখন পড়াশুনা করলে এখন এই ঝঞ্ঝাটটা হয়তো পোয়াতে হতো না। আমার মতো অন্যান্য যারা কম বয়সে পড়াশুনা করেন নি, তাদের জন্যে আমার এই ইতিগল্পই যথেষ্ট বলে ধরে নিন। কথা দিচ্ছি আর এসব বেশি বোঝার, বা বোঝাবার, চেষ্টা করবো না।

টুকরো জীবন- এক

জীবনের সুখের মুহূর্তগুলি নাকি প্রিয়জনদের সাথে ভাগ করে নিতে হয়; আর দুঃখের মুহূর্তগুলি কে ধরে রাখতে হয় যার যার নিজের করে, যাতে অন্যেরা কষ্ট না পায়। এই বিধান কার দেওয়া, এই বিধান আদৌ সঙ্গত কিনা, কে কতটা মানেন - জানি না; তবে আমার মনে হয়েছে মানতে পারলে ভালো, আর যিনি মানতে পারেন, তিনি একটু উন্নত স্তরের মানুষ। এরকম মনে হওয়ার কারণ, সুখী মানুষের সাথে কিছুটা হলেও একাত্ম হওয়া যায়, ফলে, সুখের 'মাল্টিপ্লায়ার এফেক্ট' দিয়ে সুখের প্রবাহ বাড়িয়ে অনেক বেশি জনকে সুখী করা যায়, যেটা কাম্য। কিন্তু দুঃখী মানুষের সাথে একাত্ম হতে পারা প্রায় অসম্ভব; আর দ্বিতীয়ত, যদি কেউ হতেও পারেন, সেই প্রিয়জনকে অকারণ কষ্ট দেওয়া ঠিক নয়।

কোনো রকম বিনয় প্রকাশ না করে বলতে পারি এ ব্যাপারে আমি নিজেকে একটু উন্নত মানুষ বলেই মনে করি। কারণ, আমি নিজের দুঃখগুলিকে খুব যত্ন সহকারে লুকিয়ে রেখেছি। কাউকে সেথায় ভাগ বসাতে দিইনি। আর আজকাল তো সুখদুঃখের বোধটাই চলে গেছে। যন্ত্রের মতো শুধু কর্তব্য করে যাওয়ার চেষ্টায় সারাক্ষণ ব্যস্ত। আমি এটাও মনে করি যে, 'সেন্স অফ হিউমার একটা ইভল্ভড মানুষের লক্ষণ। যে মানুষ হাসতে জানেনা সে মানুষ নিকৃষ্ট'। আমার এক কমিউনিস্ট বন্ধু সঙ্গে সঙ্গে প্রতিবাদ জানিয়ে জানতে চেয়েছিলো, 'তাহলে জ্যোতি বসু? যাকে কেউ কোনোদিন হাসতে দেখেনি অথচ, ওই স্ট্যাচারের মানুষ, উনি নিকৃষ্ট?' আমি কোনো উত্তর দিতে পারিনি। দিলে হয়তো মার বা গালাগাল খেতাম।

ব্যক্তিগত ভাবে আমি কতটা এই বিধান অনুসরণ করতে পেরেছি তা জানিনা। তবে একটা ব্যাপার আমি বলতে পারি নিজের বিষয়ে; সেটা হলো চরম দুঃখের মাঝেও আমি রসের উপাদান (হিউমার) খুঁজেছি। এবং অনেক ক্ষেত্রেই পেয়েওছি। আমি সব সময়েই, সবের মধ্যেই হিউমার খুঁজি। কয়েকটা ঘটনা বলি।

এক

বাবা মারা গেলেন আমার যখন বয়স একত্রিশ। যথেষ্ট বয়স হয়েছে প্রিয়জনের মৃত্যুকে সহন করার। সবাইকেই যেতে হয়, সবাইকেই ছেড়ে দিতে হয় একদিন। আবার একটা দিন আসে যখন সবাইকে ছেড়ে নিজেকেই চলে যেতে হয়। তবুও দুঃখ পেলাম বাবার মৃত্যুর সময় পাশে ছিলাম না বলে। খবর পাওয়ার পর বাড়ি আসতে আসতে তিনদিন। তাই থাকা হয়নি অন্ত্যেষ্টিক্রিয়াতেও।

শোকপালন পনেরো দিন।

আমার বাবা ছিলেন গ্রামের অত্যন্ত সম্মানীয় ব্যক্তি। শুধু গ্রাম বললে ভুল হবে, আশপাশের দশ-বিশটা গ্রামের লোকের কাছেও খুব সম্মানীয়, তার সমাজ সেবার জন্যে। আর বিনে পয়সায় হোমিওপ্যাথিক চিকিৎসা সেবা দেওয়ার জন্যে। গ্রামের মানুষ তার সম্মানে মৌন মিছিল করেছে। সেই মিছিলে যোগ দিয়েছে পার্শ্ববর্তী গ্রামের মানুষরাও। সারা গ্রামে একটা শোকের ছায়া। এই শোকের মধ্যেও আমি খুঁজছি হিউমার।

একদিন সন্ধ্যায় আমার স্কুল জীবনের বন্ধুদের সাথে আড্ডায়, তারা বর্ণনা করছিলো বাবার মৃত্যুর আগের কয়েক ঘন্টা সময়ের, যেটা আমার দেখার সুযোগ হয়নি।

বাড়িতে অসংখ্য মানুষ। চারিদিকে খবর ছড়িয়ে গেছে, রাধুবাবু (আমার বাবা) মৃত্যু শয্যায়। আশপাশের গ্রামের মানুষরাও আসছে। তখন বিকেল। সন্ধ্যা নামবো নামবো করছে। গ্রামের শ্মশান বন্ধুরা হাজির। অপেক্ষায় বসে রয়েছে রাধুবাবুর শেষ নিঃশ্বাসের।

এই সব শ্মশান বন্ধুরা সবাই স্বেচ্ছাসেবী। কাউকে ডাকতে হয়না, খবর পেলেই যথাস্থানে উপস্থিত হয়ে যায় নিজের থেকেই। প্রত্যাশা বিশেষ কিছুই না, শুধু কয়েক বোতল মদ, কিছু মদ খাওয়ার চাট আর দাহ কাজ শেষ হওয়ার পর স্নান সেরে পেট পুরে লুচি আর বোঁদে। তার উপরে রাধুবাবুর মতো নামকরা লোকের ক্ষেত্রে মদের বোতলের উপরে নিশ্চয়ই কোনো লিমিট থাকবে না।

পাঁচ ছয় জন এরকম শ্মশান বন্ধু, মাটির বাঁধ রাস্তার উপর বসে বসে বিড়ি টানতে টানতে অপেক্ষায় প্রায় ধৈর্যহীন হয়ে পড়ছে। একজন তো বলেই ফেললো, "বুড়াটা বড্ড সময় লিচ্চে (নিচ্ছে) বাবু। সূয্যি ডুবে গেলে তো আবার সকাল অবধি অপেক্ষা করতে হবে। তাহলে তো আজকের মাল খাওয়াটা মুলতুবি রাখতে হবে কাল অবধি।" একজন বললো, " তাহলে তুই নিমগাছে কুড়ালের ঘা-টা লাগিয়েই রাখ। আর বেশিক্ষণ নাই। সূয্যি ডুবার আগে চিতার জন্যে কাঠে একবার ঘা পড়ে গেলে, তারপর রাত হলেও টেনশন নাই। জ্বালানো চলবে।" অধৈর্য মাতালদের এই কথোপকথন সত্যিই হাসির উদ্রেক করে, শত দুঃখের মধ্যেও। তাই মনে রেখেছে আমার বন্ধুরাও।

রাধুবাবুর শেষ নিঃশ্বাস পড়তে এতো দেরি হচ্ছে কেন? সে কী ভীষণ টেনশন শ্মশান বন্ধুদের! আর এই টেনশন কিন্তু একটুও তার মৃত্যু কামনায় নয়, তারা নিজেরাও রাধুবাবুর প্রতি শ্রদ্ধাশীল ও তার ভক্ত। এ শুধু গরীব মাতালের বিনি পয়সায় মন ভরে মাল খাওয়ার ইচ্ছা। সময় যখন হয়েই গেছে, আর দেরী কেন?

দুই

আমাদের রীতি অনুযায়ী শ্রাদ্ধকর্ম তিনদিনের। প্রথম দিন ঘাট (ক্ষৌরকর্ম), দ্বিতীয় দিন শ্ৰাদ্ধ পূজন, তৃতীয় দিন নিয়ম ভঙ্গ (অর্থাৎ শোকপালনের সময়ের কঠোর খাদ্য নিয়মের অবসান। গ্রামীণ ভাষায় আলিসপিন্ডি অর্থাৎ আমিষ পিন্ড)।

প্রথম দিন সকলের ক্ষৌরকর্ম সারতে সারতে প্রায় সন্ধ্যে।

সমবেতদের মধ্যে রয়েছে দুই জামাই - একজন নিজের মেয়ের আর একজন দূর সম্পর্কের দাদার মেয়ের। আমার দুই জামাই বাবু। দূর সম্পর্কের জামাইবাবু আমার গ্রামেরই মানুষ এবং শ্বশুর মশাইয়ের অর্থাৎ আমার বাবার অন্ধ ভক্ত। তাই প্রায় বাড়ির মানুষ - অবাধ যাতায়াত এবং জামাইবাবু থেকে সাধারণ দাদা'য় পরিণত। এবং খাতির যত্ন বা সম্ভ্রম প্রদর্শন আর ততটা পায়না, যতটা নিজের জামাইকে দেওয়া হয়, সম্ভবত তার আগমন খুবই কম বলে।

ঘাটে বসে অপেক্ষায় সময় কাটছে। গ্রামের জামাই, যে শ্বশুরের প্রয়াণে প্রায় অসহায়, বসে থাকতে থাকতে সেই দুঃখের দিনেও শোনালো অত্যন্ত রসে ভরপুর একটি ছড়া, তার কাছের জামাই হওয়ার দুঃখের কাহিনী - এবং খাতিরের তফাতের। পুরোটাই মজা করে। নিজের অবস্থা বোঝাতে শোনালো - (দুই জামাইয়েরই নাম মধুসূদন ধরে নিয়ে, দুপুরে খেতে বসার আহ্বান) -" দূরের জামাই মধুসূদন, ঘরের জামাই মোধা / খাবে এসো বাবা মধুসূদন, আয় খাবি আয় মোধা"। সেই দুঃখের সময়েও হাসি চাপতে পারলো না কেউ।

দুঃখের মাঝেও হাসতে বা হাসাতে পারার ক্ষমতা বিরল।

তিন

প্রথা অনুযায়ী প্রথম দিনে (অর্থাৎ ঘাটের দিনে) সন্ধ্যার সময়, জীবনের ওপারে আরামে বাস করার জন্যে মৃত ব্যক্তির উদ্দেশ্যে অর্পণ করা হয় সুন্দর সাজানো একটি কাগজের প্রাসাদ। বলা হয় ফুলঘর। বাড়ির উঠোনে এটি বসিয়ে, পূজা করা হয়। আর সাথে সাথে শোকগ্রস্ত সকলে কাঁদতে কাঁদতে একে পরিক্রমা করতে থাকে। রিচুয়ালিস্টিক কান্না। এমন কি একে অন্যকে ডাকতেও থাকে, আয় না রে, একটু সবাই মিলে একসাথে কাঁদি।

আমি তাতে যোগ দিলাম না। একতলার ছাদে, একা একা অন্ধকারে বসে দেখছিলাম এই রিচুয়াল। দিদি জামাইবাবু এসেছে কলকাতা থেকে। ভাগ্নে ভাগ্নি কে নিয়ে। ভাগ্নে ছোট। পাঁচ বছর বয়স। বড্ড মা ন্যাওঠা। এই ভীড়ে সে মায়ের কোল ছাড়তে চায় না মোটেও। দিদি তাকে জামাইবাবুর কাছে ছেড়ে যোগ দিয়েছে কান্নায়। সেই সবে একটা রাউন্ড নিয়েছে, কান্না শুরু করেছে, আর এক মিনিটের মধ্যে ছেলের বেপাক চিৎকার - ও মা তুমি চলে এসো, ও মা তুমি চলে এসো ....। দিদি বিরক্ত হয়ে বেরিয়ে আসতে আসতে বলছে, "ওহ! কী বিদঘুটে ছেলে রে বাবা, কতদিন পরে একটু চান্স পেলুম একসাথে কাঁদার, ছেলেটার জন্যে তারও জো নেই। আবার কবে চান্স হবে কে জানে!"

ছাদের অন্ধকারে একা একা বসে বাবার স্মৃতিতে চোখে জল এসে গেছিলো। দিদির কথা শুনে ভেজা চোখে হাসলাম খুব।

চার

নিয়ম ভঙ্গের দিন সকালে মাছ ধরার পালা নিজেদের পুকুর থেকে। মাঠের মাঝে তালপুকুর থেকে ধরা হলো বড় বড় কাতলা, রুই। মাছ নিয়ে বাড়ি ফিরতে ফিরতে জলখাবারের সময়। গ্রামে জলখাবার বলতে মুড়ি। তার সাথে শশা-পেঁয়াজ, কাঁচা লংকা আর তেলেভাজা-মিষ্টি। "জলখাবার মানে মুড়ি খাওয়া", - ব্যাপারটা শুনতে বা ভাবতে যতই খারাপ বা নিম্নমানের লাগুক, আসলে রাজকীয়। শীতের সকালে (ডিসেম্বরের প্রথম দিকে) রোদে বসে এই জলখাবার যারা না উপভোগ করেছেন তাদেরকে সেটা ভাষা দিয়ে বোঝানো মুশকিল। এক এক জনের মুড়ি খাওয়ার পরিমাণ দেখলে কিছুটা অনুমান করা যেতে পারে। বড় বড় পিতলের কাঁসিতে বা এলুমিনিয়ামের ডিশে (কেউ কেউ আবার ওটাকে সানকীও বলে) মুড়ির পরিমাণ দেখলে শহুরে বাবুরা আঁতকে উঠবেন।

ততক্ষণে তেলেভাজা ছাঁকা শুরু হয়ে গেছে। দায়ীত্বে রয়েছে দিদির বান্ধবী প্রীতিদি। তেলেভাজা বানানোর ব্যাপারে প্রীতিদির হাতের যশ আছে খুব। স্পেশাল মশলা দিয়ে আলুর চপ আর বিশাল সাইজের বেগুনের লম্বা লম্বা বেগুনি। প্লাস্টিকের চেয়ার নিয়ে রোদে বসে সবাই অপেক্ষায়। তার মধ্যে রয়েছে জামাইবাবুরাও। বিশেষ খাতিরে মুড়ি আসার আগেই প্লেটে করে একটা একটা চপ আর বেগুনি দেওয়া হলো জামাইবাবুদেরকে, স্টার্টার হিসেবে। গরম গরম সেই অসাধারণ স্বাদের তেলেভাজা খেতে খেতে এক জামাইবাবু যিনি ভারতীয় রেলের ইঞ্জিনীয়ার, উচ্ছসিত প্রশংসায় বললেন, “আহা!, এরকম সুস্বাদু তেলেভাজা আমি এর আগে কোনোদিন খাইনি। ভাগ্যিস, স্বশুর মশাই মারা গেলেন, নাহলে এই অভিজ্ঞতা হয়তো কোনোদিন হতোই না।“

পিতৃবিয়োগের দুঃখের মধ্যেও হাসি সামলাতে পারলাম না। যোগ দিলো উপস্থিত আরো সবাই।

টুকরো জীবন- দুই

দীর্ঘকাল বম্বে বাসের পর দিল্লীতে প্রথমবার পোস্টিং হলো দু'হাজার পাঁচ সালে। আমার অফিস ইউ পি এস সি'র পাশের বিল্ডিঙে আর থাকি লোদী কমপ্লেক্সে। দূরত্ব খুব বেশি নয়। বাসে মিনিট দশেক লাগে।

দিল্লীতে একই রুটে ডিটিসি (দিল্লি ট্রান্সপোর্ট কর্পোরেশন) বাস এবং প্রাইভেট বাস দুটোই চলে। আমি সাধারণত ডিটিসি বাসেই যাতায়াত করি। এটা পড়ে কেউ যদি ভেবে থাকেন, ডিটিসি সার্ভিস দারুণ ভালো এবং উপভোগ্য, তাহলে চরম ভুল হবে। আমি ডিটিসিতে ট্র্যাভেল করি ঠিক এর উল্টো কারণে। ডিটিসির অধিকাংশ বাসগুলোই ভাঙাচোরা, ঘটাং ঘটাং করে আওয়াজ করে, স্পীড কম, দশ মিনিটের রাস্তা কুড়ি মিনিট লাগায়। তাই ভীড় কম থাকে। খালি সীট পাওয়া যায়। আর সেই জন্যেই ডিটিসিতে যাতায়াত।

আরও একটা কারণ আছে, যেটা বলার জন্যে আজকের এই লেখা।

ডিটিসি বাসে সব সীটের ওপরে কিছু না কিছু স্লোগান বা উপদেশ লেখা থাকে। যেগুলো পড়তে আমার ভালো লাগে। পশ্চিম বাংলার বাসে বাসে যেমন লেখা থাকে, "মালের দায়ীত্ব আরোহীর", বা "তিন বছরের উর্ধ্বে পুরা ভাড়া লাগিবে" - ইত্যাদি; সেরকম ডিটিসি বাসেও অনেক কিছু লেখা থাকে - বিনা টিকিটে যাত্রা করা দণ্ডনীয় অপরাধ, বা টিকিট কেনার দায়ীত্ব আরোহীর – ইত্যাদি, ইত্যাদি। এই দ্বিতীয় উপদেশটির কারণ, দিল্লীর বাসে কন্ডাক্টর ঘুরে ঘুরে টিকিট বেচে না। সে বসে থাকে পিছনের দরজার সামনের সীটে। যাত্রীর দায়ীত্ব বাসে উঠেই আগে টিকিট কিনে নেওয়া।

সীটের উপরে এরকমই একটি স্লোগান বা উপদেশ হলো, " সাবধান! আপনার সীটের নীচে লাওয়ারিশ ব্যাগ বোমা হতে পারে। সঙ্গে সঙ্গে চিৎকার করে সকলকে সজাগ করুন আর পুরস্কার জিতুন।"

এই উপদেশটি আমার খুব ভালো লাগলো। রোজই পড়ি আর নিজে নিজে হাসি। মনের ভেতরে অনেক প্রশ্ন জাগে। এটা নিয়ে কন্ডাক্টরের সাথে

একটু মজা করতে ইচ্ছে হয়। সুযোগ খুঁজতে থাকি কন্ডাক্টরকে একদম ফ্রী পেতে।

সুযোগ পেলাম বেশ কিছুদিন অপেক্ষায় থাকার পর। অফিস থেকে বেরোতে বেশ রাত হয়ে গেছে। ঠান্ডার সময়। রাস্তাঘাট প্রায় জনমানবশূন্য। একটা বাস এলো, তাতে মাত্র দু'তিনজন যাত্রী। সামনে রুট নম্বরের জায়গায় লেখা "ডিপো", অর্থাৎ সার্ভিসিংয়ের জন্যে ডিপোতে যাচ্ছে। তাই যাত্রী কম। বাস থামতেই জিজ্ঞেস করলাম, "লোদি কমপ্লেক্স যাবে"? কন্ডাক্টর বললো, "আইয়ে আইয়ে, জলদি আইয়ে"।

বাসে উঠেই টিকিট নিতে নিতে ভেবে নিলাম, এই সুযোগ। কন্ডাক্টরও বসে আছে ঠান্ডায় বাঁদরটুপি পরে, চাদর জড়িয়ে, জবুথবু হয়ে। টিকিট নিয়ে বসলাম পাশের সীটেই। জিজ্ঞেস করলাম, "একটু কথা বলা যাবে? কিছু জানতে চাই।"

কন্ডাক্টর উৎসাহী হয়েই বললো, "হাঁ, হাঁ - বোলিয়ে।"

বিরক্তি প্রকাশের রাস্তা আগেই কেটে রাখার জন্যে বললাম, "আমার প্রশ্নে বিরক্ত হয়ো না, প্রশ্নগুলো তোমার কাছে অবান্তর বলেও মনে হতে পারে, তবু জানার ইচ্ছা, তাই জানতে চাইছি। কন্ডাক্টর আরও বিনীত ভাবে বললো, "আরে, নহি নহি, আইসা ভি তো যাত্রী কোই হ্যায় নহি, বলিয়ে আপ ক্যায়া জাননা চাহাতে হ্যায়?"

এর পরের কথোপকথন এরকম:

আমি - ডিটিসিতে আপনার চাকরি কত বছর হলো?

কন্ডাক্টর - তা প্রায় পঁচিশ বছর।

— এই পঁচিশ বছরে কোনোদিন এরকম কিছু ঘটতে দেখার অভিজ্ঞতা আছে? বলে আমি ওই উপদেশটির দিকে আঙুল দেখালাম।

— না, এরকম কিছু আমার চোখের সামনে হয়নি।

— অন্য কোনো কলিগের সাথে হয়েছে কিনা জানো?

— না তাও শুনিনি।

— আচ্ছা, ওই যে পুরস্কার জেতার কথা লেখা আছে, পুরস্কারে কী দেয়?

— ঠিক জানিনা, কোনোদিন তো এরকম হতে দেখিনি, তাই জানিও না।

এতোক্ষণ অবধি কন্ডাক্টর অধৈর্য না হয়ে খুব শান্তভাবেই সব প্রশ্নের উত্তর দিচ্ছিলো। আর আমার প্রশ্নের ধারা দেখে একটু একটু মজাও পাচ্ছিলো। আমার গন্তব্য স্থান প্রায় এসে গেছি। আর একটা কি দুটো স্টপ বাকি। আমাকেও সারতে হবে তাড়াতাড়ি। তাই মোক্ষম আর শেষ প্রশ্নটা করলাম - আচ্ছা, ওই যে বলেছে, লাওয়ারিশ ব্যাগ দেখলেই চিৎকার করে সবাইকে সজাগ করুন আর পুরস্কার জিতুন - ধরো, আমি লাওয়ারিশ ব্যাগ দেখে চিৎকার করলাম, আর ব্যাগের মধ্যে বোমার বদলে দুটো গোল গোল বাঁধাকপি পাওয়া গেলো, তাহলেও কি পুরস্কার দেবে?

কন্ডাক্টর আর হাসি সামলে রাখতে পারলো না। প্রাণ খুলে হেসে বললো, “আপকা মন মে ইতনা সারে কোয়েশ্চন হ্যায় তো আপ মেরে সাথ ডিপোমে আইয়ে, সব কোয়েশ্চন কা সহী জবাব মিল জায়েগা।“

বললাম, -“আমার স্টপ তো এসে গেছে। আজ যাই। পরে কোনোদিন আবার মুলাকাৎ হবে।“

কন্ডাক্টর বললো, -”জরুর হোগা।“

টুকরো জীবন- তিন

দিল্লীতে পোস্টিং এর ব্যাপার নিয়ে লিখতে গেলে, আমাদের মন্ত্রালয়ের সচিব-এর সাথে আমার প্রথম সাক্ষাতের ব্যাপারটা না বললেই নয়।

দিল্লীতে দায়িত্ব পেলাম সড়ক ও নৌপরিবহণ দফতরের বাজেট বিভাগের। কাজ একটু আধটু জানতাম, তাই বিশেষ কিছু অসুবিধা হয়নি কাজ সামলাতে, যদিও আর্থিক পরিমাণ আমার আগের অভিজ্ঞতার তুলনায় বহুগুণ বিশাল।

দফতরের সচিব মাসিক মিটিং নেন, দফতরের সমস্ত কাজকর্মের খতিয়ান নিতে। বিশেষ করে অডিট ব্যাপারে। মিটিঙে সচিবের পাশে উপস্থিত থাকেন অর্থ উপদেষ্টা, দুই সংযুক্ত সচিব এবং অন্যান্য উচ্চ পদস্থ অধিকারীরা। সাথে আমরা কয়েকজন একটু নীচুতলার অধিকারীবৃন্দ।

সচিবের সাথে এই আমার প্রথম মিটিং। দিল্লীতে যোগ দেওয়ার প্রায় মাসখানেক বাদ। ততদিনে অন্যান্য অধিকারী প্রায় সকলের সাথেই পরিচয় হয়েছে। শুধু সচিবের সাথে পরিচয় হওয়ার কোনো সুযোগ হয়নি।

আমার ইমিডিয়েট বস হলেন অর্থবিভাগের ডিরেক্টর - মিস্টার এক্স, অত্যন্ত দক্ষ এক অফিসার।

সচিবের অবসর হতে আর মাত্র মাস তিনেক বাকি। মিটিং শুরু হওয়ার আগে সচিবজী মিস্টার এক্স এর কাছে জানতে চাইলেন, তার পেনশনের কাগজপত্র তৈরী হয়ে গেছে কিনা – "কীরকম কী টাকা পাবো অবসরের দিন?"

মিস্টার এক্স এই প্রশ্নের জন্যে প্রস্তুত ছিলেন না। কোনোরকমে ম্যানেজ করার চেষ্টা করলেন, "স্যার, তৈরী হচ্ছে। একাউন্টস অফিসারের কাছে ফাইলপত্র পাঠিয়ে দিয়েছি, খোঁজ নিয়ে জানাবো স্যার।"

— "কীরকম কী পাবো কিছু আইডিয়া আছে?"

মিস্টার এক্স ইতস্তত করছেন দেখে, আমি বললাম, "স্যার, এ ব্যাপারে আমার কিছু ধারণা আছে, আগে এসব কাজ করেছি। আমি কি বলতে পারি?"

সচিবজি বললেন, "হ্যাঁ, হ্যাঁ, অবশ্যই বলো, জাস্ট একটু আইডিয়া পেতে চাই।"

আমার বস, মিস্টার এক্স, আমার দিকে তাকিয়ে সম্মতি দিলেন।

আমি তখন ধাপে ধাপে সব বললাম, অবসরের দিন নগদ কতটা পাওয়া যাবে, মাসিক পেনশন কতটা হবে, চল্লিশ শতাংশ পেনশন বিক্রি করে আগাম টাকা নেওয়া যায়, সেটা নিলে পেনশন কতটা কম হবে এবং নগদ কতটা বাড়বে, জমা ছুটি বিক্রি করে কতটা পাওয়া যাবে এবং সর্বোপরি, সরকারী বীমা, যেটা শুধু চাকুরীজীবনকে কভার করে, সেই বাবদ (বীমার একটা অংশ, মানে নিজের অবদান অংশটি) কতটা পাওয়া যাবে, যদি কোনো অঘটন না ঘটে।

সচিবজি সব কিছু শোনার পর, জানতে চাইলেন, "অধিকতম কল্যাণকর (ম্যাক্সিমাম বেনিফিট) কোনটাতে? পেনশন বিক্রি করলে ভালো, নাকি পুরো পেনশন নেওয়া ভালো?"

বললাম, "স্যার, ম্যাক্সিমাম বেনিফিট কার? আপনার, না ফ্যামিলির?"

সচিবজি অমায়িক ভাবে বললেন, "আমার আর কিসের বেনিফিট? অবসরের পর তো শুধু ফ্যামিলির বেনিফিটের কথাই ভাবতে হয়।"

বললাম, "তাহলে স্যার, যদি অভয় দেন তো কিছু তিক্ত সত্য বলতে পারি।"

— "হ্যাঁ, হ্যাঁ, নির্ভয়ে বলো।"

বললাম, "স্যার, ফ্যামিলির জন্যে সবচেয়ে বেশি বেনিফিট হবে, যদি আপনি অবসরের দিন পেনশন বিক্রি করে নগদ নিয়ে, আর সরকারী বীমার মেয়াদ শেষ হওয়ার আগে, অর্থাৎ রাত্রি বারোটার আগে, মারা যান বা আত্মহত্যা করেন।"

সচিবজি ও অন্যান্য সকলেই একটু হেসে উঠলেন। সচিবজি হালকা হাসি মুখে ছড়িয়ে রেখেই জিজ্ঞেস করলেন, “ব্যাপারটা কীরকম একটু বুঝিয়ে বলো।“

বুঝিয়ে বললাম, “অবসরের পর সাত বছর পর্যন্ত ফ্যামিলি পেনশন কম করা হয় না, অবসর প্রাপ্ত কর্মচারীর মৃত্যু হলেও। সাত বছর পরে ওটা কমিয়ে ষাট শতাংশ করে দেওয়া হয়। কাজেই আপনি মারা গেলেও আপনার ফ্যামিলি পুরো পেনশন পাবেন, আপনি নিজে যতটা পেতেন। আপনি রাত বারোটার আগে মারা গেলে বা আত্মহত্যা করলে (সরকারী বীমায় আত্মহত্যার ক্ষেত্রেও বীমার বেনিফিট দেওয়া হয়) নিজের অবদান অংশের সাথে সাথে বীমার ইনসিওরড এমাউন্টটাও পুরোটাই দেওয়া হবে আপনার ফ্যামিলিকে। বারোটার পর বীমার কভারেজ থাকেনা। এক মিনিট পরে মৃত্যু হলেও আর কোনো লাভ নেই। এবং সর্বোপরি, এইসব অধিক আর্থিক বেনিফিট পাওয়ার পর মুখ্য বেনিফিট হলো, ওয়ান নুইসেন্স লেস এট হোম।“

এরপর আর সকলের সাথে সচিবজিও হাসি সামলাতে পারলেন না। আর দুই সংযুক্ত সচিব হাসতে হাসতে একসাথে বলে উঠলেন, “স্যার, বাড়িতে বলবেন না একদম। তাহলে মেরেই ফেলবে আপনাকে।“

সচিবজি মিস্টার এক্স কে জিগ্যেস করলেন, “এই নতুন অফিসারটি কে? আগে তো কোনোদিন দেখিনি।“

মিস্টার এক্স পরিচয় করিয়ে দিলেন আমার, - “বোম্বে থেকে ট্রান্সফার হয়ে এসেছেন এই মাসখানেক হলো। বাজেট বিভাগের দায়ীত্বে আছেন এখন।”

টুকরো জীবন- চার

প্রথম দফার দিল্লী বাস আমার বেশি দিনের হয়নি। এক বছর যেতে না যেতেই আমি এক ভয়ঙ্কর রোগে আক্রান্ত হলাম। রোগটার সূত্রপাত সম্ভবত বোম্বেতেই। দিল্লীতে গিয়ে বাড়াবাড়ি। গ্যাস্ট্রো ইন্টেস্টাইনাল ব্লিডিং। অর্থাৎ অন্ত্রের রক্তপাত। অর্শ ভেবে ছোটখাটো ডাক্তারের কাছে ওষুধ নিই। কিছুদিন রক্তপাত বন্ধ থাকে। ভাবি সব ঠিক হয়ে গেছে। এই ভাবে বাড়তে বাড়তে এক ভয়ঙ্কর অবস্থার সৃষ্টি হলো। এতদিন অবধি কাউকে আমার অসুবিধার কথা বলিনি। কিন্তু এবার বলতে বাধ্য হলাম। আমার বস বললেন, "ইমিডিয়েটলি এমস-এ (অল ইন্ডিয়া ইনস্টিটিউট অফ মেডিকেল সায়েন্সেস) গিয়ে দেখাও।"

বললাম, "ওখানে তো রেলওয়ে স্টেশনের চেয়েও বেশি ভীড়। দেখাবো কি করে?" বস বললেন, "চিন্তা করোনা। আমি আগে ওখানকার অর্থ উপদেষ্টা ছিলাম, তাই সব ডাক্তারই আমার চেনা। আমি ফোন করে বলে দিচ্ছি। তুমি সোজা ওর কাছে চলে যাও।"

বসের রেফারেন্স নিয়ে পৌঁছলাম ডাক্তারের চেম্বারে। কিছু পরীক্ষা নিরীক্ষার পর দু'সপ্তাহের ওষুধ দিলেন। সব ঠিক হয়ে গেলো। পনেরো দিন পর ওষুধ বন্ধ হতেই আবার শুরু। এবার ডাক্তার বললেন, "এন্ডোস্কোপি/কোলোনোস্কোপি করে দেখতে হবে কোত্থেকে রক্তপাত হচ্ছে। এবং খুব তাড়াতাড়িই এটা করতে হবে।" এই প্রথম আমি কোনো আনডিউ এডভান্টেজ পেলাম। এমসের বিশাল ওয়েটিং লিস্ট টপকে ডাক্তারের নির্দেশে আমার কোলোনোস্কোপি করা হলো সাতদিনের মাথায়। সাধারণ ভাবে এগোলে চান্স পেতাম প্রায় একমাস বাদে।

যেটার ভয় ছিল, সেটার দিকেই এগোচ্ছে। কোলোনোস্কোপি করার সময়ই টেকনিশান টিভি স্ক্রীনে দেখালো রক্তপাত কোত্থেকে হচ্ছে। আরো বললো, "বায়োপসি করে দেখতে হবে, সাধারণ টিউমার না অন্য কিছু। সাধারণ হলেও একটু সমস্যা আছে, অর্থাৎ সার্জারি করে ওটা কেটে ফেলতে

হবে আর অন্য কিছু হলে সমস্যা একটু বেশীই। বিপজ্জনকও বলা যেতে পারে।“

একটু দুঃশ্চিন্তায় পড়লাম। ব্যাপারটা কীভাবে সামলানো যায়। বেশ কয়েকদিন আমার চেয়েও বেশী টেনশনে রইলো আমার দুচারজন কলিগ। এইমস -এ তখন রিসারভেশন পলিসি নিয়ে খুব হাঙ্গামা - ধর্মঘট চলছে। রিপোর্ট আসতে সময় লাগলো এক সপ্তাহ। ডাক্তার রিপোর্টটা পাঠিয়েছেন আমার বসের কাছে। বস রিপোর্ট দেখেই টেনশনে অস্থির - কীভাবে আমাকে এই ভয়ঙ্কর খবরটা দেবেন, সেই ভেবে। ডেকে পাঠালেন তার কামরায়। বললেন, “রিপোর্টটা একটু খারাপ।“

বললাম, “সে তো আমি ওই দিনই জেনে গেছি - কোলোনোস্কোপি করার সময়। আপনি এতো ভয় পাচ্ছেন কেন?”

বস বললেন, “মিস্টার ঘোষ, তুমি এতো ঠান্ডা আছো কি করে?”

বললাম, “যদি টেনশন নিই, তাহলে কি রোগের একটুও উপশম হবে? তাহলে নেবো।“

বস বললেন, “তাই বলে এতো বড় একটা রোগেও তুমি টেনশন নেবে না?”

আমি বললাম, “টেনশন নেওয়া তো খানিকটা শখের মতো, বা হবি'র মতো। নিয়ে কোনো কাজ হয় না, তবুও লোকে নেয়। টেনশন নিলে যদি রোগটা কম হতে থাকে তাহলে আমি চব্বিশ ঘন্টাই টেনশন নিয়ে বসে থাকতে রাজি।“

এইসব কথাবার্তার শেষে বস বললেন, “ডাক্তার তোমাকে অঙ্কোলজির বিভাগীয় প্রধানের কাছে যেতে বলেছেন কাল সকালে।“

পরের দিন সকালে যথাসময়ে হাজির হলাম অঙ্কোলজির হেড-এর চেম্বারে। চারিদিকে ভীড়ে ভীড়াক্কার। এতো লোক ক্যান্সারে ভুগছে -এটা আমি এই প্রথম দেখলাম। এখন থেকে আমিও এদের দলে। যোগ দিয়ে দল ভারী করলাম একটু। ডক্তারবাবু বাঙালি। কিন্তু যেহেতু দিল্লীতে সমস্ত প্রদেশের লোকই এসেছে তাকে দেখাতে, তিনি কথাবার্তা মূলত ইংরেজি বা হিন্দিতেই বলছেন। মাঝে মধ্যে বাঙালী রোগী পেলে দু'চারটে কথা

বাংলাতেও বলছেন। কয়েকজনের পরেই আমাকে ডাকলেন। হল ভর্তি রোগী তার চারপাশে বসে রয়েছে। আমাকে বসতে বললেন তার সামনে টেবিলের উল্টোদিকে। আমার রিপোর্টটা হাতে নিয়ে বললেন, "মিস্টার ঘোষ, লেট মি পুট ইট ভেরি ব্লান্টলি, ইউ হ্যাভ গট ক্যান্সার।"

বললাম, "ইয়েস, আই নো দ্যাট।"

ডাক্তার আমাকে সান্ত্বনা দিতে খুব হিউমার সহযোগে বললেন, "বাট, ইউ হ্যাভ গট গুড ক্যান্সার।" ডাক্তারের "গুড ক্যান্সার" শব্দগুচ্ছ শুনে আশপাশে বসে থাকা রোগীদের কেউ কেউ হেসে ফেললো।

মুহূর্তের মধ্যেই আমারও মাথার মধ্যে চিন্তা এসে গেলো, এই যে আমিও এই ভয়ঙ্কর রোগটাকে শান্ত, স্বাভাবিক ভাবে নিতে পেরেছি, সেটাও হিউমার দিয়ে ডাক্তারকে জানিয়ে দেওয়া দরকার। সঙ্গে সঙ্গে মনে পড়লো তখনকার সময়ের বিখ্যাত ওনিডা টিভির বিজ্ঞাপন - ন্যাড়া মাথা, দুই শিংওয়ালা একটা লোক। উত্তরে বললাম, "হাউ মাচ গুড?"

এইবার ডাক্তার বাঙলায় বললেন, "মানে?"

বললাম, "মানে আমার ক্যান্সারটা কি ওনিডা টিভির মতো ভালো? যেটা নেবার'স এনভি, ওনার'স প্রাইড? (প্রতিবেশীর ঈর্ষা আর মালিকের গর্ব করার মতো ভালো একখানা ক্যান্সার?)

ডাক্তার হেসে ফেললেন, কিন্তু কথায় কম জাননা। বললেন, "না ঠিক অতটা ভালো নয়, তবে ম্যানেজেবল। এখনই প্রাণহানির কোনো ভয় দেখছি না। গেট এডমিটেড টুডে ইটসেলফ। আই উইল অপারেট অন ইউ টুমরো এন্ড রিমুভ দ্য টিউমার।"

বললাম, "ডক্টর, সেটাতো সম্ভব নয়, এখানে তো আমার কেউ নেই, একা থাকি। আমার ফ্যামিলি বোম্বেতে। আমি বোম্বেতে গিয়ে চিকিৎসা করাতে চাই। প্লিজ রেফার মী টু জসলোক হসপিটাল অর টাটা মেমোরিয়াল হসপিটাল।"

এরপর ডাক্তারের মোক্ষম উত্তর, "এইমস ডাস নট রেফার এনিহোয়ার। এইমস ইশ দ্য বেস্ট।"

টুকরো জীবন- পাঁচ

অগত্যা এইমস থেকে কোনো রেফারেন্স বিনা-ই রওনা দিলাম বম্বে। মনের মধ্যে ভরসা, যাচ্ছি বিশ্ববিখ্যাত অঙ্কোলজিস্ট ডক্টর সুরেশ আদবানির কাছে চিকিৎসা করাতে, যে ডাক্তারের সাথে আমার ব্যক্তিগত পরিচয় আছে।

ডক্টর সুরেশ আদবানির নাম শুনেছিলাম বহুবছর আগে, যখন জেন্টলম্যান ম্যাগাজিন ওনাকে কভার পেজে এনেছিলেন। তারপর ব্যক্তিগত আলাপ জসলোক হাসপাতালে। অন্য এক কারণে। উনি নিজেই প্রতিবন্ধী মানুষ, হুইলচেয়ার বাউন্ড। কিন্তু শুধু ভারতে নয়, পুরা এশিয়াতে ওনার চেয়ে বড় অঙ্কোলজিস্ট আর কেউ আছেন কিনা জানিনা।

যাই হোক, অনেক বছর পরে দেখা হলেও, ডক্টর আদবানি চিনতে পারলেন। সমস্যার কথা বললাম, এইমসের রিপোর্ট দেখালাম। রিপোর্ট দেখে আদবানি বললেন, "ইউ হ্যাভ টু পাস থ্রু সাম ডিফিকাল্ট পিরিয়ড, বাট বেয়ন্ড দ্যাট নাথিং টু ওয়রি।"

আমি জানি ডক্টর আদবানি কোনো ক্যান্সারের রোগীকে মিথ্যা আশ্বাসন দেন না। যে গুলো একটু সিরিয়াস কেস, তাদেরকে বলেন, "উই উইল ট্রাই।" আর যেগুলোর প্রাথমিক স্টেজ, তাদেরকে বলেন, "নাথিং টু ওয়রি।"

আমার এই সিরিজের লেখাগুলোর প্রতিপাদ্যতেই লিখেছিলাম, সুখের মুহূর্তগুলোকে অন্যের সাথে ভাগ করে নিতে হয়, যাতে করে মাল্টিপ্লায়ার এফেক্ট দিয়ে সুখের পরিমাণ বেড়ে ওঠে। আর দুঃখের মুহূর্তগুলোকে রাখতে হয় যার যার নিজের করে, যাতে করে তার কোনো মাল্টিপ্লেয়ার এফেক্ট না হয়, অন্য কেউ দুঃখ কষ্ট না পায়।

তাই চিকিৎসার ছ' মাস আটমাস কষ্টকাল টপকে সোজা চলে যাবো, ক্যান্সারের সাইড এফেক্ট বা পার্শ্ব প্রতিক্রিয়াতে। কেমোথেরাপির কষ্টকর শারীরিক পার্শ্ব প্রতিক্রিয়া নয়, সামাজিক পার্শ্ব প্রতিক্রিয়া। সেটা আবার কী রকম? হিলারিয়াস। হাস্যকর। এই লেখার বিষয়বস্তু সেটাই। কারণ, আমি

আমার দুঃখকষ্টের কথা শোনাতে এটা লিখছি না। আমি লিখছি, তার কারণ, আমি দুঃখ কষ্টের মধ্যেও হিউমার খুঁজি। সেই হাস্যরসটা নিয়ে লিখতে চাই।

এর আগে চিকিৎসার মাঝের একটা ঘটনা বলি। জসলোক হাসপাতালে ভর্তি হওয়ার পর, দ্বিতীয় বার সব পরীক্ষা-নিরীক্ষার রিপোর্ট দেখে, তৃতীয় দিন সকালে আমাকে নিয়ে যাওয়া হচ্ছে অপারেশন কক্ষে। এনেস্থেসিয়া দেবেন এক মহিলা ডাক্তার। স্ট্রেচারে শুইয়ে নিয়ে যাওয়ার পথেই তিনি কথা বলা শুরু করলেন, অনেক কিছু জানতে - যেমন, উচ্চ রক্তচাপ আছে কিনা, ডায়াবেটিস আছে কিনা, রক্তে অন্য কোনো সমস্যা আছে কিনা, বয়স কত, দাঁতের কোনো সমস্যা আছে কিনা - এইসব সাধারণ জিজ্ঞাসা। দাঁতের কথায় এসে বললেন, বড় করে হাঁ করে দেখাও। হাঁ করে দেখালাম। বললেন, "বয়স কত বললেন?" আমি আবার বললাম, "পঞ্চাশ।" বললেন, "বাহ্, বয়সের হিসাবে তো দাঁত বেশ সুন্দর। কিভাবে রেখেছো এতো ভালো? হোয়াটস দ্য সিক্রেট?"

মজা করে বললাম, "রোজ মাজিনা, তাই এতো ভালো।" মহিলা ডাক্তার তো হেসেই অস্থির। জানতে চাইলেন, আমি ক'দিন ছাড়া দাঁত মাজি। বললাম, "দু' দিনে একবার।" ডাক্তার বললেন, "আমরা তো ঠিক তার উল্টো - দিনে দুবার মাজি, তাতেও সমস্যা হয় মাঝে সাঝে। আর তুমি দু'দিনে একবার মাজো, তা সত্ত্বেও এতো সুন্দর?" বললাম, ""ব্যাপারটা 'তাতেও' নয়, 'তাতেই'। তাছাড়াও, আপনি কি জানেন, এই একবার বেশি দাঁত মাজার জন্যে এক জীবনে কতটা জল, যেটা একটা দুর্লভ প্রাকৃতিক সম্পদ, অপ্রয়োজনে নষ্ট করেন আপনি,? প্রায় চল্লিশ হাজার লিটার। তাহলেই ভাবুন, আপনার মতো মানুষেরা সবাই মিলে কত লক্ষ কোটি গ্যালন জল আপনারা নষ্ট করছেন।"

এইসব কথাবার্তা চলতে চলতেই আমাকে একটু পাস ফিরতে বললেন। তারপর মশার কামড়ের মতো হালকা একটু সুঁচ ফোটানো অনুভব করলাম মেরুদণ্ডে। তারপর আবার চিৎ হয়ে শুয়ে দুয়েকটা কথা বলতে বলতেই তলিয়ে গেলাম গভীর নিদ্রায়।

পরের ছ'মাস আট মাস চিকিৎসার কষ্টকর সময়। সেটা বাদ দিয়ে ফিরে আসি ক্যান্সারের সামাজিক পার্শ্ব প্রতিক্রিয়ায় (সোশ্যাল সাইড এফেক্টস) যেগুলো মনে পড়লে এখনো নিজেরই হাসি পায়।

প্রথম হাস্যকর পরিস্থিতি হলো ব্যাংকে। বাড়ির পাশের বিল্ডিংয়েই ব্যাংক। অনেক কর্মচারীই চেনা। চিকিৎসা চলাকালীন দীর্ঘদিন যাওয়া হয়নি। ইতিমধ্যে কেমোথেরাপির প্রভাবে আমার শরীরে কোনো চুল নেই। হলিউড স্টার ইউল ব্রাইনার বা আমাদের ঘরের লোক চো রামস্বামীর মতো দেখতে লাগছে। আমার ব্র্যান্ড হলো ফ্রেঞ্চকাট দাড়ি। ওটা না থাকলে স্বরূপ বদলে যায় পুরোপুরি। ব্যাংকে গেলাম কিছু টাকা তুলতে। চেকের মাধ্যমে। যে টেবিলে এই কাজ হয়, সেখানে একজন নতুন কেউ এসেছেন। চেকটা নিয়ে কম্পিউটার খুলে একাউন্ট নম্বর ধরে সই মিলিয়ে নিতে গিয়ে দেখলেন- সই মিলছে ঠিকই, তবে ফটো অন্য কারো। কম্পিউটারের উপরে চোখ রেখেই বললেন, একাউন্ট হোল্ডার আপনার কে হন? বললাম, "আমি নিজেই একাউন্ট হোল্ডার।" উনি একবার আমার দিকে তাকিয়ে, আবার কম্পিউটারে চোখ রেখে বললেন, "তাহলে ফর্মে ফটো কার লাগিয়েছেন?" বললাম, "ওটাও আমার।" তখন একবার আমার দিকে আর একবার কম্পিউটারের দিকে - এরকম বার দুই তিন তাকালেন। ওনার সন্দেহ এবং অস্বস্তি বুঝতে পেরে আমি বললাম, "আমার কেমোথেরাপি চলছে তাই সমস্ত চুল উঠে গেছে। ওটা আমারই ফটো।" উনি তখন 'সরি', 'সরি' বলতে বলতে চেকটা পাস করে দিলেন।

দ্বিতীয় হাস্যকর পরিস্থিতি হলো এক বন্ধুর বাড়িতে। সন্ধের দিকে গেছি তার বাড়িতে। বন্ধু দেখেছে আমার ইউল ব্রাইনার রূপ, দেখেনি তার বোন। বাড়ির দরজায় বেল বাজাতেই বোন এসে দরজা খুললো, না চিনতে পেরে জিজ্ঞেস করলো, "কাকে চাই?" বললাম, "দয়ানন্দন।" জিজ্ঞেস করলো, "কোত্থেকে আসছেন?" বললাম, "আমি পূর্ণেন্দু।" লজ্জিত হয়ে, "আরে, আরে, আরে, ভিতরে এসো, ভিতরে এসো। একদম বদলে গেছো। তোমার ফ্রেঞ্চকাট দাড়িটা না থাকায় একদম চিনতে পারিনি, সরি।"

তৃতীয় হাস্যকর পরিস্থিতি হলো মুদির দোকানে। প্রতি মাসের প্রয়োজনীয় জিনিসের লিস্ট বানিয়ে দিয়ে আসা হয়, আর দোকান মালিক

সময় মতো সব জিনিস প্যাক করে কর্মী দিয়ে পাঠিয়ে দেন। গত কয়েকমাস আমার বদলে আমার স্ত্রী দিয়ে আসতো লিস্ট। সুস্থ হওয়ার পর আমি প্রথমবার গেলাম। লিস্ট দিতেই দোকান মালিক বললেন, "কিধার ভেজনা হ্যায়?" (কোথায় পাঠাবো?)।

বললাম, "বাড়িতে।"

—কাদের বাড়ি? ঠিকানা কোথায়?

—ঠিকানা লেখা আছে ওপরে। ঘোষ বাড়িতে।

—আপ কৌন হ্যায়? (আপনি কে?)

— আমিই ঘোষ।

মালিক কিছুতেই বিশ্বাস করতে চায় না আমিই ঘোষ। শেষ পর্যন্ত সে জানতে চাইলো আমার সেই পুরোনো কাইনেটিক হোন্ডা স্কুটারটা কোথায়? বললাম, "ওই তো দোকানের সামনে দাঁড় করানো আছে। স্কুটারটা দেখে আইডেন্টিফিকেশন কনফার্ম হলো দোকান মালিকের, - আমিই ঘোষ।

হায় রে জীবন! আবারও সেই সত্যদ্রষ্টা সুকুমারের দোরগোড়ায় - "গোঁফের আমি, গোঁফের তুমি গোঁফ দিয়ে যায় চেনা।" - মানুষ আমার দাড়ি চেনে, আমার গাড়ী (স্কুটার) চেনে, আমাকে আজও চিনলো না কেউ।

টুকরো জীবন- ছয়

আপনি হাস্যরসের সন্ধান করছেন, আর মাতালের কথা লিখবেন না, তাই কি হয় নাকি? মাতালদের মতো ভালো মানুষ হয়না। আমি নিজে অনেকবার চেষ্টা করেছি, কিন্তু ঠিকমত মাতাল হতে পারিনি। অনেক শখ ছিল, একদিন পেট পুরে মাল টেনে কলোনির মেইন গেটের বাইরে রাস্তার ধারে বুঁদ হয়ে পড়ে থাকবো, আর অফিসের হেড যখন বাজারে বেরোবে, তাকে কষে গালি দেবো।

আমার এক খুব ঘনিষ্ট সিনিয়র কলিগ বন্ধু ছিল নামকরা সাইকোলজিস্ট, এবং খুব বড় মাপের মাতাল। আমার এই ইচ্ছা শুনে সে বলেছিলো, এটাকে বলে ক্রনিক অবসেসিভ সাইকোসোমাটিক স্ট্রেস ডিসর্ডার। বললাম, রোগের নামটা যখন এতো লম্বা, এর ট্রিটমেন্টটাও নিশ্চয়ই খুব লম্বা। বলল, হ্যাঁ, অনেকদিন ধরে রেগুলার আরও বেশি বেশি করে মাল খেয়ে যেতে হবে। তবেই সারবে। চলো, বেরিয়ে পড়ি।

এই রকম বাহানা নিয়ে আমরা প্রায়ই বেরিয়ে পড়তাম। আর যে মুখেই হাঁটতে বেরোই না কেন, ঘুরে ফিরে, পৌঁছে যেতাম কোনো না কোনো দেশি বার এর সামনে।

মদ্যপান নিয়ে মজাদার গল্পের শেষ নেই। অফিসে মাতালের অত্যাচার/অনাচার যদি উপভোগ করতে শিখে যান, তো হাস্যরসের অভাব হবেনা।

আমি চিরকালই অফিসে পৌঁছই সবার আগে। নিজেই কিছু কিছু টাইপ করে নিই। সেরকমই একদিন টাইপ করছি। অফিসের এক পিওন এসে পাশে দাঁড়ালো। নাম লক্ষ্মণ পাওয়ার। শুনেছি খুব ভালো মানুষ ছিল। কিন্তু ঝগড়ুটে বৌয়ের থেকে নিস্তার পেতে একটু আধটু মাল খেতো, সেই থেকে ঝগড়া আরো বাড়ে, লক্ষ্মণেরও মাল খাওয়া আনুপাতিক ভাবে বাড়তে থাকে। অবশেষে তার বউ তাকে ছেড়ে অন্য কারুর সাথে চলে যায়। তাই লক্ষ্মণ আর অনুপাতের হিসাবটা ঠিক রাখতে না পেরে চব্বিশ ঘন্টাই মালে বুঁদ হয়ে থাকে।

এই কার্যকারণের শুরুটা কোথায় - ঝগড়া থেকে মাল খাওয়া শুরু, নাকি মাল খাওয়া থেকে ঝগড়া শুরু - সেটা অফিসের কেউ সঠিক জানে না। তবে সকলেই এ ব্যাপারে একমত যে মাল খাওয়াটা কোনো অপরাধ নয়।

সেই লক্ষ্মণ পাওয়ার সকাল বেলাতেই মালে টইটুম্বুর হয়ে আমার কাছে হাজির। খুব ঘনিষ্ঠ হয়েই পাশে এসে দাঁড়ালো। বললো, আমার এখনই দশ টাকার দরকার, দাও। জানতে চাইলাম, কী জন্যে দরকার? বললো, নাস্তা করেঙ্গে। (প্রাতঃরাশ করার জন্যে)। বললাম, আমার কাছে টাকাপয়সা নেই, আর থাকলেও দেবো না। খিদে পেয়েছে তো ক্যান্টিনে চলে যাও আমি ফোন করে দিচ্ছি, গিয়ে আমার নামে যা ইচ্ছে করবে পেট ভরে খেয়ে নাও।

সে নাছোড়বান্দা। ক্যাশ চাই। কারণটা বুঝতে অসুবিধে নেই। সকাল বেলাতেই সে আবার মাল খেতে যাবে।

আমি টাইপ করতে করতেই তার সাথে কথা বলছিলাম এতক্ষণ। বলতে বলতে কখন আমার টাইপের হাত থেমে গেছে নিজেরই খেয়াল নেই। সেটা দেখে মাতাল বললো, টাইপিং চালু রেহনে দিজিয়ে। অউর জলদি সে দশ রুপায়া দে দিজিয়ে।

আমি আবার টাইপ করতে করতেই বললাম, ক্যাশ দিলেই তুমি আবার মাল খেতে যাবে, সে তো পাক্কা। মুখ থেকে ভয়ঙ্কর গন্ধ বেরোচ্ছে তোমার। সকালে উঠেই তো খেয়ে এসেছো। আবার কেন? যাও, ক্যান্টিনে গিয়ে ব্রেকফাস্ট করো।

—না, আমি সকালে খাইনি। ওটা তো কালকের সন্ধেবেলা খাওয়ার গন্ধ।

—সন্ধে বেলার গন্ধ তো এতক্ষণ থাকার কথা নয়, তার মানে সারারাত খেয়েছো?

—একটু দেরি হয়ে গেছলো

—কটা অবধি চলেছে?

—দুটো আড়াইটা বেজে গেছলো।

—যাও, আমি ক্যাশ দেবো না, ব্রেকফাস্ট করার ইচ্ছা থাকলে ক্যান্টিনে গিয়ে আমার নামে খেয়ে নাও, আমি গিয়ে বিল মিটিয়ে দেবো।

—দশ টাকা না দিলে আমি আত্মহত্যা করবো।

আত্মহ্যার কথায় অজান্তেই আমার টাইপ আবার বন্ধ হয়ে গেছে। আমি তার দিকে ফিরে কিছু বলতে যাচ্ছি - মাতাল মনে করিয়ে দিলো, টাইপিং চালু রেহনে দিজিয়ে।

অর্থাৎ সে আমার সময় নষ্ট করতে চায় না, শুধু দশটা টাকা দিলেই সে চলে যাবে।

জানতে চাইলাম, সে কখন আর কীভাবে আত্মহত্যা করতে চায়? আমি কোনো সাহায্য করতে পারি কিনা সে ব্যাপারে। যত তাড়াতাড়ি সম্ভব সেটা করে ফেললেই ঝঞ্ঝাট মিটে যায়।

বললো, ক্যায়সে ভী কর লেগা। গেট কে বাহার ডাবল ডেকার কে সামনে কুঁদেগা।

টাইপিং থামিয়ে বললাম, চলিয়ে, আজ দিন কা শুরুয়াৎ এক আচ্ছা কাম সে কর লেতে হেঁ। আজ সুবাহ কা মেরা পহেলা কাম আপকা আত্মহত্যা কা সুপারভিশন। চলিয়ে গেট তক। ম্যায় ভী আতা হুঁ। বলে আমি চেয়ার ছেড়ে উঠে দাঁড়িয়ে পড়েছি।

মাতাল বুঝতে পেরেছে, তার টাকা পাওয়ার কোনো চান্স নেই। উল্টোদিকে তার আত্মহত্যার থ্রেটও কোনো কাজ করছে না। আর আত্মহত্যা সে করতেও পারবে না। ফট করে বুদ্ধি খাটিয়ে বলল, আপকা আজ সুবাহ কা পহলা কাম তো আপ কর লিয়া, ইতনা টাইপিং তো হো গয়া। ফির আজ ক্যায়সে আত্মহত্যা করেগা, কাল করেগা।

টুকরো জীবন- সাত

আশির দশকের প্রথম দিকের কথা। আমি তখন ব্যাচেলর। অফিসের পর প্রায় রোজ সন্ধ্যায় সময় কাটাই মাল টেনে, আরও চারজন ব্যাচেলর বন্ধুর সাথে। কিন্তু কেউই খুব বেশি মাইনে পাইনা। রোজ রোজ বিদেশী মাল খাওয়ার মতো পয়সা নেই। অগত্যা দেশী চুল্লু।

বোম্বেতে তখন প্রতি মাসে ১০ তারিখ হতো ড্রাই ডে। (এখনো এই নিয়ম চালু আছে কিনা জানিনা)। যদি মনে করে আগের দিন না কিনে রাখো, তো ১০ তারিখে মদ খাওয়ার পার্টি করার সম্ভাবনা খুবই কম। এরকমই এক ১০ তারিখে, অফিস ছুটি ছিল কোনো কারণে, সবাই মিলে ঠিক করা হলো আজ মালের পার্টি দুপুরে। কারুরই খেয়াল ছিল না সেটা মাসের ১০ তারিখ। একজনের বাড়িতে রান্না বান্নার ব্যবস্থা করা হচ্ছে। আমরা তিনজন তাতে ব্যস্ত। আর দুজন বেরিয়েছে মাল কিনতে। আধ ঘন্টা খানেক বাদে সেই দু'জন ফিরে এলো খালি হাতে। ১০ তারিখ - ড্রাই ডে। কোনো দোকান খোলা নেই। সকলের তো মাথায় হাত। এতো কষ্ট করে রান্না বান্না হচ্ছে, জমিয়ে পার্টি করার জন্যে, আর আসল আইটেমটাই কিনা নেই।

আমি বললাম, একটা দুটো দোকানের কর্মচারীকে আমি চিনি, যেখান থেকে রেগুলার কেনা হয়। তারা মাঝে মধ্যে চেনা জানা লোককে লুকিয়ে পেছনের দরজা খুলে একটু আধটু সাপ্লাই দেয়। চল কেউ একজন আমার সাথে। চেষ্টা করে দেখি।

বেরিয়েই মনে পড়লো অফিসের এক চৌকিদার এক্স মিলিটারি ম্যান। তার কাছে অনেক সময়েই পাওয়া যায়। ডিফেন্সের ক্যান্টিন থেকে সে সস্তায় পায়, একটু মার্জিন রেখে অন্যদের কাছে বেচে দ্যায়।

সে ভদ্রলোক খুবই সাদাসিধে মানুষ। পদবি মহাডিক, সেই নামেই ডাকে সবাই। মারাঠি মানুষ। ছেলে বেকার, মেয়ে কলোনিতেই অফিসারদের এর ওর কোয়ার্টারে কাজ ক'রে দু'পয়সা কামায়। ভদ্রলোক নিজেও ভোরবেলা উঠে মেইন গেটের সামনে দুধ সরবরাহের সরকারি বুথ থেকে এক বিশাল ব্যাগে দুধের বোতল ভরে বাড়ি বাড়ি সাপ্লাই দেয়, বেকার ছেলে

এই কাজে তাকে সাহায্য করে, ডেলিভারি চার্জ নিয়ে দু'পয়সা কামায় - যা হোক করে সংসার চলে যায়।

ভদ্রলোকের কাছে অফিসের লোকেরা সাধারণত দুধের ব্যাপারেই জানতে চায়, আজ এক বোতল, কি কাল দু'বোতল এক্সট্রা পাওয়া যাবে কিনা। কিংবা কেউ ছুটিতে গেলে তার বাড়ির দুধ সরবরাহ বন্ধ রাখার জন্যে। মদের ব্যাপারে বিশেষ কেউ জানেও না, তাই জিজ্ঞাসাও করে না। আমি বন্ধুকে নিয়ে বাজারে বেরিয়েই বললাম, চল, মহাডিকের কাছে কিছু পাওয়া যায় কিনা আগে দেখে নিই।

তার কোয়ার্টার অবধি যেতে হলো না। মহাডিক তখন ডিউটিতেই ছিল। ডাকতেই সামনে এলো। জিজ্ঞেস করলাম, মহাডিক, আজ এক বটল মিলেগা? মহাডিকের কাছে আমি মালের খোঁজ করবো, সেটা সে মোটেও কল্পনা করতে পারেনি। তাই উত্তর এলো, দুধ কা? উত্তর শুনেই আমার বন্ধুর মুখ থেকে বেরিয়ে এলো একটি শ্রুতিমধুর খিস্তি। ভাগ্য ভালো, মহাডিক সেটা শুনতে পায়নি। আমি বললাম, মহাডিক, ছুট্টিকে দিন, দোপহর মে, ব্যাচেলর লোগ কোই দুধ পীতা হ্যায় কেয়া?

এতক্ষণে মহাডিক ঠিকঠিক বুঝলো আমার জিজ্ঞাস্য কী? একটা নির্মল হাসি দিয়ে বললো, স্টক মে কুছ নহী হ্যায় সাহাব।

বাধ্য হয়েই বাজারের দিকে এগোলাম। তন্ন তন্ন করে খুঁজেও চেনা জানা কাউকে কোথাও পেলাম না। হতাশ হয়ে দু'জনে ফিরছি। উল্টো দিক থেকে একটা পাঁড় মাতাল টলতে টলতে আমাদের দিকে এগিয়ে আসছে, এমন ভাবে হাঁটছে, দেখেই মনে হবে যে কোনো মুহূর্তে সে ধরাশায়ী হতে পারে। এবং যদি রাস্তার বাইরের দিকে না পড়ে ভেতরের দিকে পড়ে তাহলে তৎক্ষণাৎ কোনো গাড়ির নীচে যাওয়াও অসম্ভব নয়। আমাদের কাছাকাছি এসে সে মুখ থুবড়ে প্রায় পড়তে যায়, সেই অবস্থায় আমরা দু'জন তাকে ধরে ফেলে বাঁচালাম রাস্তার উপরে ধড়াম করে পড়ে যাওয়া থেকে। আশপাশের পথিকেরা পাশ কাটিয়ে যেতে যেতে দু-চারটে বেশ শ্রুতিমধুর গালি ছুঁড়তে থাকলো।

লোকটা তখনও আমার কাঁধে ভর দিয়ে মুন্ডু ঝুলিয়ে কোনোমতে দাঁড়িয়ে আছে। ফলন্ত কলাগাছকে যেমন দুটো বাঁশ ক্রশ করে ঠেকা দিয়ে

রাখা হয়, খানিকটা সেরকম অবস্থা। বন্ধু তাকে সাইড থেকে সাপোর্ট দিয়ে ধরে রেখে বলছে, আস্তে করে রাস্তার ধারে শুইয়ে দে। বন্ধুকে বললাম, শুইয়ে দেবার আগে, দাঁড়া, একবার শেষ চেষ্টা করে দেখি। মাতালটাকে আস্তে আস্তে নামিয়ে শোয়ানোর সময়, তার পিঠ চাপড়াতে চাপড়াতে কানের কাছে মুখ এনে বললাম, ভাই, আজকের দিনে জিনিসটা পেলে কোথায় সেটা তো একটু বলো।

ততক্ষণে তার আর কথা বলার মতো অবস্থা ছিল না। দু'চারজন মানুষ যারা থমকে দাঁড়িয়ে আমাদের এই অসামান্য সমাজ সেবা দেখছিলো, তারা আমাদের এই সমাজ সেবার মহান উদ্দেশ্যটা জানতে পেরে, হাসতে হাসতে আবার চলতে শুরু করলো।

টুকরো জীবন- আট

আমি আগেই বলেছি, মাতালদের মতো ভালো মানুষ হয় না। মাতাল এবং আধ পাগল মানুষদের সাথে আমি রিলেট করতে পারি খুব তাড়াতাড়ি, সম্ভবত তাদের সাথে আমার ফ্রিকোয়েন্সি ম্যাচ করে খুব ভালো। বড্ড সহজ সরল মানুষ এরা। অন্য মানুষদের চিনতে ভুল হয়, চিনতে সময় লাগে, কষ্ট হয়, কিন্তু এদেরকে চেনা যায় খুব সহজেই।

অফিসে তো ডজন খানেক চতুর্থ শ্রেণীর কর্মচারী ছিল, যাদেরকে বলা যায় সেলিব্রেটেড ড্রাঙকার্ড (নমস্য মাতাল)। তারা চার্বাক দর্শন নিয়ে পড়াশুনা করুক বা না করুক, চার্বাকের নাম শুনে থাকুক বা না থাকুক, সম্পূর্ণ অজ্ঞানেই তারা চার্বাক দর্শনে পুরোপুরি বিশ্বাসী। চার্বাকের দেওয়া "ঋণম কৃত্বা ঘৃতম পিবেৎ" - দর্শনের একটু রদবদল করে তারা করে নিয়েছে,- ঋণম কৃত্বা দারুম পিবেৎ। এমনকি বলা যায় আরও একটু এগিয়ে শুধুমাত্র ঋণের উপর ভরসা না করে, বেগ- বরো - স্টীল -এর যে কোনো একটা পদ্ধতিকে কাজে লাগিয়ে, তারা রোজ সন্ধ্যায় একটু দেশি দারু'র সম্মান রক্ষা করে, তাকে ভক্তি ভরে অঞ্জলি প্রদান করে।

এদের মধ্যে গুরুর গুরু হলো লক্ষ্মণ পাওয়ার, যে লক্ষ্মণ পাওয়ার-এর গল্প আমি আগেই লিখেছি। দশ টাকা না দিলে যার আত্মহত্যা করার কথা, তার কাজ ছিল ডেসপ্যাচ সেকশনে। মাল খেয়ে বুঁদ হয়েই সে ডেসপাচের কাজ করতো। সঙ্গে থাকতো আরো একজন। সে লক্ষ্মণের মতো অতটা না হলেও, সঙ্গ দোষে একটু আধটু মাল খেতো।

দুজনে মিলে কাজ করতো। কিন্তু পোস্টেজ স্ট্যাম্পের হিসাবটা কিছুতেই মেলাতে পারতো না। ছোট্ট পিতলের দাঁড়ি পাল্লায়, ওজন করে যথাযথ পোস্টেজ স্ট্যাম্প লাগানোর কথা। কতটা ওজন হলে কত টাকার স্ট্যাম্প লাগাতে হবে -সেটার একটা চার্ট বানিয়ে দেওয়া হয়েছিল তাকে। এক পাতা বড় কাগজে পাঁচটা কলাম টেনে তাতে পরপর লেখা থাকতো - ওজন ৫০ গ্রাম অবধি - অর্ডিনারি পোস্ট -এত টাকা, রেজিস্টার্ড পোস্ট - এত টাকা, স্পিড পোস্ট এতো টাকা, রেজিস্টার্ড পার্সেল এত টাকা; তারপর নীচের

লাইনে - ওজন ৫১ থেকে ১০০ গ্রাম - পোস্টেজ স্ট্যাম্প অর্ডিনারি পোস্ট এত টাকা, রেজিস্টার্ড পোস্ট - এত টাকা -এইভাবে। লক্ষ্মণের সহকর্মী হয়তো ওজন করে প্যাকেটের এক কোণায় ছোট্ট করে পেন্সিলে লিখে দিলো ১২০ গ্রাম। লক্ষ্মণের কাজ চার্ট দেখে ১২০ গ্রামের লাইনের ডানদিকে এগিয়ে গিয়ে প্রযোজ্য টাইপের পোস্টেজ স্ট্যাম্প লাগানো। সেটা লক্ষ্মণ প্রায়ই ভুল করে ফেলতো। মালের প্রভাবে হাত কাঁপতো। ফলে নির্দিষ্ট ওজনের লাইনের ডানদিকে যেতে যেতে তার আঙুল নেমে গিয়ে পরের বা তার পরের লাইনের বেশি ওজনের প্রযোজ্য পোস্টেজ স্ট্যাম্পে গিয়ে থামতো, আর সেটা দেখে অকারণ বেশি টাকার স্ট্যাম্প লাগিয়ে ফেলতো। ফলে হিসাব মিলতো না প্রায়ই।

লক্ষ্মণ পাওয়ারের এইসব ক্রিয়াকর্ম ছিল অফিসের হাস্য-বিনোদনের সোর্স। তারপর হঠাৎ একদিন দাঁড়িপাল্লাটাই পাওয়া গেলো না। লক্ষ্মণের সহকর্মী অফিসকে জানালো, ডেসপ্যাচ করা যাচ্ছেনা, কারণ, দাঁড়িপাল্লা নেই। তারপর জিজ্ঞাসাবাদ করে করে জানা গেলো, লক্ষ্মণ সেদিন কারুর কাছ থেকে কোনো টাকা ধার না পেয়ে, পোস্ট অফিস যাওয়ার সময় ব্যাগের মধ্যে দাঁড়িপাল্লাটাও ভরে নিয়ে গিয়ে বাজারে বিক্রি করে মাল খেয়ে এসেছে। লক্ষ্মণের এক শুভাকাঙ্খী অফিসার টাকা দিয়ে একটা দাঁড়িপাল্লা কিনে দিলো অফিসকে, যাতে করে লক্ষ্মণের উপর অফিস কোনো অ্যাকশন না নেয়।

আরেকদিন হঠাৎ করে ডেসপ্যাচ রেজিস্টারটাই পাওয়া গেলো না। কিন্তু রেজিস্টারটা রদ্দি হিসাবে বিক্রি করে তো মাল খাওয়ার পয়সা হবে না। তাহলে কোথায় গেলো? কোনো হদিশ দিতে পারলো না কেউ। নতুন রেজিস্টার খুলে কাজ চলতে থাকলো। দিন দশ পনেরো বাদে পোস্ট অফিস থেকে একটা বড় প্যাকেট পাওয়া গেলো রেজিস্টার্ড পোস্টে। খুলে দেখা গেলো সেটা পুরোনো ডেসপ্যাচ রেজিস্টার। লক্ষ্মণ পাওয়ার প্যাকেটে চিঠি ভরার সময় ভুল করে ডেসপ্যাচ রেজিস্টারটাও ভরে দিয়েছিলো। চিঠির প্রাপক সেটা ফেরত পাঠিয়েছে।

এহেন লক্ষ্মণ পাওয়ারের হঠাৎ করে সেরিব্রাল এটাক হলো একদিন। ভয়ঙ্কর কিছু নয়, মাইনর এটাক। তৎক্ষণাৎ হাসপাতালে নিয়ে যাওয়ার ফলে

বিশেষ কিছু ক্ষতি হয়নি। কিন্তু হাসপাতালে শুয়ে থাকলো বেশ কিছুদিন। তার কলিগরা পালা করে তাকে হাসপাতালে দেখতে যায় রোজ। আর ফিরে এসে বলে তার অবস্থার কথা।

ডাক্তার বলেছে লক্ষ্মণের নাকি "পার্শিয়াল ডিমেনশিয়া" অর্থাৎ আংশিক স্মৃতিলোপ। সেটা শুনে তার-ই এক অ-মাতাল গরীব কলিগ বন্ধু - ভাঙ্গে-র সে কী টেনশন! ভাঙ্গে এসে বললো, সাহাব, প্রব্লেম হ্যায়। ভাবলাম, কলিগ বন্ধুর শরীর স্বাস্থ্য নিয়ে ভাঙ্গের দুশ্চিন্তা হচ্ছে।

ভাঙ্গের কী সমস্যা, বা এতো টেনশনের সঠিক কারণ কী -সেটা না জেনেই, আমি বললাম, ইসমে ইতনা কেয়া প্রব্লেম? আধা ব্রেন তো চলতা হ্যায় না, উৎনা হি কাফি হ্যায়, ডেসপ্যাচ মে কৌনসা আইনস্টাইন কা কাম করনা হ্যায় উনকো?

ভাঙ্গে বললো, প্রব্লেম কাম কা নহি হ্যায়, প্রব্লেম ইয়ে হ্যায় কী, পিছলে মাহীনে মে হি মেরে সে ওহ্ দো শো (২০০) রুপিয়া উধার লিয়া হ্যায়।

সান্ত্বনা দিয়ে বললাম, তাতে আর কী? ফিরে আসুক না, তারপর না হয় মাসে মাসে কিস্তিতে দিয়ে দেবে।

ভাঙ্গে এবার গলা নামিয়ে আস্তে করে বললো, উসমে ভি প্রব্লেম নহি হ্যায়। প্রব্লেম ইয়ে হ্যায়, কী মেরা লোন কা বাত উসকা মেমরি কা কৌনসা সাইড মে হ্যায়, কৌন জানে? আগর জিস সাইড কাম নহি করতা হ্যায়, ওহ সাইড মে রহেগা তো গয়া মেরা দো শো রুপিয়া পার্মানেন্টলি। অব তো সির্ফ ভগবান ভরোসা।

গরীব মানুষের টেনশনের এত ভিন্ন ভিন্ন রূপ দেখে দুঃখও হলো, আবার ভেতরে ভেতরে হাসলামও খুব।

টুকরো জীবন- নয়

লক্ষ্মণ পাওয়ারের মতো আরো একজন প্রিয় এবং মিষ্টি স্বভাবের মাতাল ছিল আমার ছেলেদের স্কুলের পিওন। তার আসল নামটা আমরা কোনোদিন শুনিনি। সে খুব বেঁটে ছিল বলে স্কুলে তাকে সবাই ছোটকু বলে ডাকতো। আমরাও, মানে, স্কুলের ছাত্রছাত্রীদের অভিভাবকরাও তাকে ওই নামেই ডাকতাম।

বোম্বেতে সকাল সাতটায় স্কুল শুরু মানে খুব ভোর ভোর। শীতকালে তো তখনও অন্ধকারই থাকতো। তার উপরে মিশনারী স্কুল। স্কুল শুরু হওয়ার দশ মিনিট আগে পৌঁছে চার্চে প্রার্থনায় উপস্থিত থাকতে হয়। ভোরবেলাতেই ছাত্রছাত্রীদের নাজেহাল অবস্থা। স্কুল ব্যাগে প্রয়োজনীয় সবকিছু ঠিকঠাক নেওয়া হতো না মাঝে সাঝে। তাই ছোটকুর সাহায্য নিতে হতো, ভুলে যাওয়া জিনিস ক্লাসরুমে গিয়ে ছেলের কাছে পৌঁছে দেওয়াতে। অভিভাবকদের সেখানে যাওয়া নিষেধ।

সেই ছোটকুর ছিল একটু মালের নেশা। তাই মাঝেমধ্যেই এই সব সাহায্যের হাত বাড়িয়ে দেওয়ার সময় একটু ভিক্ষের হাতটাও বাড়িয়ে দিতো, পাঁচ দশ টাকার আশায়, যাতে করে স্কুলের ডিউটি সেরে বাড়ি ফেরার আগে দু'পেগ নিয়ে বাড়ি ফিরতে পারে।

আর এই সস্তায় দু'পেগ নেওয়ার আইডিয়াল এলাকা ছিল আমাদের কলোনীর পেছনে রেল লাইনের ওপারে লাইন দিয়ে তৈরী হওয়া বস্তিগুলো। দু'-পাঁচ টাকায় এক গ্লাস করে দেশি মদ পাওয়া যেতো, বস্তিতে ছোট ছোট মালের ঠেকায়। যেখানে আমাদের অফিসের সমস্ত প্রণম্য মাতালরা যেত প্রতি সন্ধ্যায়।

সন্ধ্যায় যাবার সময় রেলফটক পেরোনো তেমন কোন রিস্কি কাজ ছিলোনা এইসব মাতালদের কাছে, লক্ষ্মণ পাওয়ারের মতো দুয়েকজন ব্যতিক্রমী ট্যালেন্টেড মাতাল ছাড়া। যারা মাল খাওয়া এবং মাতলামিকে এক অতি উচ্চ পর্যায়ের আর্ট ফর্মে উন্নীত করতে পেরেছিলেন। কিন্তু ফেরার পথে, শুদ্ধজলে ভরা পেটে, ওই রেল ফটক পেরোনো একটু রিস্কি ছিল।

অফিসের অন্য এক প্রণম্য পিওন -ফেলসিকার - এর ক্ষেত্রে যেরকম হয়েছিল।

এই ফেলসিকারের কথা ছোট্ট করে না বললেই নয়।

ফেলসিকারের স্ত্রী ছিল এক জাঁদরেল মহিলা। সাইজ এবং স্বভাব দুটোতেই। "তুম হর রোজ দারু পী সকতা হ্যায় তো ম্যায় কিঁউ নহি?"-টাইপের মহিলা। তাই ফেলসিকার অফিস থেকে ফেরার পর স্বামী-স্ত্রী দুজনে মিলেই রোজ যেতো দেশি মালের ঠেকায়। তাদের রুটিন ছিল এরকম - দুজনে একসাথে গিয়ে দু'চার গ্লাস পান করবে। তারপর ফেলসিকার স্ত্রীকে ছেড়ে দিয়ে যাবে কলোনির মেইন গেটে। স্ত্রী বাড়িতে গিয়ে রাতের খাবার বানাবে। আর ফেলসিকার মালের ঠেকায় ফিরে যাবে আরেকদফা। আরো দু-চার গ্লাস পান সেরে ফেলসিকার বাড়ি ফিরবে। ততক্ষণে রাতের খাবার রেডি। এই রুটিন তাদের দীর্ঘদিনের।

এক রাতে হঠাৎ ফেলসিকার তার নির্দিষ্ট টাইমে ফিরলো না। তার স্ত্রী অপেক্ষা করে করে মধ্যরাত অবধি ফিরলো না দেখে প্রতিবেশীদের জাগিয়ে সাহায্য চাইলো ফেলসিকারকে খোঁজার। দু'চারজন প্রতিবেশী খোঁজ করতে বেরিয়ে রেলফটকের দিকে কিছুটা এগোতেই দেখতে পেলো বেশ কিছু লোকের একটা জটলা। প্রতিবেশীদের মনে ভয় এবং সন্দেহ হলো, ফেলসিকারেরই কিছু একটা হয়েছে। দৌড়ে গিয়ে দেখলো, তাদের ভয় এবং সন্দেহের চেয়েও ভয়ঙ্কর কিছু। ফেলসিকার একদম দু টুকরো হয়ে পড়ে আছে রেল লাইনের ধারে। তাকে ঘিরে মানুষের জটলা, রেলওয়ে পুলিশের পাহারা, স্ট্রেচারের অপেক্ষায়। স্ট্রেচার এলেই ফেলসিকারের দু'টুকরো দেহকে নিয়ে যেতে হবে করোনার্স কোর্টে। তখনও কেউ আইডেন্টিফাই করেনি ফেলসিকারকে। প্রতিবেশীরাই প্রথম পুলিশকে জানালো মৃতব্যক্তি তাদের কলোনীর বাসিন্দা বলে। জমা হওয়া লোকেদের থেকে জানা গেলো, তারা এই মৃতব্যক্তি ও তার এক বন্ধুকে দেখেছে একটু টলতে টলতে রেল ফটকের দিকে আসতে। ততক্ষণে রেল ফটক বন্ধ হয়ে গেছে। কিছু লোক দাঁড়িয়ে রয়েছে ট্রেন পাস হওয়ার অপেক্ষায়। ফেলসিকার তা সত্ত্বেও মাথা নীচু করে ফটক পেরোতে চেষ্টা করছিলো। তার মাতাল বন্ধু তার হাত ধরে টানতে টানতে বলছিলো, রুখ যা, রুখ যা, ট্রেন আ রহে

হ্যায়। ফেলসিকার হাত ছাড়িয়ে বললো, বহুত লেট হো গিয়া, অব ট্রেন কে লিয়ে ফেলসিকার নহি রুখেগা; ফেলসিকার কে লিয়ে ট্রেন রুখেগা। হাত ছিনিয়ে টলতে টলতে গিয়ে পড়লো রেল লাইনের উপর। ততক্ষণে ট্রেন এসে গেছে। মুহূর্তের মধ্যে ফেলসিকার দু'টুকরো হয়ে গেলো সবার চোখের সামনে।

স্কুলের পিওন ছোটকুও সেই একই পথের পথিক। তবে, লক্ষ্মণ পাওয়ার বা ফেলসিকারের মতো এখনও এই সুরাসাধনার উচ্চমার্গে পৌঁছতে পারেনি। আশা করা যায়, কিছুদিন পরে পৌঁছে যাবে। আর এদের এই কঠিন যাত্রাপথে আমি তো পাশেই রয়েছি সদা সর্বদা সাহায্যের হাত বাড়িয়ে।

আমাদের বাজার হাটও যেতে হয় ওই রেল ফটক পেরিয়ে, মেইন রোডের উপর দিয়ে। একদিন সবজি বাজার থেকে ফিরছি। রেল ফটক পেরিয়েছি। বাজারের ব্যাগটা ডান হাতে ধরা। হঠাৎ করে কেউ এসে আমার বাঁ হাতটা ধরলো। চমকে গিয়ে মুখ ঘুরিয়ে দেখলাম, স্কুলের পিওন ছোটকু আমার হাত ধরে, হাতের স্বাভাবিক দুলুনির সাথে দুলিয়ে চলতে শুরু করেছে। যেন একেবারে শৈশবের জিগরি দোস্ত। আর মুখে একখানা সুন্দর মোলায়েম হাসি। আধ মাতালের মুখে যেমন হয়, তার মাতলামি লুকোতে।

ছোটকু ফিরছে পান সেরে, তার পকেটে যা পয়সা ছিল তাতে যতটা সম্ভব। কিন্তু সেটা সম্ভবত একটু কম পড়েছে ছোটকুর হিসাবে।

মুহূর্তেই বুঝে গেলাম, এই ভালোবাসার বা ভালো লাগার মর্মার্থ কী? জীবনে এই একটা জিনিস আমি চিনতে শিখেছি খুব ভালোই। বললাম, কেয়া বাত হ্যায়, ইতনা খুশ লাগ রহা হ্যায় কিস লিয়ে? লটারী জিতা কেয়া?

মুখে আরো সুন্দর একখানা হাসি এনে ছোটকু বললো, দশ রুপিয়া কা জরুরত থা।

জিজ্ঞেস করলাম, কী জন্যে?

ছোটকু বললো, পাঁচ রুপিয়া এক গ্লাস পীনে কে লিয়ে অউর পাঁচ রুপিয়া ঘর লৌটনে কে লিয়ে বাস কা কিরায়া।

এসব অবস্থায় তাৎক্ষণিক মজা করার ইচ্ছা আমার জেগে ওঠে মুহূর্তের মধ্যেই। বললাম, ব্যস, সির্ফ এক হি গ্লাস পীনা হ্যায়?

ছোটকু মাতালধর্ম পালন করে অকপটে স্বীকার করলো, সে ইতিমধ্যেই পান করেছে, এবং ফেরার পথে আমাকে দেখে তার আরেকটু পান করার ইচ্ছা জেগেছে। তাই সে দশ টাকা চাইছে।

জিজ্ঞেস করলাম, আমার সাথে দেখা না হলে বাড়ি ফিরতে কিভাবে?

ছোটকু বললো, পায়ে হেঁটে। হাঁটতে হাঁটতেই তো তোমার সাথে দেখা হলো।

আমিও তৎক্ষণাৎ তার হাত থেকে হাত ছাড়িয়ে পকেট থেকে একটা পাঁচ টাকার কয়েন বের করে তার হাতে দিয়ে বললাম, যাও, অউর এক গ্লাস পিও। ঘর লৌটনে কা জরুরত নেহি। আদমি কো তো কভি ঘর বানানা হি নহি চাহিয়ে। অউর বানা ভি লিয়া তো কভি উধার লৌটনা নহি।

ছোটকুও দেখলাম, হাতে পাঁচ টাকা আসতেই আমার কথায় সম্মতি জানিয়ে পেছন ফিরে আবার চললো মালের ঠেকায়।

কৃপণ কাহিনী -এক

মাতালদের কাহিনী যতটা ইন্টারেস্টিং হয়, কৃপণ মানুষের গল্প ততটা ইন্টারেস্টিং হয় না। ইন্টারেস্টিং হতে হলে কৃপণতার যে উচ্চস্তরে উঠতে হয়, সেই উচ্চতায় ওঠা খুবই কঠিন কাজ। সাধারণত কেউ পারে না। একটু আধটু কেউ কিপ্টেমি করলেই তাকে যে পরিমাণ ব্যঙ্গ-উপহাসের পাত্র হতে হয়, তার আর সাহস থাকে না, কৃপণতার কাঞ্চনজঙ্ঘায় ওঠার চেষ্টা করার। শুধু মাত্র শীর্ষেন্দু মুখোপাধ্যায়ের গল্পের চরিত্র ছাড়া।

গল্পের নাম মনে নাই, বিশদ বর্ণনাও মনে নেই, নিজের ক্ষয়ে যাওয়া স্মৃতি আর কল্পনা দিয়ে লিখছি। বহু বছর আগে পড়েছিলাম শীর্ষেন্দু মুখোপাধ্যায়ের লেখা শিশু সাহিত্য, সম্ভবত কোনো এক বছরের শারদসংখ্যার আনন্দলোক পত্রিকায়। গল্পের প্রধান চরিত্র এক কৃপণ ধনী। কোনো ওয়ারিশ নেই। বয়স হয়েছে, তাই সময় থাকতে তার যোগ্য উত্তরাধিকারী খুঁজতে বেরিয়েছেন। যাকে তার মনে হবে বেশ উচ্চ মানের কৃপণ, তার হাতে সব ধনসম্পত্তি দান করে যাবেন নিশ্চিন্তে, এই আশ্বাসে যে তার ধনের কোনো অপব্যয় হবে না কোনোদিন।

খুঁজতে খুঁজতে, খুঁজতে খুঁজতে, ক্লান্ত আর হয়রান হয়ে গিয়ে যখন প্রায় হতাশ, ভাবতে শুরু করেছেন - দেশের এমনই অধঃপতন যে একটা উচ্চমানের কৃপণ পাওয়া যাচ্ছে না - সেই সময় একদিন কৃপণের সন্ধানে বেরিয়ে হাঁটতে হাঁটতে একজনকে দেখলেন, যে লোকটা তার নিজের বাড়ির সামনে এক অদ্ভুতভাবে পায়চারি করছিলেন। সেই পায়চারিতে কোনো উদ্দেশ্য নেই, কোনো আনন্দ নেই, যেন একটা মানসিক ভার নিয়ে ভদ্রলোক এদিক ওদিক হাঁটছেন। যাকে দেখে তার হঠাৎ, সম্পূর্ণ অযৌক্তিকভাবেই মনে হলো, এই লোকটা তার যোগ্য উত্তরাধিকারী হতে পারেন। কিংবা নিজে না হলেও, ঠিক লোকের সন্ধান দিতে পারবেন। কারণ, তার পায়চারি করার মধ্যেও কেমন যেন একটা কৃপণতার ভাব। অকারণে বেশী বার পা ফেলতে চান না। কম বার পা ফেলে বেশী সময় কাটিয়ে দেওয়ার চেষ্টা। তার

কাছে গিয়ে বললেন নিজের উদ্দেশ্য। জিজ্ঞেস করলেন, ভালো কোনো কৃপণের সন্ধান তিনি দিতে পারবেন কিনা।

কথায় কথায় দু'চারজনের নাম পাওয়া গেলো। তাদের কৃপণতার দু-একটা দৃষ্টান্ত দিতে বললেন। শুনতে শুনতে একজনকে মোটামুটি যোগ্য মনে হলো। রাস্তায় দাঁড়িয়ে কথা বলাটা একটু অশোভন দেখায় বলে, উনি নিজেই যেচে প্রস্তাব দিলেন, যে চলুন একটু ভেতরে বসে সব বিশদ শুনে নিই।

পায়চারি করা দ্বিতীয় ভদ্রলোক কিছুতেই বাড়িতে ঢুকিয়ে বসাতে নারাজ। তার মাথায় চিন্তা, বাড়িতে ঢুকলেই আবার ভদ্রতাবশে চা খাওয়াতে হবে, তাহলেই বহু খরচা। তাই তিনি নিজে চা তো খান-ই না, যাতে করে পাড়া-প্রতিবেশী, বন্ধু-বান্ধব কেউ এসে ফট করে ঘরে ঢুকে গিয়ে, চায়ের আড্ডা জমানোর চেষ্টা না করতে পারে, তার জন্যে তিনি নিজে বাইরে বেরিয়ে এসে সকাল ছটা থেকে দশটা পর্যন্ত রাস্তায় পায়চারি করেন। দশটার পর মোটামুটি যখন আর কারুর চা চাইবার সম্ভাবনা থাকে না, তখন তিনি নিজের বাড়িতে ঢোকেন।

কৃপণ-সন্ধানকারী ভদ্রলোকের এক মুহূর্তের জন্যে মনে হলো, এই তো তিনি যোগ্য উত্তরাধিকারী পেয়ে গেছেন। কিন্তু পরমুহূর্তেই সে ভুল ভাঙলো। দ্বিতীয় ভদ্রলোকের স্ত্রী বাড়ির দরজা খুলে স্বামীকে বললেন, "রাস্তায় দাঁড়িয়ে কথা বলা শোভন নয়, ভেতরে এসে বসে কথা বলো। আর, চা বানিয়েছি, নিয়ে আসছি।"

হায় কপাল! আজ এ কী দুর্দিন ঘনিয়ে এলো জীবনে! যে খরচের ভয়ে সকাল থেকে তিনি রাস্তায় পায়চারি করছেন, সেই খরচটাই বউ ফট করে না জিজ্ঞেস করেই করে ফেললো? কী সমস্ত বেহিসেবী কাজ। স্ত্রী কে কিছু বোঝানো সত্যিই মুশকিল। এরকম বেফাঁস খরচ করতে থাকলে, ভবিষ্যতের কথা ভাববে কখন?

যাই হোক, কী আর করা! বাধ্য হয়েই কৃপণ-সন্ধানী ব্যক্তিকে নিয়ে ভেতরে ঢুকতে হলো। দুজনে ভেতরে ঢুকে বসতেই চা এসে গেলো। আর তার সাথে দুজনের জন্যে দুটো হাওয়া বিস্কুট। দ্বিতীয় ব্যক্তির তো মাথায় বজ্রাঘাতের অবস্থা। চায়ের সাথে আবার বিস্কুট! হায়, হায় - আজ কার মুখ

দেখে সে উঠেছিল কে জানে? সকাল থেকেই তার লোকসানের বন্যা বয়ে চলেছে। এটা কিছুতেই মেনে নেওয়া যায় না। ফট করে বুদ্ধি খাটিয়ে, বউ বিস্কুটের প্লেটটা নামানোর আগেই, হাওয়াতে তার হাতটাকে ঘুরিয়ে দিয়ে বললেন, "তোমার কি মাথা খারাপ হয়ে গেলো নাকি? এতো বেলায় কেউ বিস্কুট খায়? দেখছো না, ভদ্রলোক খেয়ে দেয়ে কাজে বেরিয়েছেন। যাও, বিস্কুট ফেরত নিয়ে যাও" - বলে, একটু যেন স্বস্তির নিঃশ্বাস ফেললেন। যাক বাবা, কোনোক্রমে বিস্কুটের খরচাটা বাঁচানো গেলো।

চা এবং বিস্কুটের এই ব্যবস্থায় কৃপণ-সন্ধানী একটু হতাশ হলেন। আপনি যদি ভেবে থাকেন - পরের পয়সায় বিস্কুটটা খেতে পেলেন না বলে হতাশ, তা কিন্তু নয়। তিনি যে ভাবছিলেন, এই ভদ্রলোক তার যোগ্য উত্তরাধিকারী হতে পারেন, এই ব্যবস্থাপনায় সেই বিশ্বাস তার ভেঙে গেলো। এটা কোনো উচ্চমানের কৃপণের ব্যবহার হলো না। তিনি খুঁজছেন এমনই এক উচ্চমানের কৃপণ, যার বাড়িতে এরকম চা বা বিস্কুটের কোনো ব্যবস্থাই থাকবে না। যাতে করে ভুলবশতও এরকম অকারণ খরচা হয়ে যাওয়ার ভয় থাকবে না। সম্ভাব্য উত্তরাধিকারীর লিস্ট থেকে এনার নাম কেটে দিলেন।

যাই হোক, মোটামুটি যে দু'চারজনের নাম পাওয়া গেছিলো এই অল্পকৃপণ ভদ্রলোকের কাছ থেকে, তাদের ঠিকানা পত্র নিয়ে কৃপণ-সন্ধানী আবার বেরোলেন তার যোগ্য উত্তরাধিকারীর সন্ধানে।

যেটুকু মনে আছে, এই কৃপণ-সন্ধানী ভদ্রলোক যাকে যোগ্য উত্তরাধিকারী হিসাবে চয়ন করেছিলেন, তিনি ছিলেন ব্যাচেলর। অবিবাহিতা এক দিদি এবং এক বিধবা পিসিকে নিয়ে তার সংসার। দিদির বিয়ে দেন নি খরচের ভয়ে। আর সেই একই ভাবনায় নিজেও ব্যাচেলর থেকে গেছেন। যে ব্যাপারটা তাকে যোগ্য উত্তরাধিকারীর চয়নে এবং সর্বোচ্চ মাপের কৃপণের তকমা পেতে সাহায্য করেছিল, সেটা ছিল তার রান্নাঘরের উপর কন্ট্রোল রাখার ক্ষমতা এবং চিন্তা ভাবনা। রান্নাঘরে নুন এবং তেল ছাড়া অন্য কোনো মশলার ব্যবহার তার বাড়িতে নিষিদ্ধ। সেটা যে স্বাস্থ্যের কারণে, তা নয়। খরচের ভয়ে। নুন যেহেতু সস্তার জিনিস, তাই সেটা রাখা থাকতো পিসি বা দিদির হাতের আওতার মধ্যেই। কিন্তু তেলের বোতলটা

তিনি বেশ উঁচু একটা কুলুঙ্গিতে উঠিয়ে রাখতেন, যেখানে দিদি বা পিসির হাত পৌঁছতো না। রোজ সকালে একবার নামিয়ে, মেপে হোমিওপ্যাথিক ওষুধের ছোট্ট শিশিতে গুনে পনেরো ফোঁটা তেল দিতেন সারা দিনের রান্নাপতির জন্যে। এবং পরের দিন সকালে তেল দেবার সময় জানতে চাইতেন আগের দিনের তেল একটুও বেঁচে গেছে কিনা। না বাঁচলেই বলতেন, "বাব্বা, এ যে দেখছি, রান্নায় একেবারে তেলের ফোয়ারা চলছে। তাই তো দেখি খাবার সময় তরকারীর তেলে রোজ হাত একেবারে জবজবে হয়ে যায়। এরকম বেপরোয়া খরচা করলে ভবিষ্যতের জন্যে সঞ্চয় করবে কিভাবে?"

এইসব উচ্চ মানের কৃপণরা সত্যিই প্রণম্য। আমার জীবনে যে কয়জনকে আমি খুব উচ্চমানের কৃপণ হিসাবে দেখেছি বা সম্মান জানিয়ে এসেছি, তাদের কেউই এই লেবেলে উঠতে পারেন নি। তবে, এ যুগের হিসাবে, প্রায় কাছাকাছি।

কৃপণ কাহিনী- দুই

১৯৮২-৮৩ সালের কথা। বম্বে অফিসের এক কলিগের খুব নাম হয়েছে কৃপণতার। মধ্যবয়স্ক ম্যাঙ্গালোরিয়ান খ্রিষ্টান, নাম স্ট্যানলি, তুলু ভাষী লোক। আমার সাথে একটু মেলামেশা দাবা খেলার সুবাদে। সময় পেলেই দাবা খেলতে ডাকে। খুব যে ভালো খেলে তা নয়, তবু একটা নেশা।

অফিসের পুরোনো কলিগদের কাছে শুনেছি, স্ট্যানলির কৃপণতার গল্প। স্ট্যানলির বিয়ে ঠিক হয়েছে। এরেঞ্জড ম্যারেজ। এনগেজমেন্ট হয়ে গিয়েছে। এই সময়টায় সকলেই একটু উচ্ছসিত থাকে, উদগ্রীব থাকে বাগদত্তার সাথে দেখা করার জন্যে, গল্প করার জন্যে। কিন্তু স্ট্যানলি কখনও দেখা করতে যেত না মেয়েটির সাথে। সে নাকি বিয়ের আগে খরচের ভয়ে হবু বউয়ের সাথে দেখা করতে চাইতো না।

বম্বেতে, বিশেষ করে খ্রিষ্টান সম্প্রদায়ে, এনগেজমেন্ট আর বিবাহের মধ্যবর্তী সময়ে, হবু দম্পতি একসাথে মেলামেশা করে, একে অন্যকে একটু জানার চেষ্টা করে, সিনেমা যায়, রেস্তোঁরায় যায়, আর নিতান্তই পয়সা না থাকলে নিদেন পক্ষে পার্কে বা সী-বীচে গিয়ে বসে, গল্প করে দুজনে একটু সময় কাটায়।

স্ট্যানলি কে তার হবু স্ত্রী ফোন করতো। তখন তো মোবাইল ছিল না। তাই ফোন আসতো অফিসের ল্যান্ডলাইন ফোনে, ইন্টারকম এক্সচেঞ্জের মাধ্যমে। রিসেপশনিস্ট মহিলা তাদের দুজনের কথাবার্তা সব শুনতো আর অন্যদের বলে দিতো।

স্ট্যানলির হবু বউ তাকে বারবার ডাকতো, আর স্ট্যানলি কিছু না কিছু কাজের বাহানা দিয়ে মেয়েটির সাথে বেরোতে রাজি হতো না। অফিসে যখন এই ব্যাপারটা বেশ জানাজানি হয়ে গেলো, স্ট্যানলির দুয়েকজন সিনিয়র, সত্যিকারের শুভাকাঙ্খী, কলিগ বললো, "স্ট্যানলি, যা শুনছি সেটা কি ঠিক?"

স্ট্যানলি বললো, "স্যার, আমার অতো টাকা কোথায় রোজ রোজ মেয়ে নিয়ে ঘোরার?"

কলিগরা বলেছিলো, "রোজ রোজ না হলেও কখনো কখনো তো যেতে পারো। আর পয়সা না থাকলে দুজনে মিলে জুহু বীচে বসেও তো একটু সময় কাটাতে পারো একসাথে।"

স্ট্যানলি নাকি বলেছিলো, "সেখানেও তো দু ঠোঙা ছোলা ভাজা বাদাম ভাজা কেনার পয়সা আমাকেই দিতে হবে।"(স্ট্যানলির এই উত্তরটির সত্যতার গ্যারান্টি আমি দিতে পারছি না। কারণ, স্ট্যানলির কৃপণতা নিয়ে অনেক গল্প তৈরী হয়েছিল। এটিও সেরকমই একটি গল্প হতেও পারে।)

আমার সাথে আলাপ হওয়ার সময় স্ট্যানলি মধ্যবয়স্ক। স্ত্রী, কন্যা আর বুড়ি মাকে নিয়ে তার সংসার। স্ত্রী-ও চাকরি করেন। কাজেই শাশুড়ির সেবা করার সময় তার নেই।

একদিন দাবা খেলতে খেলতে স্ট্যানলি বলল, মাকে নিয়ে তার দুঃখের কথা। এই লাইনটি পড়ে কেউ যদি ভাবেন তিনি অত্যন্ত মাতৃভক্ত সন্তান, মায়ের সেবাতে ত্রুটি নিয়ে তার দুঃখ, তাহলে ভুল করবেন।

পুরোনো দিনের টাইপ-২ সরকারি কোয়ার্টারে থাকতো তিনটে কামরা, আর তার সাথে ওপেন কিচেন। অধিকাংশ কর্মচারীই দুটো কামরা নিজেদের জন্যে রেখে একটা কামরা অফিসেরই কাউকে ভাড়ায় দিয়ে দিত অর্থাৎ সাবলেট করে দিত কিছু পয়সা কামাতে। কোয়ার্টার নেওয়ার জন্যে অফিস থেকে যতটা টাকা তার কাটা যেত, সেটা পুরোটাই নিয়ে নিত ভাড়াটিয়ার কাছ থেকে, যাতে করে নিজেদের থাকাটা হয়ে যেত সম্পূর্ণ বিনা খরচে।

স্ট্যানলির কোয়ার্টারে তিনটে কামরার মধ্যে একটাতে নিজে থাকেন স্ত্রীকে নিয়ে। মেয়ে বড় হয়েছে, কলেজে যায়, পড়াশুনা আছে, তাই তাকে দিতে হয়েছে একটা আলাদা কামরা, আর তৃতীয়টা দিতে হয়েছে মাকে। স্ট্যানলির দুঃখ এই যে, সে তার মায়ের কারণে অন্যদের মতো একটা কামরা ভাড়ায় দিতে পারছে না। ফলে মাসে মাসে তার যথেষ্ট লোকসান হচ্ছে।

স্ট্যানলি যখন খোলা মনে তার এই অতি নিম্ন মানের দুঃখের কথাটি বললো, আমিও ভাবলাম, যে মানুষ মায়ের জন্যে এইটুকুও ছাড়তে চাইছে না, তার কিপ্টেমি নিয়ে একটু মজা করা যেতেই পারে। বললাম, "দিনের বেলা তো মেয়ে কলেজ চলে যায়, তোমরা দুজনও অফিসে, মা-তো যেখানে খুশি থাকতে পারে। শুধু রাত্রিবেলার জন্যে অতগুলো টাকা লোকসান করা কি ঠিক হচ্ছে?"

স্ট্যানলি আমার সূক্ষ্ম ব্যঙ্গটা বুঝতে না পেরে বললো, “কী-ই বা করার আছে?” আমি বললাম, “ওই যে ওপেন কিচেনটা অত বড়, খোলা জায়গা, রাত্রি বেলা মাকে ওখানে শুইয়ে দিলেই পারো।“

স্ট্যানলি বললো, “আমার মনের মধ্যেও ওই চিন্তাটা এসেছে, কিন্তু কেউ জানতে পারলে কী ভাববে।“

বললাম, “শুধু তো রাত টুকুর ব্যাপার, বাইরের কেউ জানবে কী করে?”

এ ব্যাপারে স্ট্যানলি খুব সচেতন, বললো, “যদি ভাড়াটিয়া একজন রাখি, সে তো দেখবেই, এবং বাইরে গিয়ে সেই সবাইকে বলে দেবে এই সব কথা।“

বললাম, “দেখো, স্ট্যানলি, পয়সা বাঁচাতে হলে অন্যে কে কী ভাববে, সেসব ভাবা চলে না।“

স্ট্যানলি বললো, “তা ঠিক।“

আমি স্ট্যানলিকে শোনালাম, কলকাতার এক স্কুল শিক্ষকের গল্প। আমার জামাইবাবুর কলিগ। স্কুল ছুটির পর তারা তিন চার জন একসাথে বেরোতো স্কুল থেকে। বেরিয়েই সামনের ফুটপাতে এক চা-ওয়ালার কাছে দাঁড়িয়ে দাঁড়িয়ে এক ভাঁড় করে চা খেতো। দাম দশ পয়সা। চার জনের মধ্যে তিনজন চা খেতো। একজন ওই দশ পয়সা বাঁচানোর জন্যে চা খেতো না। একদিন বাকি তিনজন তার পেছনে লেগে, তাকে রাগানোর জন্যে, কিপ্টে, হাড় কিপ্টে, মক্ষীচুষ -এইসব সম্বোধনে ভূষিত করে জানতে চায়, সে কেন চা খাবে না। দশ পয়সা বাঁচিয়ে তার কী এমন বড় লাভ হয়ে যাবে যে কলিগদের সাথে একটু মজা করে এক ভাঁড় চা-ও খাওয়া যাবে না।

সেই ভদ্রলোক তখন বাকি তিনজনকে বুঝিয়ে বলেছিলো যে, তারা ওই এক ভাঁড় করে চা খেয়ে যতটা আনন্দ উপভোগ করছে, সেও ওই দশ পয়সা পকেটে রেখে ততটাই আনন্দ উপভোগ করছে। এটা কিপ্টেমি নয়, শুধু আনন্দের উপাদানের তফাৎ। তারা এক জিনিস থেকে আনন্দ পায়, আর সে অন্য জিনিস থেকে আনন্দ পায়। এতে আপত্তিকর কিছু নেই।

গল্পটি স্ট্যানলির পছন্দ হলো খুব।

দশ বারো বছর পরের ঘটনা। ১৯৯৩-৯৪ সাল হবে খুব সম্ভবত। একদিন স্ট্যানলি আমার কামরায় এসে টেবিলের উল্টো দিকে বসলো খুব দুঃখী দুঃখী হয়ে। স্ট্যানলির মা মারা গেছে কয়েকদিন আগে। বয়স যথেষ্টই

হয়েছিল। নব্বইয়ের কাছাকাছি। ভাবলাম হয়তো মা-হারানোর দুঃখে স্ট্যানলি মনমরা। সান্ত্বনা দিতে বললাম, “বয়স তো যথেষ্টই হয়েছিল, এরপরও দুঃখ করার কী আছে?”

উত্তরে স্ট্যানলি যা বললো, সেটি সম্ভবত স্ট্যানলিকে কৃপণতার প্রবাদপুরুষ বানিয়ে রাখবে আগামী সহস্র বছর।

স্ট্যানলি বললো, “মায়ের অবস্থা বেশ কয়েকদিন ধরেই বেশ খারাপ চলছিল। এই যাই কি, সেই যাই। ক্রমশ খারাপের দিকে যেতে যেতে গত শুক্রবার দিন রাত থেকে একেবারে খাওয়া দাওয়া বন্ধ হয়ে গেলো, ঠিক করে কিছু বলতেও পারছিলো না। শনিবার সকালে দেখে মনে ভয় হলো, সপ্তাহটা পেরোবে না। ভাবলাম, আগামী কাল রবিবারে যদি কিছু ঘটে যায়, তাহলে সরকারী ডাক্তার পাবো কোথায় ছুটির দিনে? কে দেবে ডেথ সার্টিফিকেট? প্রাইভেট ডাক্তারের কাছে গেলে, সে তো আড়াইশো টাকার নীচে সার্টিফিকেট দেবে না। তাই সি জি এইচ এস ডিস্পেন্সারিতে গিয়ে বললাম ডাক্তারকে সব কথা। অনুরোধও করলাম একবার এসে দেখে যদি কনভিন্সড হয় যে হ্যাঁ, সময় এসে গেছে, তাহলে আগামীকালের তারিখ দিয়ে যদি একটা ডেথ সার্টিফিকেট লিখে দেন তিনি তো খুব উপকার হয়। না হলে প্রাইভেট ডাক্তার ডেথ সার্টিফিকেট দিতে তার রক্ত চুষে নেবে।“

ডাক্তার তার কথা তো শুনলোই না, উল্টে তাকে গালাগাল দিয়ে তাড়িয়ে দিলো এই বলে যে, লজ্জা করেনা, দু’পয়সা খরচের ভয়ে মায়ের অ্যাডভান্স ডেথ সার্টিফিকেট চাইতে এসেছে? আমার মনে যে ভয়টা ছিল ঠিক সেটাই হলো। শনিবার রাতে মা চলে গেলো। আর রবিবার সকালে প্রাইভেট ডাক্তারের কাছে গিয়ে কড়কড়ে আড়াইশো টাকা গুনে ডেথ সার্টিফিকেট নিতে হলো। মা এতো বছর ধরে আমার কোয়ার্টারের একটা কামরা দখলে রেখে লোকসান তো করাচ্ছিলোই। যাবার সময়েও বড় একটা লোকসান করিয়ে দিয়ে গেলো।

পৃথিবীর ইতিহাসে এরকম আদর্শ সন্তানের কথা কেউ কোথাও পড়েছেন কিনা জানি না। আমার ধারণা, স্ট্যানলি একমেবমদ্বিতীয়ম। এই চরিত্র ভবিষ্যতেও কোনোদিন জন্ম নেবে কিনা আমার সন্দেহ আছে।

এই কাহিনী স্ট্যানলি নিজের মুখে আমাকে বলেছিলো। তাই এর সত্যতা বিষয়ে কোন সন্দেহ নেই।

তবে মায়েদের অবস্থা সর্বত্রই ছোটোখাটো স্ট্যানলিদের সৌজন্যে ক্রমশ খারাপের দিকে.........................

গ্রীক পুরাণ- এক

পৌরাণিক গল্পের ধাঁচ সব দেশেই প্রায় একই রকম। আমাদের দেশের পুরাণের গল্পের সাথে গ্রিক পুরাণের মিল অজস্র। আর গল্পের বাঁধুনিও আমাদের পৌরাণিক গল্পের বাঁধুনির মতোই চমৎকার। আজকের অবান্তর কথায় গ্রিক পুরাণের কিছু টুকরো গল্প।

পৌরাণিক গল্পের মধ্যে সব অবিশ্বাস্য ঘটনা ঘটতে থাকে। গল্পের চরিত্রগুলোর মধ্যে থাকে অসম্ভব জটিলতা। এবং থাকে অজস্র চরিত্র বা পার্শ্ব চরিত্র। তার উপরে থাকে গল্পের ভিন্ন ভিন্ন ভার্শন। বিশদে পড়তে গেলে মাথা গুলিয়ে যায় সহজেই।

কথায় বলে - ভূত, প্রেত আর মনের মতো বউ - এ তিন হলো পুরুষের দিল কা ভ্রম। পুরোনো দিনে এসব কথা মেয়েরা মেনে নিত নীরবে। শত বিদ্রুপের মুখেও স্বামীর মঙ্গলকামনায় পালন করতো করবা চৌথ, স্বামীকে শিবের জায়গায় বসিয়ে পালন করতো নিদ্রাহীন শিবরাত্রি। করবা বা বীরাবতী বা বেহুলা বা সাবিত্রীর মতো মেয়েরা তাদের ভক্তি আর নিষ্ঠা দিয়ে ফিরিয়ে এনেছে তাদের স্বামীর জীবন। সেসব কাহিনী যেমন সুন্দর, তেমনই জটিলও।

এখনকার দিনে এরকম কথা বলার সাহস খুব কম পুরুষেরই আছে। বললেও সেটা লুকিয়ে চুরিয়ে, নির্ভেজাল পুরুষপার্টিতে। সাহস নেই এই কারণে যে, আজকের দিনে এরকম কথা প্রকাশ্যে বৌয়ের সামনে কেউ যদি বলে তাহলে হয় এটা নিয়ে একটা তুলকালাম বেধে যাবে। নয় তো ঠিক এর উল্টোটাও শুনতে হবে প্রকাশ্যে। তাই দু'পক্ষই চুপচাপ। ঠিক ভারত পাকিস্তানের যুদ্ধের মতো, ভয়ে ভয়ে চুপ করে থাকা। ইঁট টা ছুঁড়িলেই পাটকেলটা খাইতে হইবে - তাই ইঁট ছোঁড়া বন্ধ রাখা। কিন্তু ইঁট ছুঁড়িবার ইচ্ছাটা তো মন থেকে যাচ্ছে না। রিয়াকশনের ভয়ে একশন থেকে বিরত থাকা তো সভ্যতার উচ্চস্তরে পৌঁছনো নয়। সভ্যতার উচ্চস্তরে অকারণে ইঁট ছুঁড়িবার ইচ্ছাটাই না আসার কথা। তবে বলতে না পারলেও গোপনে মনের মধ্যে ওই কথাটা -ভূত, প্রেত আর মনের মতো বউ - দিল কা এক ভ্রম -

বেঁচেই থাকে চিরকাল। এই চিরন্তন সত্য যেমন মনুষ্যকূলে, তেমনই দেবকূলে।

পৌরাণিক গল্প পড়ার সময় কোনো প্রশ্ন করতে নেই। এটা কী করে এমন হয়, ওটা কী করে সম্ভব - এইসব প্রশ্ন মনের মধ্যে জাগতে দিলে গল্প পড়ার মজাটাই যাবে মরে। তবে একদম বিশ্বাসী মানুষ না হয়ে গল্পগুলোকেই যদি মজা হিসেবে নেওয়া যায়, তাহলে কিছু কিছু আরো মজাদার প্রশ্ন করা যেতেই পারে।

যেমন ধরুন, লড়াই, মারামারি, যুদ্ধ - এ সবই অসভ্য পুরুষালি খেলা। তবে এর পেছনে নাকি থাকেন কোনো না কোনো নারী। যেমন রামায়ণের লঙ্কা যুদ্ধ। সীতা না থাকলে ঘটতো কি এই যুদ্ধ? সীতা বোকামি করলো, যতই হোক স্ত্রী বুদ্ধি। জ্যান্ত একটা বুনো হরিণকে সোনার হরিণ ভাবলো, আর চেয়ে বসলো। তা না হয় চাইলো, স্ত্রী বুদ্ধিতে দেখতে সোনালী হরিণকে সোনার হরিণ ভেবেছে। কী আর এমন বড় ভুল। এরকম ভুল তো সবাই সকাল থেকে সন্ধ্যে করেই চলেছি। একে হটিয়ে ওকে বসাচ্ছি সিংহাসনে, একটু ভালো কাজ করার জন্যে, প্রজাদের কষ্টের কথা দরদ দিয়ে শোনার বা তার প্রতিকারের চেষ্টার জন্যে। আর সে হয়ে উঠছে ভয়ঙ্কর স্বার্থপর, স্বেচ্ছাচারী শাসক-শাসিকা। কাউকে ভাবছি এ কালের রাম; আর সে হয়ে দাঁড়াচ্ছে রাবণ। কিন্তু পৌরাণিক রাম! অতো বড় একটা শিক্ষিত পুরুষ, সে কি করে সীতার কথায় হরিণটার পেছনে দৌড়োলো? আজকালকার কোনো রাম দৌড়োবে? প্রথমেই বলবে, ঠিক আছে, ঠিক আছে, আগে তো এক কাপ গরম চা খাওয়াও। তারপর দেখছি বেরিয়ে, কোথায় কী সোনার হরিণ ঘুরছে। এই বলে হরিণ খোঁজার নামে আবার একপ্রস্থ আড্ডা মারতে বেরিয়ে যাবে।

আর লক্ষ্মণকেও বলি – তুই-ই বা কেমন পুরুষ? শূর্পণখা এলো প্রেম নিবেদন করতে আর তাকে তুই অপমান করে ফিরিয়ে দিলি? আরে বাবা, তুই তো আর রামের মতো বৌকে সঙ্গে আনিস নি! বন-বাদাড়ে সবার অজান্তে শূর্পণখার সাথে না হয় একটু আধটু ফস্টিনস্টি, প্রেম প্রেম খেলা খেলেই নিলি কয়েকটা বছর। তা না, উল্টে দিলি তার নাকটা কেটে। প্রেমের

প্রত্যাখ্যানে মেয়েদের রাগ হবে না? আমার তো মনে হয়, প্রতিশোধ স্পৃহায় শূর্পণখা একদম জাস্টিফায়েড।

আর রামকেও বলি - তোরই বা কী দরকার ছিল এতদূর আসার? কোথায় অযোধ্যা, আর কোথায় লঙ্কা! বাবা বনে যেতে বলেছে, যা। তাই বলে অতো দূর? কাছাকাছি কোনো ছোটোখাটো জঙ্গল ছিল না ক'টা বছর একটু লুকিয়ে থাকার? তোকে তো আর পাণ্ডবদের মতো অজ্ঞাতবাসে যেতে বলেনি, শুধু বনবাস বলেছে। নদী পেরিয়ে, ওপারের গ্রামটা পেরিয়ে, একটা ছোটোখাটো বাঁশ ঝাড়ের আড়ালে লুকিয়ে থাকলেই তো ঝঞ্ঝাট মিটে যেত। তা না, নাটক করে খড়ম দুটো এক ভাইকে দিয়ে, এক ভাইকে সঙ্গে নিয়ে যেন বনবাস নয়, ফলাও করে বিশ্বভ্রমণে বেরোলেন।

কুরুক্ষেত্রের যুদ্ধের কথাই ভাবুন। যুদ্ধ ঘটার কারণ অনেকই ছিল। কিন্তু আল্টিমেট ট্রিগার পয়েন্ট এক নারী। ইন্দ্রপ্রস্থের ঝলমলে রাজপ্রাসাদে "অন্ধের ছেলেও অন্ধই হয়েছে" বলে দুর্যোধনকে যদি বিদ্রুপ না করতো দ্রৌপদী, তাহলে হয়তো, জাস্ট হয়তো, কুরুক্ষেত্র নাও বাধতে পারতো। কিন্তু, ওটাই ছিল যুদ্ধবাধার ট্রিগার পয়েন্ট। তবে অপমানের প্রতিশোধ নিতে রাজসভায় দ্রৌপদীর লাঞ্ছনা করাতে দুর্যোধন ঠিক শূর্পণখার মতো অতটা জাস্টিফায়েড ছিল বলে মনে হয় না।

গ্রিক পুরাণে স্বর্গরাজ্যে দেবতাদের রাজা জিউস। আমাদের দেবরাজ ইন্দ্রের কাউন্টারপার্ট। থাকেন অলিম্পাস পর্বতের সর্বোচ্চ শিখরে। খানিকটা আমাদের কৈলাস পর্বত-শিখরে শিবের বসবাসের মতো।

এই অলিম্পাস পর্বত-শিখরে বসে বসেই তিনি সারা বিশ্বকে পরিদর্শন করতেন, পরিচালনাও করতেন। দুষ্টের দমন আর শিষ্টের পালন করার দায়িত্বও তারই হাতে। আমাদের ভগবান কৃষ্ণের মতোই - পরিত্রাণায় সাধুনাম, বিনাশায় চ দুষ্কৃতাম.......এর অন্য এক রূপ।

কিন্তু জিউস আমাদের মহাদেব শিবের মতো একগামী ছিলেন না। রাজা দক্ষের যজ্ঞ অনুষ্ঠানে শিবের অপমান সহ্য করতে না পেরে স্ত্রী সতীর আত্মাহুতি নিয়ে শিব যে তান্ডব নৃত্য করেছিলেন, আজকালকার পুরুষ কেউ ওরকম করবে? মোটেও না। উল্টে বরং ঝঞ্ঝাট মিটেছে ভেবে চুপচাপ সৎকার করে দেবে।

গ্রিক পুরাণের দেবরাজ জিউসের ছিল অজস্র দেবী আর অপ্সরার সাথে প্রেমের সম্পর্ক। যতই হোক ভারতীয় পরম্পরা আর গ্রিক পরম্পরায় তফাৎ তো একটু থাকবেই। বহুগামিতা ছিল জিউসের রক্তে। স্ত্রী হেরাকে পছন্দ নয় মোটেও। বাকি হাজারো নারীকে পছন্দ, শুধু নিজের বৌকে পছন্দ নয়। এ ব্যাপারে ও পাড়ার নন্দ ঘোষের যা মানসিক অবস্থা, দেবরাজ জিউসের সেই একই অবস্থা। ওই একই সিনড্রোম - মনের মতো বউ দিল কা এক ভ্রম। অথচ মর্ত্যের অধিকাংশ পুরুষের মতোই ভয়ও করেন স্ত্রীকে। স্ত্রী হেরার ভয়ে তিনি ছদ্মবেশে যেতেন এইসব রমণীদের কাছে। এই নিয়ে স্ত্রী হেরার সাথে তার ঝগড়া লাগতো প্রায়ই। স্বামী-স্ত্রীর মধ্যে ঝগড়ার ব্যাপারে কিন্তু ভারতীয় আর গ্রিক পরম্পরায় তফাৎ নেই কোনো।

এই জিউস এর কন্যা হলেন আফ্রোদিতি। আফ্রোদিতিকে অনেকেই চেনেন। তার সৌন্দর্যের খ্যাতি বিশ্বব্যাপী। আর সুন্দরী রমণীকে কে-ই না মনে রাখে? (আফ্রোদিতিকে নিয়ে গ্রিক পুরাণে আরো অনেক ভিন্ন ভিন্ন গল্প প্রচলিত আছে)। আফ্রোদিতি হলেন গ্রিক পুরাণের প্রেম, কামনা আর সৌন্দর্য্যের দেবী। অপূর্ব সুন্দরী। আর আকর্ষণ শক্তি। স্বর্গেই বলুন, কি মর্ত্যেই বলুন - যে কোনো পুরুষকে আকর্ষণ করতে আফ্রোদিতির কোনো অসুবিধা হতো না। হবেই বা কেন বলুন। কোন বাপের মেয়ে সেটা তো দেখতে হবে।

বাবা জিউসের মতোই বহুগামিতা ছিল আফ্রোদিতির রক্তে। তাই প্রেমিকের সংখ্যার শেষ নাই। তবে তার সবচেয়ে ভালো লাগে মর্ত্যের সুপুরুষ এডোনাইসকে।

গ্রীক পুরাণ- দুই

আফ্রোদিতি আর এডোনাইস এর প্রেম কাহিনী বলতে গেলে গল্পটা বড় হয়ে যাবে অনেক। অথচ একটু আবার না বললেও নয়। তাই খুব সংক্ষেপে একটু বলে নিই। গল্পটা নাহলে অসংলগ্ন লাগবে। এডোনাইসের জন্মকাহিনী অদ্ভুত।

এডোনাইস বয়সে আফ্রোদিতির চেয়ে অনেক ছোট। এমনকি আফ্রোদিতির পুত্রসমও বলা যায়। তার সাথে প্রেম। আজকাল এই ট্রেন্ডটা মর্ত্যলোকেও খুব জনপ্রিয় হয়ে উঠছে। অনেক সেলিব্রিটি মহিলা নিজের থেকে অনেক কম বয়সের পুরুষকে বিয়ে করছে।

এডোনাইসের দিদিমা অসিরিয়ার রাণী সেঙ্ক্রেইস খুব অহঙ্কারের সাথে বলে ফেলেছিলো তার মেয়ে মিরহা দেখতে আফ্রোদিতির চেয়েও সুন্দর। এ তো এক ভয়ঙ্কর ভুল আর অহঙ্কারের কথা। নিজের মেয়েকে বলে কিনা সৌন্দর্যের দেবী স্বয়ং আফ্রোদিতির চেয়েও সুন্দর। এ যে বিশাল আস্পর্ধা! মর্ত্যলোকে কোনো পুরুষ নিজের বৌয়ের চেয়ে পরের বৌকে সুন্দরী বললে যেরকম অবস্থার সৃষ্টি হয়, এখানে ঠিক সেরকম অবস্থার সৃষ্টি হলো। এই ঘোষণা আফ্রোদিতির পছন্দ হলোনা মোটেও। তিনি সেঙ্ক্রেইস কে শাস্তি দিতে অভিশাপ দিলেন তার মেয়ে মিরহা সেঙ্ক্রেইস এর স্বামী অর্থাৎ মিরহার পিতা রাজা থেইসের প্রেমে পড়ে তার সাথে অজাচারিতার সম্পর্কে লিপ্ত হবে এবং তার জারজ সন্তানের মা হবে।

যৌবনে পৌঁছে আরও সুন্দরী হলেন মিরহা। হৃদয়ে প্রেম এলো। অধিকাংশ মেয়ের ক্ষেত্রে যা হয়, মিরহার ক্ষেত্রেও তাই হলো। নিজের পিতাকেই সবচেয়ে সুন্দর আর নায়কোচিত মনে হলো। প্রেমে পড়লেন নিজের পিতার। রাতের অন্ধকারে মিরহা তার পিতার শয্যাসঙ্গিনী হতে থাকলেন। প্রথম কিছুদিন রাজা থেইস জানতেই পারলেন না তার শয্যাসঙ্গিনী কে। যখন জানতে পারলেন তারই কন্যা মিরহা তার শয্যাসঙ্গিনী হচ্ছে, তিনি ভয়ঙ্কর রেগে গিয়ে তলোয়ার নিয়ে মিরহাকে হত্যা করতে এগোলেন। মিরহা রাতের অন্ধকারে দৌড়ে রাজপ্রাসাদ ছেড়ে প্রাণে

বাঁচলেন। কিন্তু কিছুদিন পরেই বুঝতে পারলেন যে তার পেটে তার পিতারই ঔরসজাত সন্তান। তখন দেবতাদের কাছে প্রার্থনা করলেন নিজের লজ্জা বাঁচাতে। আমাদের দেশের মেয়ে কুন্তীর কুমারী অবস্থায় সন্তান লাভ এবং লজ্জা বাঁচানোর জন্যে সূর্যদেবের কাছে প্রার্থনা করার মতো ব্যাপার। দেবতারা মিরহার প্রার্থনার উত্তরে তাকে রূপান্তরিত করে দিলেন মির গাছে। একদিন এক বন্য শুকরের শিঙয়ের খোঁচায় মির গাছের পেট থেকে বেরিয়ে মাটিতে পড়ে যায় এক ফুটফুটে পুত্র সন্তান- এডোনাইস। পিতা কন্যার এই প্রেমের ফসল এডোনাইস ভূমিষ্ঠ হয়ে পড়ে থাকে জঙ্গলে। ঘটনাক্রমে ওই সময়েই আফ্রোদিতি যাচ্ছিলেন ওই পথ ধরে। সদ্যজাত এই সুন্দর শিশুটিকে খুব পছন্দ হয় আফ্রোদিতির। কোলে করে উঠিয়ে নিয়ে আসেন নিজের বাড়ি। তারপর এক দূর সম্পর্কের আত্মীয়া পার্সিফোনকে দিয়ে দেন এডোনাইসকে লালন পালনের জন্যে। বড় হয়ে এক অসাধারণ সৌম্যকান্তি যুবক হয়ে উঠলেন এডোনাইস। সৌম্যকান্তি যুবক এডোনাইসকে ভালোবেসে ফেললেন পালিকা মাতা পার্সিফোন। ফেরত দিতে চাইলেন না আফ্রোদিতিকে। এদিকে যুবক এডোনাইসকে দেখে আফ্রোদিতিও প্রেমোন্মত্ত। নিজের দাবী ছাড়তে চাইলেন না তিনিও।

দুজনের ঝগড়া আবার পৌঁছলো দেবরাজ জিউসের দোরগোড়ায়। নিজে প্রেমিক পুরুষ জিউস বোঝেন প্রেমের মর্ম। কাউকেই দুঃখ দিতে চাইলেন না তিনি। রায় দিলেন - এডোনাইস বছরের চার মাস থাকবে আফ্রোদিতির সাথে, চার মাস থাকবে পার্সিফোনের সাথে আর বাকি চারমাস কাটাবে নিজের পছন্দমতো অন্য কোথাও।

আমার এক সিনিয়র কলিগের অবস্থাও প্রায় এরকমই ছিল। দুই স্ত্রী। একজনের কাছে কিছুদিন থেকে তিতিবিরক্ত হয়ে গেলে অন্য জনের কাছে গিয়ে কিছুদিন থাকতেন। সেখানেও কিছুদিনের মধ্যে তিতিবিরক্তির চরম। তখন চলে আসতেন মুম্বাইতে কিছুদিন শান্তিতে কাটাতে। মানবকুল আর দেবকূলের সংসার জীবনে তফাৎ দেখা যায় না খুবেকটা।

বড় হয়ে এডোনাইস হয়ে উঠলেন দক্ষ শিকারী। এমনকি শ্রেষ্ঠ শিকারী বলে নিজেকে ঘোষণা করতেও তার দ্বিধা ছিল না। এই অহঙ্কার পছন্দ হলো না গ্রিক পুরাণের শিকারের দেবী আর্তেমিসের। তিনি পাঠালেন

এক ভয়ঙ্কর বন্য শূকরকে এডোনাইসকে হত্যা করতে। একদিন শিকারের জন্যে এডোনাইস জঙ্গলে গেছেন। আক্রমণ করলো এক বিশাল সাইজের বন্য শূকর। বন্য শূকরের আক্রমণে এডোনাইস যখন মৃত্যুমুখে, আফ্রোদিতি পৌঁছলেন তাকে রক্ষা করার জন্যে। কিন্তু পারলেন না। আফ্রোদিতির কোলে মাথা রেখে মৃত্যুবরণ করলেন এডোনাইস।

আফ্রোদিতি তার প্রেমের মানুষকে এতো সহজে ছেড়ে দিতে রাজি নন কিছুতেই। আর্জি পাঠালেন বাবা দেবরাজ জিউসের কাছে। এডোনাইসকে জীবন ফিরিয়ে দিতে হবে আর তার সাথে সাথে দিতে হবে অমরত্ব। আমাদের ঘরের মেয়ে বেহুলা লখিন্দর বা সাবিত্রী সত্যবানের কাহিনীর অন্য এক রূপ।

বাবা জিউস মেয়ের ইচ্ছা পূরণ করলেন। এডোনাইস শুধু বেঁচেই উঠলেন না; অমরত্ব লাভ করে মর্ত্যের মানুষ থেকে হয়ে উঠলেন স্বর্গের দেবতা।

আফ্রোদিতির এক সখী ছিলেন পর্বত পরী ইকো। ইকো আবার দূর থেকে ভালোবাসতেন আফ্রোদিতির বাবা জিউসকে। আর ছিলেন দেবরাজ জিউসের শুভাকাঙ্খী। জিউসের সাথে তার প্রেমের সম্পর্ক ছিল না ঠিকই, তবে সেই নিঃস্বার্থ ভালোবাসার টানে দূর থেকে ভালোবেসে তিনি জিউসকে সাহায্য করতেন তার অসংখ্য প্রেম বিহারে। খানিকটা ঠিক রবি ঠাকুরের " তুমি সুখ যদি নাহি পাও, যাও সুখের সন্ধানে যাও, আমি তোমারে পেয়েছি হৃদয়মাঝে, আর কিছু নাহি চাই গো" র মতো ব্যাপার। কিন্তু তিনি জিউসকে সাহায্য করতেন কীভাবে? ইকো ছিলেন গল্প বলায় দক্ষ। ইকো গিয়ে জিউসের স্ত্রী হেরার সাথে গল্প করতে বসতেন। ঘন্টার পর ঘন্টা হেরাকে মজিয়ে রাখতেন তার গল্পে। আর সেই সুযোগে জিউস বেরিয়ে যেতেন তার প্রেম বিহারে। হেরা যখন বুঝতে পারলেন জিউসের সাথে ইকোর এই অশুভ আঁতাত, তিনি ইকোকে অভিশাপ দিলেন যে ইকোর মুখে কোনো ভাষা আসবে না আর। শুধুমাত্র যা শুনতে পাবে তার শেষ শব্দটুকু ছাড়া।

পরের দিন থেকে ইকোর মুখে আর কোনো ভাষা আসেনা। ফলে হেরাকে গল্পে মজিয়ে রাখাও সম্ভব হয় না। পর্বত পরী ইকো মনের দুঃখে রাজপ্রাসাদ ছেড়ে চলে যান চিরতরে। বনে-জঙ্গলে, পাহাড়ে-পর্বতে ঘুরে

বেড়াতে থাকেন একা একা। আর কারুর কথা শুনলে তার শেষ শব্দটুকু উচ্চারণ করতে থাকেন। এরকম একা একা ঘুরতে ঘুরতে ইকোর একদিন দেখা হয়ে গেলো সৌম্যকান্তি দেবপুত্র নার্সিসাসের সাথে। নার্সিসাস হলেন গ্রিক পুরাণের নদীর দেবতা সেফিসাস আর পরী লিরিওপ-এর সন্তান। দেবকুল মর্ত্যকুল সর্বত্র তার নাম শুধু সৌন্দর্যের জন্যে। নিজের সৌন্দর্যে নিজেই এতো মুগ্ধ ছিলেন নার্সিসাস যে অন্য কাউকে পাত্তাই দিতেন না।

নার্সিসাসকে দেখে প্রেমে না পড়া কোনো মেয়ের পক্ষেই সম্ভব ছিল না। মেয়ে তো দূরের কথা, অনেক পুরুষই পারতো না নিজেকে সামলে রাখতে। কিন্তু হেরার দেওয়া অভিশাপের ফলে ইকো তার ভাষা হারিয়েছেন। নার্সিসাসকে প্রেম নিবেদন করার জন্যে তার মুখে কোনো ভাষা আসেনা। ইকোর এই অসাধারণ নির্বাক প্রেমে শেষ পর্যন্ত নার্সিসাস একবার ইকোর বাহুবন্ধনে জড়িত হলেন। ইকোকে কিছু বললেনও। হয়তো বা বললেন "আমার জীবনপাত্র উচ্ছলিয়া মাধুরী করেছো দান.........." কিংবা "ন্যায় অন্যায় জানি নে, জানি নে, জানি নে, শুধু তোমারে জানি..........."। কিন্তু ভাগ্যের এমনই পরিহাস, ইকো উত্তরে কিছুই বলতে পারলেন না, শুধু নার্সিসাসের বলা কথাগুলোর শেষ শব্দ ছাড়া। নার্সিসাস জানতেন না ইকোর উপরে হেরার অভিশাপের কথা। তার মনে হলো, এ রকম মেয়ের সাথে আবার প্রেম করা যায় নাকি, যে মেয়ে প্রেমের প্রতিদান দিতে জানে না। প্রত্যাখ্যান করলেন ইকোর প্রেম। আমাদের ছেলে লক্ষ্মণের শূর্পণখার প্রেম প্রত্যাখ্যানের মতো ব্যাপার।

ইকোর উপর একটা গভীর ভালো লাগা ছিল আফ্রোদিতির। যতই হোক বাবার প্রেমের ব্যাপারে এতো সাহায্য করেছে মেয়েটা। দূর থেকে ভালোও বাসে হয়তো বাবাকে। সেই ইকোর প্রেম প্রত্যাখ্যান করায় নার্সিসাসের উপর ভীষণ রেগে গেলেন আফ্রোদিতি। অভিশাপ দিলেন, নার্সিসাস কোনোদিন কাউকে ভালোবাসতে পারবে না, নিজের প্রতিবিম্ব ছাড়া।

একদিন শিকার করতে করতে তৃষ্ণার্ত হয়ে জঙ্গলের মধ্যে এক জলাশয়ে ঝুঁকে জলপান করতে গিয়ে নার্সিসাস দেখলেন নিজের প্রতিবিম্ব। আফ্রোদিতির অভিশাপের ফলে তার মনে হলো, এতো সুন্দর কেউ হতে

পারে?- নিজের প্রতিবিম্বের প্রেমে পড়লেন নার্সিসাস। চোখ ফেরাতে পারলেন না সেই প্রতিবিম্ব থেকে। কথা বলতে থাকলেন সেই প্রতিবিম্বের সাথে। জলাশয়ের ধার থেকে আর উঠে আসতে পারলেন না নার্সিসাস। দিনের পর দিন অভুক্ত থেকে সেখানেই পড়ে থেকে আস্তে আস্তে শুকিয়ে মারা গেলেন নার্সিসাস।

পাহাড় জঙ্গলের পরীরা ঘুরতে ঘুরতে এসে দেখলেন নার্সিসাসের মৃত শরীর। ইকোও ছিলেন তাদের মধ্যে। তারা সবাই মিলে নার্সিসাসের সৎকারের জন্যে নিজের নিজের চুল কেটে নার্সিসাসের শরীর ঢেকে আগুন লাগাতে গিয়ে দেখলেন মৃত নার্সিসাস যে জায়গাটিতে শুয়ে ছিলেন ঠিক সেই জায়গাটিতে ফুটে রয়েছে নার্সিসাসের মতোই একটি সুন্দর ফুল। তারা ফুলটির নাম দিলেন নার্সিসাস। (এই ফুলের নামই একটু বদলে গিয়ে নাম হয়েছে নার্গিস)।

নার্সিসাসের এই মৃত্যুতে গভীর ভাবে দুঃখ পেলেন ইকো। তার প্রেম প্রত্যাখ্যান করলেও ইকো মনে মনে ভালোবেসে ফেলেছিলেন নার্সিসাসকে। আবার সেই রবি ঠাকুরের ভাষায় -" যদি আর কারে ভালোবাস, যদি আর ফিরে নাহি আস, তবে তুমি যাহা চাও তাই যেন পাও, আমি যত দুখ পাই গো………………"। মনের দুঃখে ইকো একা একা পাহাড়ে জঙ্গলে ঘুরতে থাকেন আর আস্তে আস্তে দুঃখে শুকিয়ে মারা যান। বেঁচে থাকে শুধু তার ওই শেষ শব্দের পুনরাবৃত্তি টুকু। (এই পর্বত পরী ইকোর নাম থেকেই এসেছে ইংরেজি শব্দ Echo)।

(আমার এই গল্পটি গ্রিক পুরাণের গল্পের বিভিন্ন সংস্করণের একটি। কেউ যদি অন্য কোনো ভার্শন পড়ে থাকেন, তো সেটিও যেমন ঠিক, এটিও তেমনই ঠিক।)

তুমি আর নেই সে তুমি...

ভেবেছিলাম, অবান্তর কথা বলতে বা লিখতে কী আর এমন অসুবিধা? ওর জন্যে তো আর বিশাল কোনো পড়াশুনা বা জ্ঞানভান্ডারের প্রয়োজন নেই, বাকিরা তো দিবারাত্রি অবান্তর কথা বলেই চলেছে। তাহলে আমারই বা অসুবিধা হবে কেন? এরকম চিন্তা থেকে অবান্তর কথা সিরিজ লিখতে শুরু করেছিলাম। কিন্তু কয়েকটা পর্ব লেখার পরেই বুঝলাম, এটা মোটেও সহজ কাজ নয়। আসল কথা হলো, অবান্তর কথা শোনাটা তেমন কঠিন কাজ নয়। ওটা তো দাদা-দিদিদের মুখে তিনশো পঁয়ষট্টি দিন চব্বিশ ঘন্টা শুনেই চলেছি। কিন্তু নিজে অবান্তর কথা লিখে যাওয়া বেশ কঠিন কাজ। প্রায় দুঃসাধ্য।

বাড়িতে যখন স্বামী বা স্ত্রী একে অন্যকে বলেন, তুমি পুরোপুরি বদলে গেছো, 'বিয়ের আগে' (বা যাদের এরেঞ্জড ম্যারেজ তাদের ক্ষেত্রে ভাষাটা একটু বদলে হয়ে যায় শুধু 'আগে') তো তুমি এরকম ছিলে না, তুমি যে সত্যিকারের মানুষটা এ রকম, আগে জানলে আমি বিয়েতে রাজিই হতাম না -এমন কথাবার্তা, ('কথাবার্তা' শব্দটাকে এখানে মধুরতা আনার জন্যে ব্যবহার করা হয়েছে - ইংরেজিতে যাকে বলে ইউফেমিজম) উভয়পক্ষ থেকেই শোনা যায়। কোন পক্ষ থেকে বেশি শোনা যায় - সেটা বলা বাহুল্য। এ নিয়ে একদম টেনশন নিতে নেই। কারণ, গার্হস্থ্য জীবনে এটা একেবারেই জোলো ব্যাপার। সকালে ঘুম থেকে ওঠার পর থেকে রাত্তিরে শুতে যাওয়া পর্যন্ত - এই কথোপকথন অনিবার্য। না বললে, বা উত্তর কিছু না দিলে, এক পক্ষ অন্য পক্ষকে আবার এরই একটা করোলারি হিসেবে শোনাবেন, আজকাল তো দেখছি, আমি বেঁচে আছি, না মরে গেছি, সে খবরটা রাখারও প্রয়োজন বোধ করো না তুমি। ঘরে যে আরেকটা মানুষ আছে, সমাজে বাস করতে হলে মাঝে মধ্যে তার একটু খবর নিতে হয়, সেই জ্ঞানটুকুও তোমার নেই - বুঝলে? ..... - এই সব নানান ভাষায় সংসার ধর্মের নানান ব্যাখ্যান, বা ভাষ্য চলতে থাকে দিনভর। ছোটবেলায় আমার পিতৃদেবের সংগ্রহে একখানা বই দেখেছিলাম - গীতার গান্ধীভাষ্য। অর্থাৎ গান্ধীজির মতে গীতার শ্লোকগুলির মর্মার্থ। তখন বুঝিনি, হঠাৎ করে কেন গান্ধীজির নিজস্ব একটা গীতাভাষ্যের প্রয়োজন হয়েছিল। এখন বুঝতে পারি, প্রত্যেকেরই কেন নিজের নিজের ভাষ্য লেখার প্রয়োজন হয় জীবনে।

অফিসের কাজের ব্যস্ততায়, শারীরিক অসুস্থতার কারণে, তাই আর চেষ্টাও করিনি লেখার। দৈনন্দিন জীবনের ছোটোখাটো দুয়েকটা ঘটনা নিয়ে ইচ্ছে হয়েছে মজা করে কিছু লেখার। কিন্তু শেষ পর্যন্ত আর হয়ে ওঠেনি। মনে হয়েছে, নিজে অনর্থক লেখার চেষ্টা না করে অন্যদের কারুর কথা শোনা যাক। যেমন ধরুন, জোহরান মামদানির কথা, কিংবা মেহেদী হাসানের কথা। সংগীতশিল্পী মেহেদী হাসান নয়, জার্নালিস্ট এক্টিভিস্ট মেহেদী হাসান। ভারতীয় বংশোদ্ভূত এই দুই যুবক আমেরিকান-এর নাম এখন সারা বিশ্বের মানুষের মুখে মুখে। জোহরান মামদানির রাজনীতি আর মেহেদী হাসানের এক্টিভিজম আমাকে মুগ্ধ করে। ইউটিউবে এদের ভিডিও দেখতে দেখতে অন্য ভিডিও-ও চলে আসে সামনে। বিশেষ করে গানের ভিডিও। দেবব্রত বিশ্বাস বা শচীনদেব বর্মনের হলে সঙ্গে সঙ্গে শুনেও নিই। বাস্তবের কঠিন পরিস্থিতি (নিউ ইয়র্কের প্রত্যন্তবাসীদের কষ্ট লাঘবের জন্যে জনমুখী রাজনীতির মাধ্যমে জোহরান মামদানির অক্লান্ত প্রচেষ্টা আর প্যালেস্টাইনে ইসরায়েলের গণহত্যা নিয়ে মেহেদী হাসানের বিশ্বজুড়ে জনমত তৈরির প্রচেষ্টা) থেকে মুহূর্তের মধ্যেই চলে যাই দেবব্রত আর শচীনদেবের তৈরী করা স্বপ্ন জগতে, বা তাদের শিল্প জগতে।

চোখ বন্ধ করে শুনি, তুমি আর, তুমি আর, তুমি আর নেই সে তুমি...... জানিনা, জানিনা কেন এমন হয়, তুমি আর নেই সে তুমি........

আচ্ছা, একটা কথা সত্যি করে বলুন তো, আপনাকে আপনার স্ত্রী বা স্বামী কি কোনোদিন বলেছেন, -তুমি ভীষণভাবে বদলে গেছো, তুমি আর নেই সে তুমি? যদি না বলে থাকেন বা শুনে থাকেন এই কথা, তাহলে বলতেই হবে আপনি ভাগ্যবান। সামনের সপ্তাহের একটা লটারি টিকিট কিনে রাখতে পারেন।

সংসার জীবনের মাঝপথে এসে প্রায় সকলেরই অভিজ্ঞতা আছে এই শব্দগুচ্ছ শোনার বা বলার। এই শব্দগুচ্ছ উচ্চারিত হয়, প্রথমে হালকা একটু তিক্ততা থেকে। আসল উদ্দেশ্য কিন্তু এই দিয়ে শুরু করে ব্যাপারটা কে একটু এগিয়ে নিয়ে যাওয়া। তবেই তো বেরিয়ে আসবে আসলি নিম-করলার জুস, হেলেঞ্চা বা হিঞ্চে পাতার রস।

কিন্তু এটা তো হলো আমাদের মতো গড়পড়তা, হাড়হাভাতে মানুষের দিনলিপির এক পাতা। মহান শিল্পীদের হাতে এই দিনলিপির পাতাটাই- এই শব্দগুচ্ছই- কত সুন্দর, কত মধুর ও রোমান্টিক হয়ে উঠতে পারে সেটা

কল্পনা করতে পারেন? যদি না পেরে থাকেন, বা আমি কী বলতে চাইছি সেটা না বুঝে উঠতে পারেন, তাহলে একবার শুধু নিজের ফোনটা খুলে ইউটিউবে শচীনদেবের কণ্ঠে, হ্যাঁ, একমাত্র শচীনদেবের কণ্ঠেই উপরে লেখা গানটা একবার শুনে নিন। বাকি অনেক কণ্ঠে পাওয়া যাবে; সেগুলো সব ডুপ্লিকেট, নকল। শুনবেন না একদম। শুনলে আপনার শুধু দৈনন্দিন জীবনটাই নয়, আপনার শিল্প বোধ বা সংগীতবোধটাও তিক্ত হয়ে যাবে তৎক্ষণাৎ।

শচীনদেবের গানটা লক্ষ লক্ষ বা কোটি কোটি মানুষ শুনেছেন, এতক্ষণে হয়তো বা আপনিও শুনে নিয়েছেন। শুনে সুরের মাধুর্যে ডুবে রইলেন কিছুক্ষণ। কিন্তু গানের লিরিকটা নিয়ে একটুও ভাবলেন না। শুধুমাত্র সুরের মাধুর্যেই ডুবে গেলেন। আরেকবার শুনুন, চোখ বন্ধ করে, সুরের মাদকতা থেকে নিজেকে একটু হঠিয়ে রেখে, শুধুমাত্র লিরিকটা নিয়ে ভাবুন। দেখবেন, কী অপূর্ব এই ভাবের প্রকাশ! পারস্পরিক সম্পর্কের পরিবর্তনশীলতা অনিবার্য জেনেও তার মধ্যে নিজের জায়গা খোঁজার চেষ্টা, আর সেই পরিবর্তনকে তিক্ত-মধুর ভাবের মধ্য দিয়ে প্রকাশ করা!

"তুমি আর নেই সে তুমি.......... / জানিনা, জানিনা কেন এমন হয় - তুমি আর নেই সে তুমি / তোমার চোখের পাতা নাচেনা, নাচেনা আমার পথ চেয়ে / তোমার পায়ে পায়ে মল বাজেনা, বাজেনা আমার সাড়া পেয়ে- হাসো না, হাসো না সে হাসি মধুময়..... তুমি আর নেই সে তুমি / তোমার সাপের বেণী দোলেনা, দোলেনা হাওয়ার বাঁশি শুনে, তোমার চোখে বিজলি খেলেনা, খেলেনা মেঘের গরজনে .... গুন গুন, গুন গুন করো না অসময়.... তুমি আর নেই সে তুমি................................ " আহা, আহা!

কণ্ঠমাধুর্যে গানটি কালজয়ী, এমন কি বলা যায় চিরকালীন হয়ে উঠেছে। তাই সবাই মনে রেখেছে শচীনদেবকে। কিন্তু গানটির রচনাকার কে, -তার নাম সম্ভবত অনেকেই জানেন না বা মনে রাখেন নি।

কেন এরকম হয়? দেবব্রত যখন গান, তার কণ্ঠমাধুর্য সংগীতপ্রেমীদেরকে এক মহান, নৈসর্গিক বা ঐশ্বরিক উত্তরণের পথে নিয়ে যায়। তার কারণ, যতটা দেবব্রতর কণ্ঠমাধুর্য, তার চেয়েও অনেক বেশি সেই গানের লিরিক। তাই সেই গানের রচনাকারকে মানুষ মনে রেখেছে আরো

বেশি করে। সেখানে দেবব্রত রচনাকারকে ছাপিয়ে, তার উপরে উঠতে পারেন নি।

কিন্তু শচীনদেবের ক্ষেত্রে সেরকম নয়। শচীনদেব তার নিজের কণ্ঠমাধুর্য আর শিল্পসত্ত্বা দিয়ে রচনাকারকে ছাপিয়ে তার অনেক উপরে উঠে গেছেন। তাই গানটি হয়েছে কালজয়ী, গায়ক হয়েছেন সংগীতের প্রবাদ পুরুষ; কিন্তু রচনাকারের নাম ভুলে গেছেন অনেকেই। কিভাবে? ভেবে দেখুন। রচনাকার প্রথম লাইনটা লিখেছেন - "তুমি আর নেই সে তুমি"। নিতান্তই সাদামাটা প্রাত্যহিক অভিযোগ বা ক্ষোভ। তার বেশি কিছু নয়। শচীনদেব সেটাকে করলেন, তুমি আ-আ-আ-আ-র, তু-উ-মি আ-আ-র, তুমি আর নেই সে তুমি..........। এই প্রত্যেকটা "আর" এবং "তুমি" তে সুরের বা কণ্ঠের দোলন লিরিকটাতেই যেন একটা অন্য মাত্রা নিয়ে এলো। একটা ভিন্ন ভাবের প্রকাশ এনে দিলো, যেটা লিরিকটাতে নেই। তোমার আর “সে তুমি” না থাকাতে, রাগ নয়, যেন ভেতরে ভেতরে একটু হালকা অভিমান। আমি সেই পুরোনো “তুমি”কেই চাইছি, খুঁজছি; কিন্তু তুমি বদলে গেছো। ঠিক একই ভাবে তৃতীয় লাইনে এসে দেখুন - "তোমার চোখের পাতা নাচেনা, নাচেনা আমার পথ চেয়ে" - "নাচেনা" শব্দটি প্রথমবার একটি সাধারণ পর্যবেক্ষণ, দ্বিতীয়বার একটি বিশেষ পর্যবেক্ষণ যেটা শুনলেই অনুভব করা যাবে - যেন আমার আসার পথের দিকে চেয়ে থাকাতে আগে যে উচ্ছাস-উদ্দীপনা তোমার মধ্যে ছিল সেটা আর নেই; আমার আসাতে তুমি অভ্যস্ত হয়ে গেছো, তোমার বুকের মধ্যে আগে যে উদ্দাম ভাব খেলে যেত সেটা আর আসেনা। কোথায় যেন একটা ঢিলেমি বা আকর্ষণহীনতা এসে গেছে। মুজতবা আলির শবনমকে মনে আছে? শবনমকে অপহরণ করে নিয়ে যাওয়ার সময় সে আলিকে আশ্বাসন দিয়ে বলেছিলো, “আমি ফিরে আসবো, তুমি অপেক্ষায় থেকো, আমার বিরহে তুমি অভ্যস্ত হয়ে যেও না।“এটাও খানিকটা সেরকম। আমার আসাতে তুমি যেন অভ্যস্ত হয়ে গেছো, তাই এই অভিমানী অনুযোগ।

পুরো গানটিতেই এরকম ভাবে শচীনদেব বারবার তার শিল্পীসত্ত্বা দিয়ে লিরিকের ঊর্ধে উঠতে পেরেছেন। তাই মানুষ তাকেই বেশি মনে রেখেছে, রচনাকারকে নয়। আমি তাই শচীনদেবের কণ্ঠের মাধুর্যের সাথে সাথে গানটির রচনাকার রবি গুহ মজুমদারকেও জানাই অসংখ্য কুর্ণিশ।

চারণ কবি

আপনি কি যজ্ঞেশ্বর দে'কে চেনেন? বা ওনার নাম শুনেছেন কোনোদিন? প্রশ্নটা বিদঘুটে মনে হচ্ছে, তাই না? এবং আপনার উত্তরও হবে সম্ভবত, না। তার কারণ, যজ্ঞেশ্বর দে নিজের আদি বা মূল নামে পরিচিত নন খুব একটা। ওনার গুরুদেবের দেওয়া নামেই উনি বিখ্যাত। গুরু-প্রদত্ত নামটা বললেই আপনি হয়তো বলবেন, ওই নাম জানে না এমন বাঙালি আছে নাকি?

আর যদি বলি, আচ্ছা দেখুন তো এই গানটা শুনেছেন কিনা কোনোদিন -

"ভয় কি মরণে, রাখিতে সন্তানে /মাতঙ্গী মেতেছে আজ, সমর রঙ্গে

তা থৈ তা থৈ থৈ, দ্রিমী দ্রিমী দম দম / ভূত পিশাচ নাচে, যোগিনী সঙ্গে ...."

কিংবা ধরুন এই গানটা -

"হাসিতে খেলিতে, আসিনি এ জগতে / করিতে হবে মোদের, মায়েরই সাধনা /

দেখাতে হবে আজি, জগতবাসী সবে /এখনো ভারতের, যায়নি রে চেতনা.........."

তাহলে আপনি তৎক্ষণাৎ বলে দেবেন, "ওরেব্বাবা, এনাকে চিনি না তাই আবার হয় নাকি?"

মূল নাম বা বাপ-মায়ের দেওয়া নাম ছাপিয়ে গুরুর দেওয়া নামে বিখ্যাত হয়ে ওঠার ঘটনা খুব বেশি ঘটে না। তবে ঘটে গেলে আবার এমনও হয় যে মূল নামটা সাধারণ লোকে জানার প্রয়োজন বোধ করে না বা জানতে চায়ও না। যজ্ঞেশ্বর দে'র ক্ষেত্রে ঠিক এই ঘটনাই ঘটেছে। যজ্ঞেশ্বর দে যখন চারণ কবি হিসেবে খ্যাতি লাভ করতে থাকেন, তার আগেই তার গুরু তার নাম বদল করে নাম দিয়েছিলেন মুকুন্দ দাস। কাজেই তার পুরোনো নাম নিয়ে কেউ আর মাথা ঘামায় নি বিশেষ।

নিজেদের ঘরের অন্য দুই ছেলে গদাধর চাটুজ্জ্যে এবং নরেন দত্ত। তাদের ক্ষেত্রে কিন্তু ব্যাপারটা ঘটেছে একটু অন্য রকম। দুজনেরই খ্যাতি এসেছে গুরু-প্রদত্ত নামে। (যদিও গদাধর চাটুজ্জ্যের ক্ষেত্রে গুরু-প্রদত্ত নামটা নাকি আসলে ওনার পিতৃদেবেরই দেওয়া বলে কেউ কেউ দাবি করেন। এ নিয়ে বিতর্ক চলতেই পারে।) বিবেকানন্দ সারা দুনিয়াতে বিবেকানন্দ নামেই পরিচিত। বিশ্বের দরবারে তার আদি নাম নিয়ে কেউ মাথা ঘামায় না। রামকৃষ্ণ যখন প্রথম দক্ষিণেশ্বরে আসেন, তখন গদাধর নামেই পরিচিতি ছিল। কিন্তু গুরু তোতাপুরীর দেওয়া নাম পাওয়ার পর তার খ্যাতি রামকৃষ্ণ নামেই ছড়াতে থাকে। বিশ্বের দরবারে বা বাংলার বাইরে তারও আদি নাম নিয়ে কেউ মাথা ঘামায় না। কিন্তু বাইরে এই দুজনের পুরোনো নাম বেশি কেউ না জানলেও, বাংলায় মোটামুটি সকলেই এই দুজনের আদি নামের সাথে পরিচিত। তার কারণ সম্ভবত বাঙালি জীবনের উপর এই দু'জনের প্রভাব অপরিসীম। এবং বাঙালির আলোচনায়, বা মাথা ঘামানোয় বা টেলিভিশন প্রোগ্রামে, এই দুজন এখনও সর্বদা বিরাজমান।

তার সময়ে মুকুন্দ দাসের প্রভাবও কিন্তু কম ছিল না। তা সত্ত্বেও মুকুন্দ দাসের আদি নামের সাথে সাধারণ বাঙালি খুব বেশি পরিচিত নয়। সম্ভাব্য কারণ, প্রথমত, যেটা আগেই লিখেছি, মুকুন্দ দাসকে যখন সাধারণ মানুষ চিনতে শুরু করে ততদিনে তার পুরোনো নাম মুছে গেছে। তাকে চিনতে শুরুটাই হয় মুকুন্দ নাম দিয়ে। দ্বিতীয়ত, মুকুন্দ দাসের প্রভাব ছিল একটা বিশেষ সময়ের, একটা বিশেষ ভাবের। স্বাধীনতার পর সেই ভাবের আর কোনো প্রয়োজন না থাকায় সেই ভাব দীর্ঘস্থায়ী হয়নি। সেই সময়, সেই ভাব বদলে যাওয়ার সাথে সাথে মানুষ কিছুটা অন্তত ভুলে গেছে মুকুন্দ দাসকে। তাকে নিয়ে গবেষণা করার মত বিষয় মনে করেনি কেউ। অন্যদিকে রামকৃষ্ণ-বিবেকানন্দের প্রভাব মানুষের দৈনন্দিন জীবনে, তাই তাদেরকে নিয়ে আলোচনা, মাথা ঘামানো - দীর্ঘস্থায়ী।

চারণকবি বলতে ঠিক কী বোঝায় সে ব্যাপারে পরিষ্কার কোনো ধারণা হয়তো অনেকেরই নেই। আমারও না। তবুও কিন্তু 'বাংলার চারণ কবি' শব্দগুচ্ছটি শুনলেই বাঙালির মনে যে নামটা ভেসে ওঠে, সেটা হলো মুকুন্দ দাস। অন্য কোনো নামের সাথে এই বিশেষণটি এতো গভীরভাবে জড়িয়ে নেই।

ইংরেজিতে যাকে বলে ওয়ান্ডারিং পোয়েট (Wandering Poet বা Balladist) অর্থাৎ চরে বেড়ানো কবি, বাংলায় সাধুভাষায় তাকেই বলে

চারণ কবি। এই চারণ কবি যে শুধু কবিতা লিখে বিলিয়ে বেড়ান, তা নয়। কবিতা, গান, নাটক, প্রহসন, যাত্রাপালা -যা উপযোগী বলে মনে হবে সেই মাধ্যমেরই সহায়তা নিয়ে সমাজে দেশের ঐতিহ্য, ইতিহাস, পুরাণ বা সাধারণ ভাবে শিক্ষার বিস্তার করেন, দেশাত্মবোধ বা স্বদেশপ্রেম জাগিয়ে তোলেন। ভারতে ইংরেজ রাজত্বের সময় সমাজে বৈষম্য ও কষ্টের বিরুদ্ধে প্রতিবাদী জনশিক্ষা বা জনজাগরণ তৈরী করতে এই মাধ্যমের উপযোগ বহু স্বদেশপ্রেমী ও স্বাধীনতাকামী মানুষ বেছে নিয়েছিলেন। মুকুন্দ দাস তাদের মধ্যে একজন বা অন্যতম।

মুকুন্দ দাসের লেখা বা গাওয়া অন্যান্য গানের মধ্যে রয়েছে বহুল জনপ্রিয় –

"বান এসেছে মরা গাঙে খুলতে হবে নাও

তোমরা এখনও ঘুমাও, তোমরা এখনও ঘুমাও..........."

কিংবা -

"ছেড়ে দেও কাঁচের চুড়ি, বঙ্গনারী, কভু হাতে আর পরো না........."

(প্রসঙ্গত বলে রাখি, এই গানটি পরে "ফেলে দাও রেশমী চুড়ি, বঙ্গনারী ...." হিসেবে বিখ্যাত হয়েছে ঠিকই; তবে মুকুন্দ দাসের অরিজিনাল রচনায় "ছেড়ে দেও কাঁচের চুড়িই আছে, যেটা ড: জয়গুরু গোস্বামী সম্পাদিত "চারণ কবি মুকুন্দ দাস'-এ পাওয়া যায়।)

চারণ কবি আখ্যা মুকুন্দ দাসকে দেওয়া হলেও আমার মনে হয় শব্দার্থ অনুযায়ী চারণকবি বিশেষণটি হয়তো আরো অনেকের নামের ক্ষেত্রেই প্রযোজ্য হতে পারে। যাকে ওই আখ্যা দেওয়া নেই, অথচ যার ওই আখ্যা পাওয়া উচিৎ বলে আমার মনে হয়, তিনি হলেন শরৎ চন্দ্র পন্ডিত ওরফে দাদাঠাকুর।

আমি এই দু'জনকেই চারণ কবি হিসেবে দেখি। এবং দু'জনই আমার খুব প্রিয়। ভারতের অন্যান্য ভাষায় এই স্তরের চারণকবি কেউ ছিলেন বা আছেন কিনা আমার জানা নেই। কবি শঙ্খ ঘোষের অনুবাদে 'চারণ কবি' নামে তেলুগু কবি বারাবারা রাও-এর কবিতার সুবাদে শঙ্খ ঘোষ ওনাকে চারণ কবি বলতে চেয়েছিলেন কিনা জানা নেই। তবে এ কথা মানতেই হয় যে বারাবারা রাও প্রথাগত শিক্ষা ব্যবস্থার মধ্যে থেকেও তার বাইরে জনশিক্ষার ক্ষেত্রে কাজ করেছেন বিস্তর, যে কাজকে চারণ কবির কাজ বলে

মানতেই হয়। (প্রসঙ্গের বাইরে বেরিয়ে একটা কথা এখানে বলতে চাই। বাংলায় এই তেলুগু কবির নাম লেখা হয় ভারাভারা রাও, যেটা ভুল। ইংরেজি 'V' এর বাংলা উচ্চারণ 'ভি' নয়,খুব কাছাকাছি উচ্চারণ'বি'। বাংলা ব্যঞ্জনবর্ণের দ্বিতীয় 'ব'এর 'বি'। প ফ ব ভ ম এর লাইনের ব নয়, য র ল ব শ লাইনের ব। যার উচ্চারণ কিছুটা ইংরেজি 'wi' এর কাছাকাছি। ইংরেজি Varavara Rao-এর বাংলা ভাষান্তরে তাই 'ভারাভারা রাও' না লিখে 'বারাবারা রাও' লেখাই শ্রেয়। যেরকম আমরা ইংরেজি Vivekananda কে বাংলায় বিবেকানন্দ লিখি, ঠিক সেরকম।)

বাংলায় বা বাংলার বাইরে, ভারতের অন্য রাজ্যে, সেরকম বিখ্যাত কোনো চারণ কবির নাম আমরা না জানলেও, বিশ্বের দরবারে ইতিহাসের পাতায় এক বিশ্ববিখ্যাত চারণকবির নাম আমরা প্রায় সবাই জানি। গ্রীক কবি হোমার। ব্যস, ওই টুকুই। তার সম্পর্কে আর বেশি কেউ কিছু জানি না। না, না, আরও একটু জানি। তার চারণকবিতার দুটো সংকলন পৃথিবীর মহাকাব্যের ইতিহাসে একদম উপরের ধাপে জ্বল জ্বল করছে এখনও। সেই দুই সংকলনের নামও আমরা প্রায় সবাই জানি। ইলিয়াড ও ওডিসি। ইলিয়াড আর ওডিসি নিয়ে আমাদের জ্ঞান প্রায় ক্ষেত্রেই শুধু এক লাইনে সীমিত - যে এটা ট্রোজানের যুদ্ধ নিয়ে লেখা। এর আগে আর বেশি কিছু পড়া হয়নি কখনো।

স্কুল জীবন থেকে শুনে এসেছি ভারতীয় মহাকাব্য রামায়ণ আর মহাভারতের মতো গ্রীক মহাকাব্য হলো হোমারের লেখা ইলিয়াড আর ওডিসি। নিজের দেশের মহাকাব্য হওয়ার ফলে, কোনো না কোনো ভাবে এই দুই মহাকাব্য সম্পর্কে কিছু জ্ঞানার্জন হয়েছে। গ্রামের বাড়িতে প্রতিদিন তুলসীদাস-এর রামায়ণ আর কাশীরাম দাসের মহাভারত পাঠের রেওয়াজ ছিল। পিতৃদেবের সহচর ও চেলা-চামুণ্ডাবৃন্দের দৈনিক রুটিন ছিল সন্ধ্যায় বাজারে আড্ডা দেওয়ার পর বাড়ি ফেরার পথে আমাদের সদর বাড়িতে (মূল বাড়ির থেকে বাইরে) এসে আধ ঘন্টা রামায়ণ এবং আর আধ ঘন্টা মহাভারত পাঠ। ভাগাভাগি করে পড়া হতো। পনেরো কুড়ি মিনিট পড়ে কেউ ক্লান্তি বোধ করলে অন্য কেউ ধরে নিতো তারপর। এইভাবে আবর্তন পদ্ধতিতে (বাই রোটেশন) পড়া হতো। এর সুবাদে আমাদের দুই মহাকাব্য সম্পর্কে কিছু জ্ঞান বা পড়াশুনা হয়েছে। কিন্তু ইলিয়াড আর ওডিসি নিয়ে পড়াশুনা কিছুই হয়নি। জ্ঞান শুধু এক লাইনে সীমিত।

ইলিয়াড আর ওডিসির কথা আপাতত থাক। সময় করে অন্য কোনোদিন জানা যাবে তাদের কথা। আপাতত কথা হোক ঘরের ছেলেদের।

দাদাঠাকুরের চরিত্রের দৃঢ়তা ছিল অসামান্য। আর এটা তার ছোটবেলা থেকেই। বড় হয়েছেন কাকার বাড়িতে, অর্থকষ্টের মধ্য দিয়ে। কিন্তু মাথা নোয়ান নি কোনোদিন কারো কাছে। বিশেষ করে ইংরেজ রাজত্বের কাছে। কথায় কথায় বলতেন- “It is better to starve than to serve” (দাসত্ব করার চেয়ে অভুক্ত থাকা ভালো)।

দাদাঠাকুরের জীবন বা তার রসবোধ-এর গল্প সবাই জানেন অল্পবিস্তর। কিন্তু তার বিশালত্বের সীমা সম্পর্কে ধারণা নেই আমাদের কারুরই। তাৎক্ষণিক রসসৃষ্টিতে তার জুড়ি নেই। আর চারিত্রিক দৃঢ়তা প্রবাদপ্রতিম। জীবনে জুতো পরেন নি শুধু জেদের জন্যে। ছোটবেলায় স্কুল যাওয়ার পথে নদী পেরিয়ে বালির উপর দিয়ে হাঁটতে হতো। গ্রীষ্মে বালি এতোই গরম হয়ে যেতো যে পায়ে ফোস্কা পড়ে যেতো। কাকার বাড়িতে থাকতেন। কাকাকে বললেন জুতো কিনে দেওয়ার জন্যে। কাকা এক প্রতিবন্ধী প্রতিবেশীকে (যার একটা পা ছিল না) দেখিয়ে বললেন, “দ্যাখ, ওর একটা পা নেই, তাতেও কোনো অসুবিধা হচ্ছেনা, আর তোর দুটো পা থাকা সত্ত্বেও জুতোর দরকার হচ্ছে? তোর জুতো বিনা চলছে না?”

ব্যস, ঠিক করে ফেললেন সারা জীবন জুতো পরবেন না। মজা করে বলতেন, “বাগদাদের রাজা হলেন খালিফা, আর শরৎ পন্ডিত হলেন খালি পা।“

স্থানীয় জমিদারের নাতির অন্নপ্রাশনে দাদাঠাকুরের নেমন্তন্ন। জমিদারবাবু অর্থাড়ম্বর দেখাতে বিশাল আয়োজন করেছেন। কনকনে শীতের দিন। অতিথিরা সবাই এসেছেন কোট-সোয়েটার-টুপি-শাল-চাদর জড়িয়ে। দাদাঠাকুর হাজির হলেন খালি গায়ে, খালি পায়ে। শুধু একখানা কোঁছা মেরে ধুতি পরিহিত হয়ে। জমিদার তো অবাক। -"এ কী দাদাঠাকুর! এই ঠান্ডায় খালি গায়ে? শীত লাগছে না?"

দাদাঠাকুর ঝট করে ট্যাঁক থেকে একটা এক নয়া পয়সার কয়েন বের করে দেখিয়ে বললেন, "শীত লাগার রাস্তা আগেই মেরে দিয়েছি। টাকার গরম বড় গরম" - এই বলে এক পয়সার কয়েনটা আবার ট্যাঁকে গুঁজে রাখলেন। ব্যঙ্গটা বুঝতে পেরে জমিদারবাবু মুখ চুন করে রইলেন সারাদিন।

দাদাঠাকুরের আত্মসম্মান বোধ ছিল প্রখর। কাউকে তোয়াক্কা করতেন না একটুও, না ইংরেজকে, না দেশীয় ভুঁইফোঁড় দেরকে। ইংরেজ রাজত্বের বিরুদ্ধে লোককে এমনভাবে শিক্ষা দিতেন যে ইংরেজও বুঝতে পারতো না, তাদের বিরুদ্ধে জনমত তৈরী করছেন দাদাঠাকুর।

শোষণ বৈষম্যের বিরুদ্ধে জনমত তৈরী করতে দাদাঠাকুরের তুলনা নেই। হাসি, রঙ্গ, ব্যঙ্গ, পরিহাসের মশলা মাখিয়ে সংবাদ পত্র, গান, গল্প, নাটক -এর মাধ্যমে প্রতিবাদের বাণী তিনি যেভাবে সাধারণ মানুষের কাছে পরিবেশন করতেন বা পৌঁছে দিতেন তার তুলনা তিনি একা নিজেই। আর এই জন্যেই আমি তাকে চারণ কবি আখ্যা দিতে চাই।

দাদাঠাকুরের কিছু অবিশ্বাস্য রসিকতার কথা না বলে এই লেখা শেষ করলে, সেটা দাদাঠাকুরের প্রতি অসম্মান হবে। হয়তো বা অনেকেই জানেন, তবুও বলি। কলকাতার রাজভবনে রাজ্যপালের সাথে দেখা করার কথা। রাজ্যপাল মেইন গেটে তার সিকিউরিটিকে বলে রেখেছেন দাদাঠাকুর এলেই তাকে যেন সঙ্গে করে নিয়ে আসা হয় তার কাছে। দাদাঠাকুর পৌঁছলেন রাজ্যপালের কাছে। রাজ্যপাল জিজ্ঞেস করলেন, “দাদাঠাকুর, কোনো অসুবিধা হয়নি তো?” দাদাঠাকুর উত্তর দিলেন, “অসুবিধা হবে কি করে? দুই নরকসঙ্গী সাথে করে নিয়ে এলো তো।“

রাজ্যপাল কিছু বুঝতে পারছেন না-এই নরকসঙ্গী ব্যাপারটা। জানতে চাইলেন, “নরকসঙ্গী নিয়ে এলো মানে, ব্যাপারটা কী, একটু বুঝিয়ে বলো।“ দাদাঠাকুর বললেন, “ওই যে আপনার দুই হেলমেট পরা পুলিশ গেট থেকে নিয়ে এলো, ওদের কথাই তো বলছি। হেল মানে নরক, মেট মানে সঙ্গী। এক কথায় নরকসঙ্গী।“ রাজ্যপাল তো হেসেই অস্থির।

একবার একজন দাদাঠাকুরকে বললেন, আচ্ছা তোমার তো এতো বুদ্ধি। শুধু মাত্র একটি করে অক্ষর দিয়ে কবিতা লিখতে পারবে? দাদাঠাকুর কয়েক মুহূর্ত ভেবে নিয়ে বললেন, এই নাও চার লাইনের একাক্ষরী কবিতা

ঝি!

কি?

ঘি!

দি...

এই Wit তুলনাহীন।

ডায়ালেক্টিক্যাল বড়ফট্টাই

আজ থেকে প্রায় পাঁচশো বছর আগে কিং লীয়র নাটকে শেক্সপীয়ার বলে গেছেন,- Have more than thou showest / Speak less than thou knowest | অর্থাৎ যতটা শো বাজি করে দেখাতে চাও নিজের ভাণ্ডারে তার চেয়ে যেন বেশি কিছু থাকে। বা উল্টো করে বললে, যতটা আছে সবটা দেখিও না। আর যতটা জানো, বোলো তার চেয়ে কম। বা উল্টো করে বললে, বড়ফট্টাই করে জ্ঞানের ভান্ডার খুলে দেখানোর চেয়ে চুপ করে থাকা ভালো।

পরবর্তী কালে কবি আলেক্সান্ডার পোপ তার বিখ্যাত An Essay on Criticism বইতে লিখলেন, - Fools rush in where angels fear to tread. অর্থাৎ যে সব ক্ষেত্রে জ্ঞানী ব্যক্তিরাও এগোতে ভয় করেন, বা সাবধানে ভেবে চিন্তে এগোন, মূর্খ ব্যক্তিরা নির্ভয়ে সেখানে ঝাঁপ দিয়ে দেন।

এই প্রসঙ্গে আমাদের দেশের পন্ডিত চাণক্য উপদেশ দিয়েছেন, নিজের মূর্খামি ঢাকতে ঈশ্বর মানুষকে কত বড় একখানা অস্ত্র দিয়েছেন -শুধু মুখটা চেপে বন্ধ রাখা - মানুষ সেটা ব্যবহার করতে শিখলো না। আমিও শিখিনি। তাই এই একবিংশ শতাব্দীতে এসে, এই সব উপদেশ বাণীর উপকারিতা জেনেও, তার উলঙ্ঘন করে আমি দু'চারটা অবান্তর কথা লিখতে বসেছি।

গত দু'মাস ধরে আমি হেগেল, ফুয়েরবাখ আর মার্ক্স নিয়ে পড়ার চেষ্টা করছিলাম। কিন্তু শত চেষ্টা করেও কিছুই বুঝে উঠতে পারিনি। এই প্রচেষ্টা আলেক্সান্ডার পোপের উপদেশ বাণীর উলঙ্ঘন। আর এই লেখাটি বাকি দুই উপদেশ বাণীর উলঙ্ঘন। উদ্দেশ্য ছিল, ফুয়েরবাখকে একটু ভালো করে জানা বা তাকে নিয়ে কিছু লেখা। কারণ, আমার মনে হয়েছিল মার্ক্সের গুরু হিসেবে হেগেল নয়, ফুয়েরবাখকেই সামনে দাঁড় করানো দরকার। ফুয়েরবাখকে কেউ সেভাবে সবার সামনে আনেননি।

আপনি কি লুডউইগ ফুয়েরবাখ-এর নাম এর আগে শুনেছেন? আপনি যদি দর্শনের ছাত্র ছাত্রী কেউ না হোন তাহলে সম্ভবত, না। কিন্তু আমার এই

প্রশ্নের উত্তরে আপনি সত্যজিৎ রায়ের ফিল্ম 'জন-অরণ্য'-এ রবি ঘোষের মতো উল্টে জিজ্ঞেস করতেই পারেন, "আপনি নন্দলাল-এর নাম শুনেছেন? স্বভাবতই আমি জানতে চাইবো, "কোন নন্দলাল"? আর ঠিক রবি ঘোষের মতোই আপনি বলবেন, "এক্সাক্টলি, কোন ফুয়েরবাখ"?

ফুয়েরবাখ কে - সেটা বলা মুশকিল। প্রতিটি মানুষেরই একটা বাহ্যিক পরিচয় আছে ঠিকই; কিন্তু সেই বাহ্যিক পরিচয় আর সেই মানুষের মধ্যে অধিকাংশ ক্ষেত্রেই থাকে আকাশ-পাতাল পার্থক্য।

উপনিষদ বলেছে, আত্মানং বিদ্ধি - অর্থাৎ নিজেকে জানো। তাহলেই নাকি অন্যদের জানা যাবে, বা জানা হয়ে যাবে। আমি সেই চেষ্টা চালিয়ে যাচ্ছি আজীবন। সত্তর বছরের চেষ্টায় নিজেকে যে খুব ভালো জেনেছি তা মোটেই নয়। তাই বলতে পারবো না, ফুয়েরবাখ মানুষটা কে। তবে তার একটা বাহ্যিক পরিচয় দিতে পারি। তিনি তার সময়ের হোমড়াচোমড়া জার্মান বুদ্ধিজীবী এবং দার্শনিকদের একজন, কার্ল মার্ক্স-এর সমসাময়িক, তবে বয়সে মার্ক্সের চেয়ে কিছুটা বড়। ফুয়েরবাখ ছিলেন মার্ক্স এর পূর্বসূরি এবং হেগেল এর উত্তরসূরি। এ ব্যাপারে হেগেল, ফুয়েরবাখ আর মার্ক্স-এর সম্পর্কটা খানিকটা সক্রেটিস, প্লেটো আর অ্যারিস্টটল-এর মতো।

ফুয়েরবাখ-এর জন্ম ১৮০৪ সালে, জার্মানির বাভারিয়া শহরে। যখন জার্মানিতে বইছে দর্শন, সমাজ, আর্থ-রাজনীতি নিয়ে চিন্তার নব নব ধারা। বার্লিনে ইয়াং জেনারেশনকে মাতিয়ে তুলছেন দার্শনিক হেগেল। খানিকটা পুরোনো দিনের গ্রীসের মতো, যখন ইয়াং জেনেরেশনকে মাতিয়ে রেখেছিলেন সক্রেটিস।

শিক্ষিত, সচ্ছল পরিবারের ছেলে ফুয়েরবাখ। পিতা বিখ্যাত আইনজীবী এবং আইনের অধ্যাপক। বাড়িতে পড়াশুনার মহল। দাদারা তীক্ষ্ণ মেধাবী ছাত্র সব। কেউ গণিতে, কেউ প্রত্নতত্ত্বে, আবার কেউ বা পিতার অনুসরণে আইনবিদ্যায়। ফুয়েরবাখ ছোটবেলা থেকেই ছিলেন খুব ধার্মিক এবং ধর্ম বিষয়ে আগ্রহী। বড় হয়ে আকৃষ্ট হলেন ধর্মতত্ব নিয়ে পড়াশুনা করতে। ভর্তি হলেন হাইডেলবার্গ বিশ্ববিদ্যালয়ে ধর্মতত্ব বিভাগে। ধর্মতত্ব নিয়ে পড়াশুনা করতে করতেই আকৃষ্ট হলেন হেগেলের প্রতি। হাইডেলবার্গ বিশ্ববিদ্যালয়ে ধর্মতত্ত্ব নিয়ে পড়াশুনা শেষ করেই পিতার

অনিচ্ছাসত্ত্বেও চলে গেলেন বার্লিন। হেগেলের অধীনে দর্শনশাস্ত্র নিয়ে পড়াশুনা করার জন্যে।

হেগেলের চিন্তাধারা প্রভাব ফেলেছিল ফুয়েরবাখের উপরে, তার দ্বান্দ্বিক পদ্ধতির থিওরি দিয়ে, যেটাকে ফুয়েরবাখ টেনে আনলেন বস্তুবাদিতার উপর। তৈরী হলো দ্বন্দ্বমূলক বস্তুবাদ - দ্য গ্রেট থিওরি অফ ডায়ালেক্টিক্যাল মেটিরিয়ালিজম। ঠিক একই ভাবে ফুয়েরবাখের চিন্তাধারা প্রচন্ডভাবে প্রভাব ফেলেছিলো মার্ক্সের উপরে। আর্থ-সামাজিক ইতিহাসের ব্যাখ্যায় মার্ক্সের দ্বান্দ্বিক বস্তুবাদ মূলত ফুয়েরবাখের দর্শন থেকেই নেওয়া। সেই অর্থে ফুয়েরবাখ ছিলেন মার্ক্সের গুরু।

জর্জ উইলহেম ফ্রেডরিখ হেগেল মানুষ হিসেবে ছিলেন খুব দয়ালু মনের। কিন্তু দার্শনিক হিসেবে ছিলেন খুব তত্ববাগীশ। গ্রিক ও রোমান দার্শনিকদের দ্বারা বেশ প্রভাবিত ছিলেন তিনি। তাই তার শ্রোতারা বুঝতে পারুক বা না পারুক, তিনি তার থিওরিকে সহজবোধ্য বা সহজগ্রাহ্য় করার কোনো চেষ্টা করতেন না কখনও। ফলে ইয়াং হেগেলিয়ানদের মধ্যে অনেকেই বলতেন, স্যার যে কী বলেন ঠিক বুঝে উঠতে পারি না। অথচ শুনতে ভালোও লাগে, আর শোনার সময় মনে হয়, বুঝতে পারছি। ঠিক সক্রেটিসকে যেমন অনেকেই বুঝে উঠতে পারতো না, অথচ চুম্বকের মতো তার প্রতি আকৃষ্ট হতো, সেরকম। এই সব ইয়াং হেগেলিয়ানদের মধ্যে রয়েছেন মেধাবী ছাত্র ফুয়েরবাখ। যিনি পিতার অনিচ্ছা সত্ত্বেও হাইডেলবার্গ বিশ্ববিদ্যালয় ছেড়ে বার্লিনে এসেছেন হেগেলের বক্তৃতা শোনার জন্যে, তার অধীনে পড়াশুনা করার জন্যে।

১৮৩০ খ্রিস্টাব্দ। হেগেল নিযুক্ত হলে বার্লিন বিশ্ববিদ্যালয়ের রেক্টর হিসেবে। অর্থাৎ আজকের দিনের উপাচার্য। ইউনিভার্সিটির একাডেমিক দিকনির্দেশনা হেগেলের হাতে। তার ইয়াং ভক্তরা উচ্ছ্বসিত। কিন্তু হায়, বিধির বিধান ভাঙবে, কে হয় এমন শক্তিমান? বছর ঘুরতে না ঘুরতেই বার্লিনে এলো মহামারী কলেরা। ১৮৩১-এ কলেরার প্রকোপে মারা গেলেন হেগেল। বয়স সেই সবে একষট্টি পেরিয়ে বাষট্টিতে পড়েছে। রেখে গেলেন তার চিন্তাধারার বিখ্যাত ফসল - দ্বান্দ্বিক পদ্ধতি - যেটা ইতিহাস জানা বা বোঝার জন্যে অপরিহার্য। মৃত্যুশয্যায় বলে গেলেন এক রহস্যময় ভাষার

মোড়কে ঢাকা শেষ কথা,- এ জীবনে আমাকে চিনেছিল শুধু একজন - সেও ঠিকমতো চেনেনি। এই রহস্যময় বাক্য তিনি কার কথা মনে রেখে বলেছিলেন, জানা যায়নি। এটা কি ফুয়েরবাখকে মনে রেখে বলা? জানার কোনো রাস্তা নেই।

ইয়াং হেগেলিয়ানরা খুব হতাশ হলেন। কিন্তু এগিয়ে নিয়ে যেতে চাইলেন গুরুর দর্শনের মূল প্রতিপাদ্য - দর্শনের মাধ্যমেই সমাজে পরিবর্তন নিয়ে আসা সম্ভব। এবং তা আনতে হবে। ফুয়েরবাখের বয়স তখন সাতাশ; দৃশ্যপটে মার্ক্স তখনও আসেননি। মার্ক্সের বয়স তখন মাত্র বারো।

হেগেলের মতে ইতিহাস বা আইডিয়া কখনো স্থির থাকেনা। স্বতঃই তার পরিবর্তন হতে থাকে। অর্থাৎ প্রত্যেকটি আইডিয়া বা আইডিওলজি, বা কোনও প্রতিষ্ঠান বা প্রতিষ্ঠানকে দেখার দৃষ্টিভঙ্গি বা তার পরিপ্রেক্ষিত সব সময় বদলাতে থাকে। এবং এই সব কিছুরই একটা শুরু থাকে, একটা শেষও থাকে। আর এটা হতে থাকে একটা অদ্ভুত প্রক্রিয়ার মাধ্যমে যেটাকে হেগেল বললেন দ্বান্দ্বিক পদ্ধতি। যেখানে বর্তমান অবস্থাকে যদি বলা হয় থিসিস, তার বিপরীতে একটি অবস্থার বা আইডিয়ার জন্ম হতে থাকে যেটাকে বলা যেতে পারে এন্টিথিসিস। এই দুই অবস্থার বা আইডিয়ার মধ্যে দ্বন্দ্ব চলতে চলতে একটা মধ্যস্থানে এসে দ্বন্দ্বের বিরাম ঘটে যেটাকে বলা যেতে পারে সিন্থেসিস। এই অবস্থাটাই আবার পরবর্তী স্টেজে এসে হয়ে যায় থিসিস। তখন আবার তার এন্টিথিসিস জন্ম নেয় এবং সিন্থেসিসে গিয়ে যুদ্ধশান্তি হয়। এইভাবেই ইতিহাস সর্বদাই পরিবর্তনের মধ্যে দিয়ে চলতে থাকে। এবং ক্রমশ উন্নত স্তরের চিন্তাধারা নিয়ে আসে।

এই ভাববাদী দ্বান্দ্বিক পদ্ধতিকে ফুয়েরবাখ নিয়ে এলেন বস্তুবাদিতার ক্ষেত্রে। এই প্রক্রিয়াটির একটি সহজ উদাহরণ হিসেবে আমার এক ছিদ্রান্বেষী চার্বাকী বন্ধুর কথা আমি আগের লেখাতে লিখেছিলাম, যে আমাকে গৌতম বুদ্ধের জীবন দিয়ে এই ডায়ালেক্টিক্যাল প্রসেসটি বলেছিলো। রাজপ্রাসাদের চরম ভোগবিলাসের মধ্যে রাজপুত্র গৌতম (থিসিস), সব কিছু ত্যাগ করে নির্জন বনবাসে বোধিলাভের সাধনা (এন্টিথিসিস) আর তারপর সুজাতার হাতে আধপেট পায়সান্ন খেয়ে বোধিলাভ (সিন্থেসিস)। বন্ধুর মতে আধপেট পায়েস না খেয়ে, ভরপেট

বিরিয়ানি খেয়ে নিলে বোধিলাভ বা সিন্থেসিসটা আর আসতো না। পুরো ডায়ালেক্টিক্যাল প্রসেসটাই থেমে যেত।

আমি বন্ধুকে বললাম, যারা সাধারণ মানুষ, বুদ্ধের জীবনের কিছুই জানেনা বা সুজাতার নামও শোনেনি, তারা এটা ঠিক বুঝবে না। আরও সহজ করে বল। তখন সে আরো সহজ এই উদাহরণটি দিয়েছিলো। যেমন ধরুন-. স্বামী-স্ত্রীর সাধারণ পরিবার। স্ত্রী বাড়ি সামলান, আর স্বামী চাকরি-বাকরি করে খরচ যোগান। এটা হলো থিসিস। রোজ রোজ রান্না করতে করতে বোর হয়ে একদিন স্বামী বাড়ি ফিরতেই স্ত্রী বললো, চলো, আজ কোনো ভালো রেস্টুরেন্টে রাতের খাবার খেয়ে আসি। স্বামী ক্লান্ত হয়ে সেই সবে বাড়ি ফিরেছে। আবার বাইরে বেরোনোর ইচ্ছা নেই তার মোটেও। এটা হলো এন্টিথিসিস। এই নিয়ে কিছুক্ষণ রাগারাগি, ঝগড়াঝাটি, আজকের বদলে আগামীকাল বাইরে নিয়ে যাওয়ার আশ্বাসন - কিছুই কাজ করলো না। (পিরিয়ড অফ চার্নিং)। তারপর সমঝোতা হলো, বাড়িতেও রান্না করতে হবে না, আর বাইরেও যেতে হবে না, ওই ভালো রেস্টুরেন্ট থেকেই অর্ডার করে খাবার আনিয়ে নাও। এটা হলো সিন্থেসিস।

আপাতত স্থিতাবস্থা। এভাবেই ঝগড়াঝাটির মধ্যে দিয়ে অর্থাৎ দ্বান্দ্বিক পদ্ধতির মধ্যে দিয়ে জীবন চলুক আরও কিছুদিন।

নতুনের স্বপ্ন

আমার এই লেখাটির শিরোনাম অবান্তর কথা হলেও আসলে এটি কিছু বিচ্ছিন্ন কথার সংকলন। আমার আগের লেখাতে স্বীকারোক্তি দিয়ে রেখেছি, এই যে আমি হেগেল, ফুয়েরবাখ এবং মার্ক্স -এর বিষয়ে পড়তে শুরু করলাম - এটা "Fools rush in where angels fear to tread" -এর একটি যথাযথ উদাহরণ। কারণ, এদের লেখা বা এদের নিয়ে লেখা পড়তে যাওয়া আমার ক্ষেত্রে ধৃষ্টতা। আমার বুদ্ধিমত্তার বাইরে। এটা বুঝতে আমার একটু সময় লেগেছে। হোস্টেল জীবনে আঁতলেমি করে ছেলেরা বলতো, না বোঝার যে কী আনন্দ সেটা যদি কাউকে বোঝাতে পারতাম! আমার অবস্থাটাও খানিকটা সেরকম। তবে সক্রেটিসের মতো এটাও বলা যেতে পারে যে আমি কিছুই জানি না তবে শুধু এটুকু জানি যে আমি কিছুই জানি না, তাই আমি অন্যদের চেয়ে জ্ঞানী। কারণ, অন্যরা এটাও জানে না যে তারা কিছু জানে না।

এটা কোনো বিনয় প্রকাশ নয়, জেনুইন সেলফ রিয়ালাইজেশন - আত্মানং বিদ্ধি' র প্রথম ধাপ। বিষয়টা নোয়াম চমস্কি বা অমর্ত্য সেনদের এরিয়া। এনারাও যথেষ্ট সাবধানে এগোন। আর আমি মূর্খের মতো ঝাঁপ দিলাম, কিছু না বুঝে সুঝে। অনেক সময় নষ্ট হলো, অথচ কিছুই বুঝলাম না, শিখলাম না। তবে ছোটবেলায় সাঁতারটা খুব ভালো জানতাম বলে, হাবুডুবু খেলেও এখনও নাকটাকে জলের উপরে ভাসিয়ে রেখেছি। আর এনাদের জীবনের বিশাল সমুদ্রে হাবুডুবু খেতে খেতে কিছু আবর্জনাও খেয়ে ফেলেছি, যেগুলিকে আমার এক কমিউনিস্ট বন্ধু বলেছে, পি এন পি সি মেটিরিয়াল। ব্যক্তিগত জীবনের কেচ্ছা কেলেঙ্কারি। সেগুলো দিয়ে এইসব মহান পুরুষদের বিচার করা যায়না। তাই সেগুলো যেন আমি না লিখি।

ঠিক আছে, লিখবো না। আমি লিখি বা না লিখি তাতে হেগেল, ফুয়েরবাখ বা মার্ক্সের কিছু যায় আসে না। কিন্তু জানা দরকার তাদের যারা কোনো এক ব্যক্তির নিজের জীবনকে বাদ দিয়ে তার দেওয়া লেকচারগুলোকে অন্ধভাবে বিশ্বাস করে। সেই লেকচার যত সুমধুরই হোক

না কেন, সেই ব্যক্তি যদি তারই দেওয়া লেকচারের বিরোধী জীবন যাপন করে থাকেন তাহলে সেটা অন্তঃসারশূন্য হতে বাধ্য। কথায় বলে - আপনি আচরি ধর্ম অপরে শিখাও। এটা না হলে ব্যাপারটা একটু উদ্দেশ্যপ্রণোদিত মনে হয় বা চালাকির পর্যায়ে পড়ে যায়। আর, চালাকির দ্বারা কোনো মহৎ কার্য সাধন করা যায় না - সেটা তো আমাদের ঘরের ছেলে সারা বিশ্বকে বুঝিয়ে দিয়ে গেছে।

আমার আপত্তির জায়গাটা হলো এরকম। যে মানুষ ব্যক্তিগত জীবনে অসৎ, যে যদি বহির্বিশ্বে কেবল সততার উপদেশ দিয়ে যায়, যে মানুষ নিজের জীবনে খুব স্বার্থপর, অথচ সারা জীবন উদারতার উপদেশ দিয়ে যায়, এবং সেই শ্রুতিমধুর উপদেশবাণীগুলোকে দিয়েই সেই ব্যক্তিকে বিচার করা হয়, সেটা কোনোমতেই ঠিক হবে না। তাহলে তো আশারাম বাপু বা রামরহিম বা এই লাইনের অন্যান্যরা সত্যিই মহাপুরুষ। কিন্তু, প্রকৃতপক্ষে তো তা নয়। হলে তো এদেরকে ঘৃণ্য অপরাধের দায়ে জেলে পচতে হতো না। অবশ্য জেলে পচার ব্যাপারে এর উল্টোটা কিন্তু সব সময় ঠিক নয়। অর্থাৎ জেলে থাকলেই ঘৃণ্য অপরাধী নয়। সেটা রাজনৈতিক কারণে যুগে যুগে অনেক ভালো মানুষকেও জেলে থাকতে হয়েছে। দার্শনিক স্পিনোজা থেকে গান্ধী হয়ে নেলসন ম্যান্ডেলা এবং আরও অনেক অনেক।

তাহলে কী করা উচিত? আমার মনে হয়, মানুষটি কী বলেছে, সেটিকে গুরুত্ব না দিয়ে, মানুষটি কী করেছে বা নিজের জীবন কীভাবে অতিবাহিত করেছে সেটিকে গুরুত্ব দেওয়া উচিত। আর সেটি জানলেই বা করলেই, আপনার আমার মতো সাধারণ মানুষরা বুঝে নিতে পারবো আমাদের নিজেদের জীবন কিভাবে বা কোন ধ্যান ধারণা নিয়ে কাটানো উচিত। বুঝে নিতে পারবো এইসব তথাকথিত মহাপুরুষদের বহির্বিশ্বকে দেওয়া উপদেশবাণী কোথায় কোথায় অন্তঃসারশূন্য, কিংবা এমনকি পরিমার্জিত মানব প্রকৃতিরও বিরোধী। কাজেই দুনিয়ার এই সব বড় বড় ব্যক্তিরা কী বলে গেছেন সেগুলো পড়ার আগে পড়ে নেওয়া দরকার তাদের জীবন কাহিনী।

কথায় আর কাজে জমিন আশমান তফাৎ - সেটা চিরকালীন। তবে সাধারণ মানুষ যে শ্রুতিমধুর উপদেশবাণীতে (মিষ্টি কথায়) বা ভাষার

জোয়ারে খুব সহজেই মেতে গিয়ে জ্ঞান হারিয়ে ফেলে, - সেটাতো সবাই দেখতেই পাচ্ছেন চোখের সামনে। ভাষার খেলায় মানুষকে যে মাতিয়ে ভুল পথে চালিত করা যায়, সেটা খুব ভালো করে দেখিয়ে গেছেন জর্জ অরওয়েল তার বিখ্যাত উপন্যাস নাইনটিন এইটটি ফোর-এ। আর আজকাল তো এর মেলা বসে গেছে। ইউরোপে, আমেরিকায়, দেশে দেশে, রাজ্যে রাজ্যে। কেউ কলকাতায় বসে বেচছে লন্ডনের স্বপ্ন, তো কেউ দিল্লিতে বসে বেচছে বিশ্বগুরু হওয়ার স্বপ্ন। আবার কেউ আমেরিকায় বসে বেচছে মাগা'র (Make America Great Again) স্বপ্ন।

গুরুর চেয়ে শিষ্য অনেক উপরের ধাপে পৌঁছে যাওয়া বা অধিক খ্যাতিপ্রাপ্তি'র অধিকারী হওয়া বিরল ঘটনা। যদিও বিরল, তবু জীবনের বিভিন্ন ক্ষেত্রেই এর কিছু কিছু নজির পাওয়া যায়। আধ্যাত্মিকতার ক্ষেত্রে যেমন রয়েছে রামকৃষ্ণ - বিবেকানন্দের কাহিনী, যেখানে বিশ্বব্যাপী খ্যাতির অধিকারী বিবেকানন্দের গুরুর নাম বিশ্বের দরবারে খুব বেশি লোক জানে না। ঠিক এরকমই সঙ্গীত-জগতে রয়েছে আলাউদ্দিন খাঁ -রবিশংকর-এর কাহিনী, খেলদুনিয়ায় রয়েছে আচরেকার-তেন্দুলকারের কাহিনী। এরকমই আরেকটি বিরল উদাহরণ হলো ফুয়েরবাখ-কার্ল মার্ক্স-এর কাহিনী। কার্ল মার্ক্স এমন একটি ব্যক্তিত্ব যাকে বলা যেতে পারে থ্রী ইন ওয়ান। দার্শনিক, অর্থনীতিবিদ, সমাজতত্ত্ববিদ। কিন্তু এরকম একটা ব্যক্তিত্বের গুরু কে ছিলেন? এই প্রশ্ন যদি শিক্ষিত সমাজেও করা হয়, অধিকাংশ ক্ষেত্রেই আপনি হয়তো উত্তর পাবেন - হেগেল। কারণ, হেগেলের থিওরি অফ ডায়ালেক্টিক্স থেকেই মার্ক্স তার ডায়ালেক্টিক্যাল মেটিরিয়ালিজম-এর ভাবনাকে পূর্ণতা দিয়েছেন। তাই মার্ক্সের গুরু হিসেবে অনেকেই হেগেলের নামটাই নেবেন। কিন্তু মাঝখানে একজন গুরুত্বপূর্ণ ব্যক্তিত্ব ছিলেন যার নাম অনেকেই শোনেননি। তিনি হলেন ফুয়েরবাখ।

কার্ল মার্ক্সের নাম শোনেনি, এমন বাঙালি পাওয়া খুব কঠিন। সংখ্যার হিসেবে পশ্চিমবঙ্গের জনসংখ্যা প্রায় দশ কোটি। শিক্ষার হার যদিও মাত্র ৭৭ শতাংশ, তবু নির্ভয়ে বলা যেতে পারে যে প্রাপ্তবয়স্ক বাঙালিদের মধ্যে মার্ক্স চেতনা সম্ভবত একশো শতাংশ। কিন্তু হেগেল বা ফুয়েরবাখকে চেনেন ক'জন বাঙালি? হেগেল-এর নাম যদিও বা কিছু লোক শুনে থাকবেন, ফুয়েরবাখ-এর নাম শুনেছেন খুব কম লোকই। বাঙালিরা কিন্তু এই দুই

গুরুকে ছেড়ে দিয়ে বেশি বিখ্যাত শিষ্যকে নিয়ে নাচানাচি করলো চৌত্রিশ বছর। শিষ্য মার্ক্সের নাম নিয়ে তার চেলা চামুন্ডারা চৌত্রিশ বছর ধরে কী অসাধারণ সব কাজ করে গেলো - সেটা বাঙালি মনে রাখবে বহুকাল, কয়েক প্রজন্ম ধরে। তবে সেই সব কাজগুলোকে যদি মার্ক্স (বা হেগেল বা ফুয়েরবাখ) দর্শনের দ্বান্দ্বিক বা দ্বন্দ্বমূলক বস্তুবাদের "থিসিস" বলে ধরে নেওয়া যায়, তাহলে সেসবেরই "এন্টিথিসিস" চলছে এখন। এক্ষেত্রে এন্টিথিসিসটা ঠিক এন্টি না হয়ে, ওই লাইনেরই একদম চূড়োয় পৌঁছেছে - এটুকুই যা তফাৎ। পরের স্টেজে "সিন্থেসিস"টা কী রূপ নেয় সেটা দেখে যাওয়ার ইচ্ছা আছে। তবে ততদিন টিকব কিনা সন্দেহ হচ্ছে। তার কারণ, বুকে ভয় - থিসিস এর চেয়ে এন্টিথিসিস-এর যুগটা লম্বা না হয়ে যায়।

গুরু শিষ্যের প্রসঙ্গে একটি মজাদার গল্প বলি। শিকাগোর ধর্ম মহাসভায় হিন্দুধর্মের শ্রেষ্ঠত্ব প্রমাণ করে বিবেকানন্দ তখন সারা বিশ্ব দাপিয়ে বেড়াচ্ছেন। কোথাও কিন্তু গুরুর নাম সেভাবে নিচ্ছেন না। তা সত্ত্বেও কৌতূহলবশত অনেকেই জেনে নিয়েছেন তার গুরুর নাম- রামকৃষ্ণ - একজন গ্রাম্য, তথাকথিত অশিক্ষিত মানুষ (প্রকৃতপক্ষে শিক্ষার সর্বোচ্চ স্তরের মানুষ)- যিনি কথা বললে, অজ্ঞেয়বাদী ঈশ্বরচন্দ্র, নাস্তিকতাবাদী ডাক্তার মহেন্দ্রলাল সরকার বা কট্টর বঙ্কিমচন্দ্রের মতো মানুষরাও মোহিত হয়ে চুপ করে শুনে যেতেন। অসংখ্য বিদেশিনী বিবেকানন্দের বক্তৃতা শুনে তার শিষ্যত্ব নিয়েছেন। এরকমই এক মহিলা তার বাড়িতে গুরু বিবেকানন্দের একাধিক ফটো বাঁধিয়ে রেখেছিলেন এবং প্রতিদিন সকালে তার ফটোর সামনে দাঁড়িয়ে পূজা করতেন। একদিন একজন তাকে জিজ্ঞেস করলেন, তুমি তো তোমার নিজের গুরুকে রোজই পূজা করছো, কিন্তু তোমার ওই গুরুর গুরু কে তা কি জানো? যার শিক্ষা না পেলে তোমার এই গুরু এই স্তরে উঠতেই পারতেন না। গুরুর ফটোর পাশে তার ফটোটাও রাখো না কেন? বিদেশিনী মহিলা বললেন, - "Yeah, I know – Ramakrishna Paramhansa; but he is not handsome at all. Vivekananda is so handsome!" গুরু বিচারের এই মানদন্ড সম্ভবত বাঙালিদের মাথাতেও এসেছিলো। তাই হেগেল বা ফুয়েরবাখকে ছেড়ে কার্ল মার্ক্সের ওই শ্মশ্রুগুম্ফ ঝাঁকড়াকেশ পরিবেষ্টিত মুখমণ্ডলখানি তাদের

কাছে বেশি আকর্ষক মনে হয়েছিল। হেগেল বা ফুয়েরবাখের তুলনায় তো নিশ্চিতরূপে অনেক বেশি আকর্ষণীয়।

মার্ক্সের গুরুরা ছিলেন আগাগোড়া বিমূর্ত দার্শনিক বা বড়জোর সমাজ-দার্শনিক। হেগেল আর ফুয়েরবাখ ছিলেন আইডিয়ালিস্ট মানুষ। আমাদের দেশে যেমন কোনো কোনো কবি-নাট্যকার-ফিল্মমেকার-সংগীতশিল্পী ভাবেন তারা তাদের শিল্প দিয়েই সমাজ বদলে দেবেন রাজনীতিতে না নেমেই, হেগেলও সেরকম ভাবতেন দর্শন শাস্ত্রের মাধ্যমেই সমাজে বদল এসে যাবে। ব্যাপারটা যে ঠিক তার উল্টো, রাজনীতির মাধ্যমে দর্শনশাস্ত্রই বদলে যায়, সেটা তিনি ভাবেননি। তা তিনি নাই ভাবুন, পরবর্তীকালে তার শিষ্যরা কিন্তু তাদের রাজনীতিতে হেগেল আর ফুয়েরবাখের দর্শনকে নিয়ে এসেছেন। বিশেষ করে কার্ল মার্ক্স।

শিষ্য সেটা এগিয়ে নিয়ে গেলেন আর্থ-সামাজিক ব্যাখ্যার উঠোনে। এবং তার সংশোধনের উদ্দেশ্যে। খুব ভালো কথা। কারণ তিনি মনে প্রাণে বিশ্বাস করতেন, -"The philosophers have only interpreted the world in various ways; the point, however, is to change it." -এই কথা তিনি তার গুরুকে নিয়ে লেখা বই - থিসিস অন ফুয়েরবাখ -এর শেষ ছত্রে লিখে রেখে গেছেন। কিন্তু মুশকিল হলো এটিও একটি শ্রুতিমধুর প্রবচন ছাড়া আর কিছুই নয়। কারণ, যিনি বললেন এই কথা, তিনিও বসে বসে শুধু সমাজকে ইন্টারপ্রেট বা ব্যাখ্যা করে গেলেন। চেঞ্জ করার কোনো কাজে নিজে নামলেন না। গুরুকে, বা সাধারণভাবে দার্শনিককুলকে, যে দোষে তিনি দোষী করলেন, নিজেও সেই দোষই করে গেলেন।

আর সবচেয়ে বড় কথা, যে শ্রেণীহীন সমাজের স্বপ্ন দেখিয়ে তিনি মাতালেন তৎকালীন সমাজকে, বা সেই সমাজের সদস্যদের চরিত্র কী হওয়া উচিত বা হবে বলে তিনি ব্যাখ্যা দিয়ে গেলেন - তার একটাও তিনি নিজের জীবন যাপনে পালন করলেন না। সেগুলো আমি লিখছি না, কারণ, সেগুলো পি এন পি সি মেটিরিয়াল। বন্ধুকে কথা দিয়েছি সেগুলো লিখবো না। এই বিশ্ববিখ্যাত শিষ্যের দেখানো স্বপ্ন নিয়ে উন্মত্ত চেলা চামুন্ডারা সারা বিশ্বে যে ধ্বংস লীলা চালিয়ে গেলো, বা যাচ্ছে এখনো, তাতে কোটি কোটি মানুষের প্রাণহানি হয়েছে, কোটি কোটি মানুষ নির্যাতিত হয়েছে বা এখনো হয়ে

চলেছে। যে পুঁজিবাদী আর্থ-সমাজ ব্যবস্থার তীব্র সমালোচনা তিনি করলেন, সেই সমাজ ব্যবস্থাই তাকে স্থান দিয়েছিলো বিরুদ্ধ মত প্রচার করতে। তার দেখানো স্বপ্নের সমাজ ব্যবস্থা তার চেলা চামুন্ডারা যেখানে যেখানে প্রতিষ্ঠিত করেছে, সেখানে কাউকে কোনো বিরুদ্ধ মত প্রচার তো দূরের কথা, পোষণ করতেও দেওয়া হয় না।

এর অর্থ এই নয় যে, যে পুঁজিবাদী সমাজের সমালোচনা তিনি করলেন, সেই সমাজ ব্যবস্থাটা অনেক ভালো। তা কিন্তু মোটেই নয়। তফাৎ শুধু এই যে, প্রথমটাতে থাকাকালীন বিরূদ্ধমত বা বিকল্প মত পোষণ ও প্রচার করা যায়। দ্বিতীয়টাতে সেই স্থান নেই। প্রথমটাতে কোটি কোটি মানুষের মৃত্যু হয় অন্য কারণে, ধীর গতিতে (স্লো পয়সনিং-এ)। আর দ্বিতীয়টাতে হয় মার্ডার (তাৎক্ষণিক বিষ প্রয়োগে)। প্রথমটাতে হাতে কিছু সময় পাওয়া যায়, প্রতিষেধক খোঁজার। দ্বিতীয়টাতে সেই সুযোগই থাকে না।

তাহলে কি তৃতীয় কোনো বিকল্প নেই? যেটাকে প্রকৃতপক্ষেই "সিন্থেসিস" আখ্যা দেওয়া যেতে পারে। সেটাই খুব আন্তরিক ভাবে খুঁজে চলেছে এই প্রজন্মের এক জনপ্রিয় রাজনীতিবিদ জোহরান মামদানি। শুধু আমেরিকা নয়, সারা বিশ্ব তাকিয়ে রয়েছে তার দিকে। তার সাফল্যে হয়তো বা একটা নতুন ভাবনার জোয়ার আসতে পারে সারা বিশ্বে।

সমাপ্ত

www.ingramcontent.com/pod-product-compliance
Lightning Source LLC
La Vergne TN
LVHW010937051026
849532LV00003B/1029
9798224701230